いつか陛下に愛を3

Aryou

Aryou Presents

fairy kiss

この作品はフィクションです。
実際の人物・団体・事件などに一切関係ありません。

いつか陛下に愛を3

出産編　一・不穏な噂《うわさ》

王都では、暗い冬を越え、例年に比べると幾分そわそわしながら春に向かおうとしていた。

「王太子様がお産まれになるのは、いつだろうねぇ」

「あの小柄な王妃様では、無事に出産できないって話だよ」

「国王陛下がおられるのに、そんなはずないだろう。王宮には他国の医術も修得した、それはそれは立派な王宮医が揃《そろ》っているんだぞ」

「いや、それが、その王宮医が言っているんだ。王妃様はあまりに小さくて身体《からだ》が弱すぎるから、出産には耐えられないだろうって。お子が生まれるかも、相当難しいらしい」

「俺もその話、聞いた。十三歳の女の子くらいの体格しかなくて、子供を産むには小さすぎると言ってたな。その上、体力もなくて、ひ弱なんだと」

「十三歳の女の子？　黒髪で小さいとは知ってたけど、王妃様って、そんなに小さかったのか⁉」

「そうらしい。王妃様が妃《きさき》だった時は、陛下がよく腕に抱き上げて歩いてたって話もあるくらいだから」

「これは内緒だけど、王宮医も王妃様のことは諦めてるんだと。成長不良でもともと出産できる身体じゃないらしい。それに、王宮医が薬を飲んで体力をつけるよう忠告しても、王妃様は全然聞かないから、王宮医達はせめてお子だけでもと頭を悩ませてるって話だ」

「へー、王妃様は我儘《わがまま》なんだな」

「王宮の催しにも、王妃様はほとんど出席なさらないそうだ。遠方の小国出身だから粗野で、陛下がお怒りになることもよくあるらしい。催しに参加できるほど行儀よくないんだろう」

　ダンっと大きな音を立てて、テーブルに料理を盛った皿が置かれた。

「王妃様は妃だった頃からそう言われてたけど、国王様はあの方がお好きなんだ。それでいいじゃないか。あんた達が熱を上げてる娘も、相当我儘だったと思うがね」

「おばさんは陛下と王妃様の御伽噺《おとぎばなし》に感化されすぎだ。あれは作り話だって何度も言ってるだろう？」

「じゃあ、どうして国王様は、他の妃を王宮に迎えないんだい？　あの王妃様が大事だからじゃないのかねぇ」

「それは、王宮にはいろいろと事情があるんだよ」

「でも、陛下が王妃様を大事にしているのは事実だよな。そうでなきゃ、陛下が抱き上げて歩くなんて話が出るはずがない」

「でも、妃はそろそろ増えるんじゃないか？　王に妃が一人って異例だろ」

「妃が増えても……、王妃様が出産でどうにかなったら、陛下はお辛《つら》いだろうなぁ」

「王妃様も無事で元気な王太子が産まれてくれればいいんだが」

「だから、それは難しいって」

「可能性がないわけじゃないんだ。無事を祈っておこうや」

「王妃様と王太子殿下の無事を祈って」

「我が国の平穏を祈って」

「俺は、あっ、おばさん、酒！」

「あいよ」

◇　◇　◇　◇　◇　◇

私は白い息を吐きながら、スタスタと本宮に続く廊下を歩いているところ。もちろん、私は一人じゃなくて、リリアもいるし、ボルグ達騎士の警護付きである。

寒い季節も峠《とうげ》を越え、だんだん暖かくなってきた。今日みたいに雲の切れ間から太陽がのぞいている日には、暖炉の前でじっとしているより、陽《ひ》の光を浴びたい。いわゆる日光浴というやつだ。

それに最適な場所が本宮にあって、私はそこに向かっている。私の居住スペースのある王宮奥でもできなくはないけど、陛下に階段を禁止されて早数か月。庭に出られないため、私の行動範囲は非常に狭い。そりゃ、個人宅じゃなく王宮だから、二階しか彷徨《さまよ》えないとしてもかなりの距離はある。でも、所詮、室内なので景色はさほど変わりがなく、歩いてもストレスが溜《た》まる一方だった。

ただでさえ妊娠して体調が変わりやすいし、しょっちゅう苛々《いらいら》するしで、ストレス発散と運動は、私にとってとても重要事項なのだ。庭に出られないのが、ほんとにキツイ。

出産日も近づいてきた今はお腹《なか》も出っ張ってきて、階段を使うことは本気で身の危険を感じるので使わないけど。（人が整備した）自然の中で開放感を味わいたい、鬱々《うつうつ》感を振り切ってすっきりしたい。

ということで、私は運動がてら、本宮の広いバルコニーで日光浴をしようと向かっているところだ。

こうして毎日本当に慎ましく過ごしているというのに、陛下は文句を言ってくる。大きなお腹でウロウロ歩き回るのは、危険だというのだ。私には王宮奥の部屋だけで過ごしてほしいらしい。

そんな狭い空間で、何か月も閉じこもって過ごすなんて冗談じゃない。妊婦に適度な運動が必要だということは、担当の女医さんから何度も説明してもらったのに、陛下は一向に理解しようとしない。いや、理解したくないんだろう。

でも、私、散歩はやめませんから。

そんなこんなで、現在、私と陛下は日々衝突している。といっても、陛下も小言程度だから、それほど深刻ってわけじゃない。私が散歩する時に、陛下のいる執務室をルートの最後に回す程度のこと。散歩の最初に小言を聞くのは気分が下がるし、陛下に強制終了させられる可能性を考えれば、当然だろう。

しかし、なんだかんだと陛下とは喧嘩《けんか》もしながら、子供部屋を決めたり、数か月後にある王妃披露のための話をしたりと、結構上手《うま》くやっている。この前、乳母とも顔合わせしたし。子供が生まれてからどうなるのかという不安はあるけど、陛下も、リリアも、ボルグ達もいてくれるのだから、何とでもなるだろう。

私は女官達の開けてくれた大きなガラス窓から、バルコニーへと足を踏み出した。

「ん――――っ、寒くてもやっぱり晴れてると気持ちぃ――っ」

降り注ぐ太陽光を浴び、胸をそらして空気を吸い込む。灰色の雲に覆われていた日々が続いていたので、青い空を見るのは気分がいい。晴れても寒いのは寒いのだけれど、遠くまで続く空の下でのんびり陽に当たっていると、気持ちまでゆったり温かくなってくる。太陽ってすごいと思う。

大きく深呼吸をした後、私はバルコニーのソファにゆっくり腰を下ろした。背の低い私が無理なく座れる座面の低いこのソファは、私のために陛下が用意してくれたもので、非常に座り心地がいい。文句を言いつつも、散歩を許してくれてはいるのだ。気に入らないだけで。

「日差しが暖かいわぁ」

クシュッ。

「そうでございますね。ですが、お身体が冷えますので、こちらを」

侍女のリリアは、そう言って厚手のショールを私の肩にかけた。それは重くて、ショールというより小さめの毛布のようで、爽やか感を堪能したい私としてはちょっと邪魔かなと思うけれども。くしゃみをしてしまった手前、拒否権はない。

「ありがとう、リリア」

私はにこやかに返した。

お腹の子供は元気そうだし、春も来る。全てが順調、なんだけど……。私は溜息《ためいき》を誤魔化《ごまか》すように、長めの息を吐いた。

最近、リリアはとてもピリピリしている。彼女の実家はそれほど力のない貴族家（陛下が私のそばに付ける人には、高位貴族家の影響を受けにくいことを条件にしたから）で、若くして王妃の侍女という王宮女官としては非常に高い職位となったため、職場における彼女のプレッシャーは並大抵ではない。ただでさえ重いプレッシャーに加えて、王太子誕生という国家の大事が、彼女の肩にかかっているのだ。私は王妃としては全く頼りにならないし、貴族達は私が死ぬのを待ってるし、ほんと気の毒すぎる。

私は白い息を吐きながら青い空に目を向け、故宰相トルーセンスと最後に会った日のことを思い返した。

病のために地位を退くことになり王宮を去る日、宰相トルーセンスは、ひっそりと私に会いにきた。モアイ像よりもさらに目が落ちくぼみ、やつれた様子なのに、目がギラリと鋭くて鬼気迫るものがあった。

「ナファフィステア妃……王太子殿下をお産みください。必ず、無事に。我が身が果てようとも、そのための尽力は惜しみませぬ」

「ありがとう。貴方《あなた》の力添えはとても心強いわ」

今思えば、彼は死期を悟っていたのだろう。陛下を誑《たぶら》かした品のない妃である私のことが大嫌いなはずなのに、まるで懇願するようだった。もちろん、高圧的だし、表情も崩れはしないけれど。

それでも、彼の声や態度には、国家の、王家の存続への恐ろしいほどの執念が滲《にじ》んでいた。

「トルーセンス、貴族達が、私の身体が小さすぎて出産には耐えられないと噂しているのは知っているわね？」

「妃様、そのような噂は」

「心配しているのではないの。大丈夫、私は産むわ。彼等《かれら》が心配するようなことにはならない」

「……」

「でも、もしも、ということがある。それはおわかりね？」

トルーセンスは黙って頷《うなず》いた。

「トルーセンス、貴方が尽力してくれるというなら、頼んでもいいかしら？」

「何を、でございましょう？」

「もしも危ないと思ったら、私ではなく、必ず子供の命を優先して」

私の言葉にトルーセンスは答えず、沈黙が流れる。

「貴方なら、それができるでしょう？」

貴族達と同じで、トルーセンスも、私が子供を産んだ後、死ねば都合がいいと思っている可能性はある。わざわざ私が頼まなくても、子供の命を優先する気だったかもしれない。

それでも、私は確証が欲しかった。もしもの時、陛下が私の命を優先せよと命じても、子供を助けると。陛下が子供より私を優先するはずがない？　そうとは言い切れない。陛下は重度の黒髪好きロリコンなんだから。それに、私の子供は、たぶん金髪ではない。黒髪か、黒い目か、黄色い肌か、私の何かを受け継いで生まれてくる。それは、この世界では異質なもので、王の子として生を認められるとは限らない。

「もしも、ですな」

長い沈黙の後、トルーセンスは答えた。

「そう。もしもの話よ」

私は彼に同意を返す。そして更に、陛下のため、王家のため、この国の未来のために、陛下の命に背いても貴方なら実行できるわよね？　と、にっこり笑顔で返事を促した。

「承知いたしました。ナファフィステア妃のお望み通りに」

夏の暑い日のことだった。

あの日、リリアも私の後ろにいたけど、何も言わなかった。でも、全部わかってくれてると思う。

あの時の私は、それほど深刻に考えてたわけじゃなく、本当にもしもの時の保険なんだけど、リリアを共犯に巻き込んでしまったのは間違いない。ただでさえ王妃付きとして大変な時なのに、申し訳ないと思う。

無事に出産が終わったら、リリアにはたっぷり休んでもらおう。彼女は独身だから、ドレスを贈って王宮のパーティーに招待するのがいいのかな。陛下の従弟《いとこ》ドーリンガー卿みたいな、眉の細い男性が好きだったはずだし。

私は空をぼーっと眺めながら、リリアの慰安について思いを馳《は》せたのだった。

◇　◇　◇　◇　◇　◇

その頃、王都にある煌《きら》びやかな屋敷の一室では。

「トルーセンスが引いたので、王妃を消しやすくなったと言ったのは誰だったかな」

カードを手に四人の男がテーブルを取り囲んでいた。中でも一番若い男が、つまらなさそうに呟《つぶや》きながらテーブルにカードを滑らせた。

「彼が失敗したのをご存じとは、よい耳をお持ちですな」

「君の息子が私に教えてくれたのでね」

「……そうでしたか」

初老の男は、苦々しげに口元を歪《ゆが》める。年齢など関係なく、この場で重要なのは貴族位のランクであり、家格だ。上位者に対して不用意に盾《たて》突いてはならない。息子と同じくらいの若造に、あからさまな嘲笑《ちょうしょう》を向けられたとしても。それが上位貴族社会なのだ。

「君達は何もしないのかい？　あぁ、自家の血筋の娘を妃にしようとしていたのだったね。もう何人目だったかな」

「……」

「なんだ、本当にそれしか手がないのか？　つまらないな」

「卿、我々は真に国の行く末を憂いているのだ。つまるつまらないの話ではなく」

「憂いてとは、まるでホルザーロスのような言い方だな。彼は反逆罪で処刑されたが、それなりに面白くはあった。私が目障《めざわ》りだと思っていた者を何人も道連れにしてくれたからね」

若い男はカードをテーブルに置いて立ち上がる。若いだけでなく、女性に人気のある彼は見目もよく、流れるような優美な所作には文句のつけようがない。

「君が彼のように、私を楽しませてくれるのを期待するとしよう」

そう言うと、彼は薄く笑みを浮かべて、テーブルを囲む三人にゆっくりと目を流す。そして、一巡すると静かに部屋を出て行った。

パタリと扉が閉じ、しばらくの沈黙の後。一人がダンッとカードとともにテーブルに手を強く打ち付けた。

「もう我慢ならんっ。老ドーリンガーは、何故あのような軽薄な若造に貴族位を譲ったのだっ」

「老が、まさか息子のエイロンではなく、孫息子に継がせるとは。大金をかけてエイロンを懐柔したというのに、全くの無駄ではないか」

「まあ、少しの我慢だ。継いだばかりの若造では、せいぜいああやって我々を見下してみせるくらいしかできまい。他家から王妃が輩出されるとなれば、多くの特権が奴のもとから流れ出るのを止めることはできん。所詮、ドーリンガーは前王妃の実家でしかないのだ」

「そうだな。奴には王に差し出す妃を用意することは難しかろう。ドーリンガー家の血筋に、娘はもう一人も残っていないのだからな」

「王妃が妊娠している今、妃を送り込めば陛下の籠絡《ろうらく》は簡単なのだが……。邪魔をしているのは故宰相トルーセンスと考えていたが、ドーリンガーということもあり得るか？」

「ドーリンガーは王妃ナファフィステアを懐柔しようとして失敗続きとの報告を受けている。王宮内工作は不得手らしい。奴に邪魔というほどのことはできまい。陛下は、先の後宮騒動のせいで、我々より新興貴族家の者達の意見を重視されるようになった。そ奴等のせいだ。我々の伝手《つて》以外でも、陰でこそこそ陛下と娘を会わせていると聞く」

「とにかく唯一の妃であるナファフィステアがいなくなれば、陛下は妃を娶《めと》らなければならなくなる。あの不気味な容姿の娘は、出産と同時にこの世から消えるのだ。それまで、他家が妃を送り込むのを阻止せねば」

「王宮内での手筈《てはず》は整っている。王妃が出産に耐えられないという噂は、繰り返し流布させた。貴族社会だけでなく、王都中で定説となっている。もはや王妃が出産時に亡くなっても、誰も不審には思わないだろう」

「まずは王妃の死。それから、ドーリンガー家の凋落《ちょうらく》を楽しもうではないか」

「ドーリンガー家の凋落か、それはいい。奴の言うように、我々も楽しませてもらおう」

残された三人の男は笑いあった。だが、そうしていながら、互いに相手をどう出し抜いて陛下のそばに妃や側近を送り込めるか、利権を奪えるかと考えている。彼等は仲間ではなく、いくらかの利害の一致のためにここにいるに過ぎないのだ。

「さて、妃候補の娘を、陛下にどうお目通りいただくか、だが」

三人はもともとこの場で話すべき事柄へと話を移した。

そんな彼等が集う小さな部屋から少し離れた別の広い部屋では、華やかに着飾った男女で賑《にぎ》わっていた。極寒の時期は催しが激減するが、暖かくなり始めたこの頃から徐々に増える。交流が減り、溜まっていた鬱屈《うっくつ》を発散するかのように、人々の口は軽く、会話が弾んでいた。

「聞きまして？　王妃様が出産は難しいという話。もう身動きできないほど衰弱なさっているとか」

「ええ、聞きましたわ。でも、あんな奇形な身体で出産は無理だと、私にはわかっておりましたわ。カルダン・ガウ国王家とのつながりのためとはいえ、あんな見苦しい娘を陛下のおそばに置くなんて側近達は何をしているのでしょう」

「隣国王家とのつながりでは仕方ありませんわ。でも、お子も無事にお生まれになるか、わかりませんわね」

「あの奇形な王妃からと考えると、私はむしろ王妃とともに、と思っていますわ。あの王妃の子が王太子となるなんて、気持ちが悪いじゃありませんか」

「声が大きいですわ、ベイラー夫人。誰かに聞かれては」

「失礼、ヒーリッツ夫人。でも、大きな声では言わないだけで、そう思っている方が多いのは間違いないこと。王妃がいなくなって、早く陛下も目を覚ましてくださるとよいのですが」

「陛下が目を覚まされる日も、そう遠くありませんわね。クロイソン家の娘が、密かに陛下とお会いしているようですし」

「まぁ、それは本当ですか？」

「ええ。他にも三人ほど妃候補として名が挙がっている娘がいたはず。新興家のため娘達の仕度に手間取っているようですが、そろそろ王宮入りするでしょう。そうすれば、陛下も」

「それは楽しみだこと。そのお話、もう少し詳しく聞かせていただきたいわ、ヒーリッツ夫人」

室内で人々の口の端に上るのはどこも似たような内容だったが、王妃の出産についてはどこでも話題にされた。ある人は笑いながら、またある人は眉をひそめながら。そして、それは動かしようのない真実として、王妃は出産で命を落とすのだと、人々に信じこませたのだった。

◇　◇　◇　◇　◇　◇

「ナファフィステア！」

本宮のバルコニーで王妃ナファフィステアを見つけた国王アルフレドは、大股《おおまた》で彼女のもとに歩み寄った。

「あら、陛下。ご機嫌よう」

気づいた彼女は、軽く手を振りながら言葉を返した。小さな身体に不釣り合いに膨《ふく》れた腹で、お気に入りのソファに背中を預けている。座っているだけの様子でさえ不安を覚えるのだ、彼女が歩く姿はアルフレドにどれほど心労となるか、ナファフィステアは一向に理解しようとはしない。

「このような寒いところに長居するでないっ」

「えー、今日はお日様が出ていい天気だし、暖かいじゃないの。太陽の日差しを浴びるのは、身体にいいのよ？」

笑顔だった彼女は、口を尖《とが》らせやや不機嫌そうな表情に変わる。しかし、ソファに広がったドレスを手で寄せているのは、アルフレドが座れるだけのスペースを空けるためだ。

「今は普通の身体ではないのだぞ」

「はーい、わかってまーす」

アルフレドは低いソファに慎重に腰を下ろした。

妊娠したところで彼女の体重はそれほど増えておらず、片手で持ち上げられるほどに軽いままだった。担当医によると、初期の頃は体調を崩すこともあったが、それは妊婦なら普通のことであり、現在までの経過は良好だという。彼女の食欲も増え、体重が増えすぎないよう食事を制限している。そのため、腹部が大きく出っ張っているということ以外に変わりがないのは、何もおかしくはないのだが。

アルフレドが座った拍子にソファの振動が彼女に危険を与えるかもしれないなどと、些細《ささい》なことにも神経質になるほど、小さく脆《もろ》く見えた。

「たまには、私の意見も聞いてよね。ほら、お日様って暖かいでしょ？」

そう言いながら、ナファフィステアはどんっと左腕に肩をぶつけてくる。いつの間にか彼女の機嫌は直っているようだ。

「もうすぐ父親になるっていうのに、そんな無表情だと、子供が困るじゃないの」

ナファフィステアは能天気に笑う。王を前に畏《かしこ》まらない砕けた態度、口調というだけでなく、彼女のまわりは王宮とは違う空間にあるかのようだ。

アルフレドはそっと彼女の肩を抱くように腕を回した。

王宮の中では、皆が王太子の誕生を待ち望みながら、未来に彼女の存在はないものと考え、動いている。出産の数か月後に催される王妃披露の話は遅々として進まない。それとは対照的に、二人の娘が妃候補に確定し、まだ少ないとばかりに側近達の薦める娘と会う機会が設けられ続けた。

ナファフィステアが王妃となった今、必要であれば妃を娶ることを選択はするが。側近達が王に会わせる娘達は、彼女の亡き後、空位となる王妃の座を狙っている。王宮医局より彼女の出産の危険性についての報告が定期的に届けられ、アルフレドはナファフィステアが死ぬのは運命だと囁《ささや》かれ続ける日々を送っていた。王宮の中だけでなく、王都中で、そうした噂が真実のように語られているのだ。

唯一それを感じさせないのが、彼女のそばだった。王妃付きの者達は、彼女を護《まも》ることを最優先とし、不安を抱かせるような噂を彼女の耳に入れるようなことはしない。彼女が描く明るい将来を実現することに注力している。ここでは、それが正しい未来なのだ。

「また働きすぎみたい。眉間《みけん》に皺《しわ》が寄ってるわよ。どうして休まないの？　王様だからって毎日働くのは、どうかと思うわ」

「病でもないのに、休む必要などあるまい」

「肉体的にも、精神的にも、お休みは必要なんです！」

「今、休んでおる」

「ほんのちょっとじゃない。そんな短時間じゃなくて、一日以上の休みよ。休みが取れないほど、陛下の側近達は無能じゃないでしょ？」

「……休んで、何をするというのだ」

「頭と身体を休めるためなんだから、何もしないのよ！　でも、そうね、たとえば今みたいにのんびり日光浴するのもよくない？　身体にもいいのよ？　ほら」

ナファフィステアはアルフレドが背中から回した手を掴《つか》み、腹部にあてさせる。脇にすっぽりと入り込んだ彼女は、にやりと顔を緩めてアルフレドを見上げた。

「元気いいでしょ？　暖かいから、この子もご機嫌みたい」

掌《てのひら》を小さな何かが押してくる。それは子の足か手か。機嫌がいいかはわからないが、彼女の小さな腹の中で生きているのだ。何とも奇妙な感情に見舞われる。

「お父様、働きすぎだと思わない？　あなたもお父様にも一緒に遊んでほしいわよねぇ」

ナファフィステアは腹に向かって喋《しゃべ》りかけている。その声に反応するように、ポコポコと中で動くので、聞こえてはいるのだろう。だが、会話が成り立つわけではない。それなのに、いつも彼女は楽しそうに話しかける。その話は大抵どうでもいいことばかりで、王にとっては時間の無駄だ。

しかし、アルフレドはこうして過ごす時間が嫌いではなかった。

「でもお父様と遊ぶより、チャロ達（※庭園の番犬）と遊ぶ方が楽しいかしら。こーんなに不愛想じゃぁね」

そう言いながら、ナファフィステアはアルフレドの頬に手を伸ばし、ぺしぺしと軽く叩《たた》いた。アルフレドの目の端に映る女官が、目を見開いている。彼女の言動に慣れた王妃付き女官ではなく、本宮の女官だったのだろう。

「もっと愛想よくしないと子供が怖がるわよ、お父様？」

「我が子であれば、余を恐れはせぬ。それより、そなたの行儀の悪さの方が問題ではないのか？あと数か月もすれば、王妃披露が催される。各国の王族が出席することになろう。我が国だけでなく、諸外国の事情やマナーも最低限は押さえておかねばならぬが？」

「いやーね、今から覚えたって忘れるに決まってるでしょう？　事務官吏のユーロウスに、招待客の国の覚えるべきマナーをリストアップさせているの。それを開催のひと月前から詰め込めば、覚えても忘れずに済むわ。いい考えでしょ？」

ナファフィステアは、自信満々の顔で見上げる。が、アルフレドは、思考が止まるほど唖然《あぜん》とした。なぜ、すぐに忘れることが前提なのか。覚えたものを忘れなければよいだけではないのか？なぜ、それほどまでに自信満々なのか？

「……好きにするがよい」

多くの疑問は浮かんだが、アルフレドは溜息とともにそう告げた。

「だから、私のことより陛下の方が問題なんだってば」

「余に問題はない」

「ありますぅ」

「ない」

アルフレドは寄り添う彼女の黒髪に頬を押し付け、目を閉じた。

「往生際が悪いわね。あるったら」

「ない」

「もうーっ、子供に泣かれても知らないわよ」

「子供は泣くものだ」

「ちっ」

「行儀が悪い」

「はぁーい、気を付けまーす」

王妃という華々しさも、称賛も悪意の籠《こも》った声も不吉な言葉も、ここには届かない。彼女のそばには、ただただ淡々とした日常があるだけだ。

王妃付きの女官や事務官吏、騎士達が彼女を護るために外界との隔絶をはかっているのではあるが、それだけではこうはならない。彼等の働きは、彼女を支えるため。彼女がこうあることを望んでいるからこそ、実現するのだ。

異国で妊娠・出産となれば不安もあるはずだが、そんな様子は微塵《みじん》も見せない。それどころか、彼女は日に日に逞《たくま》しさを増しているようにさえ感じさせる。どんな根拠があって、こうまで逞しくなれるのか。問うたところで、自信満々に一か月前に覚えればいいと言ったように、理解できる返事が返ってくることはないだろう。呆《あき》れもするが、それが彼女の強さなのだ。

アルフレドは彼女に尋ねた。

「王妃披露の衣装はどうなっておる?」

「かなり前に頼んだから、今回は余裕で出来上がるはずよ」

「以前に比べれば、そなたも肉付きがよくなったのだから、作り直させた方がよいのではないか？」

「出産した後は元の体型に戻るわ。絶対に戻してみせるから、太ったとか言わないで」

「太ったとは言ってはおらぬ」

「言った。言いました」

「むしろもっと肥えた方がよい。体力もないままではないか」

「肥えるとか、表現に気を付けてちょうだい。女性は繊細なのよ」

「繊細？　そなたのことではあるまい」

アルフレドはナファフィステアと軽い言い合いをしながら、しばらくその場に居座った。王を執務室に呼び戻しにきたであろう官吏が、こちらの様子を窺《うかが》っているのには気づかないふりをし続けて。

◇　◇　◇　◇　◇　◇

「陛下、王妃付き女官より連絡が入りました。王妃様にご出産の兆候が見られるとのこと」

王妃付き事務官吏の報告に、執務室には緊張が走る。

この日が来ることを誰もが知っており、十分な準備をしてきた。あとは、各々がすべきことを行うだけだ。この場にいる者は皆、自分に与えられた役割を果たす自信がある。そして、自らにできないことがあることも、十分に理解していた。

王が静かに口を開く。

「医師は向かわせたのか？」

「すでに担当医である女医ベリンが到着して、出産の準備に入っています」

「そうか。では、何かあれば連絡させよ」

「はっ」

王妃付き事務官吏が退出し、官吏や側近達は、室内の空気がじわじわと重さを増すのを感じた。いよいよ王妃の出産が始まる。その先には、王太子の誕生と…………王妃の死。

いつにも増して表情のない王に、官吏達は我らが王であれば当然と思う。しかし、あれほど溺愛していた王妃の死に直面しなければならない王の心中を思えば、平素と同じに見ることはできない。じりじりと過ぎていく時間が刻々と重圧を増し、息苦しさを募らせる。重苦しい空気の中、彼等は彼等の役割を遂行することに尽力した。

一方、王宮奥の出入り口では、

「そこを退《ど》けっ。我々は王宮医だぞ」

王宮医長が声を荒らげ憤然としていた。王宮医と助手の五名が、王宮奥へ入ることを拒まれたからである。

「王妃様の許可なく、ここを通すことはできない」

王妃付き騎士団隊長の騎士ボルグが淡々と答えた。ボルグだけでなく、王妃付き騎士数名が居並び、王宮医達の行く手を阻む。

王付き騎士とは違い、王妃付きの騎士は出自が不確かな者ばかりで、選ばれたエリートである王宮医達からしてみれば、身分の低い者達でしかない。彼等が王宮医達の言葉に逆らうなど、あってはならないのだが。

「貴様ら、我々の邪魔をするとはどういうことか、わかっているのか⁉　国王陛下のお子に何かあったらどうする！　国の大事、お前達の首くらいで済む問題ではないのだぞっ」

王宮医長は声を張り上げ恫喝《どうかつ》した。王宮医といえば、後援者である上位貴族家と密接なつながりがあり、王からの信頼も厚い。庶民出ばかりの低い身分のくせに、我々を怒らせ、その地位を剝奪《はくだつ》されたいのか。そんな脅《おど》しが込められていたが、ボルグが表情を変えることはなかった。静かに佇《たたず》み、彼等を平然と見返す。

「ええい、さっさと通せ！」

王宮医長は苛立《いらだ》ち露《あらわ》に怒鳴ったが、やや声が上ずっていた。脅しているはずの医長の方が、ボルグに気圧《けお》されているようだった。彼の身分が低いとはいえ王宮の騎士だ。彼が剣を抜けば、一瞬で命を絶たれるのだから、怯《ひる》んでも無理はない。

「王妃様をお護りするのが我らの役目。これより奥へ入ろうとするのであれば、力ずくで排除する」

「無礼者めがっ。王宮医が王妃様を害するとでもいうか」

「王妃様は王宮医を呼ばれたが、それは貴方ではない」

「ふんっ、私を誰だと思っている。私は王宮医長だぞ。王妃様のお身体は女医ベリンが診《み》るべきだが、王太子となられるお子は王宮医長の私が診なければならない。どうせ、ベリンは怖気《おじけ》づいて来ていないのだろう？　王家の方々のお命をお護りできるのは、我々しかいないのだっ」

王宮医長は喋っている間に自信を取り戻したのか、ニヤリと笑みを浮かべた。そうだ、狼狽《うろた》える必要はないのだと。その様子に、後ろにいた他の医師と助手達も若干落ち着きを取り戻す。

ボルグは眉間に皺を寄せ、ちらりと他の騎士に視線を流した。

「さあ、わかったなら道を空けろっ」

進もうとした王宮医長の腕を掴んだのは、いつの間にか背後にいた王妃付き事務官吏ユーロウスだった。

「王宮医長は、女医ベリンがここへ来られない理由をご存じのようで。詳しくお話を聞かせていただけますか？」

「そのようなこと、私が知るはずがない。ベリンは王太子を取り上げる力量がないことに、今更気づいて逃げ出したのだろう。何度も忠告してやったというのに。王妃様も往生際が悪く、いつまでもお認めにならないからこんなことになったのだ」

王宮医長はユーロウスの手を振り払い、胡散《うさん》臭げに見やった。

「こんなことに、ですか」

ユーロウスは緊張感の薄い声で呟いた。今でこそ王妃付きだが、ユーロウスは故宰相トルーセンスのもとにいた事務官吏である。医長も少し間の抜けたこの男の顔には見覚えがあった。後宮事件時、いくつかの上位貴族家が粛清《しゅくせい》されたのは、トルーセンスの指示のもとで動いた官吏達が、情報を集め有効な証拠を押さえたため。この男のせいというわけではなかったが。

「ええい、煩《うるさ》いぞっ、この間抜けどもが。我々の邪魔をすることが、王妃様や王太子殿下の命を危険に晒《さら》すことになると何故わからないのだ！」

「ご心配なさらずとも、王妃様と王太子殿下のために、女医ベリンが信頼のおける助手とともに力を尽くしているところですよ。さすがは王宮医、素晴らしい技術と知識をお持ちでいらっしゃる。ただ、女医ベリンはこちらに向かう途中、危うく攫《さら》われそうになったそうで」

「なっ……何、を……」

「医長、それに他の方々も、どうして女医ベリンがここに来られないと思われたのか、教えていただきたいのですが」

「知らん。そのようなこと、我々は」

「その先の話は、別室にて伺いましょう。陛下は詳しく知りたいと仰《おお》せです。くれぐれも嘘《うそ》は吐《つ》かれないように。さ、行きましょうか」

ユーロウスの声を合図に、王宮医達を取り囲んでいた騎士達がしぶる彼等を急《せ》き立てる。身分が低い者と侮りはしても、彼等が王宮の騎士に力でかなうはずがない。王宮医達は見苦しく喚《わめ》きたてながら、ユーロウスとともにこの場から立ち去った。

煩かった人達が去り、騎士達もほっとする。ああいった高慢な者達は、存在が煩《わずら》わしいのだ。

「これで終わったわけではない。王妃様の部屋の扉が開くまで、警戒を続ける。気を緩めるなっ」

「はっ」

ボルグの言葉に、騎士達は一層気を引き締めた。王太子が産まれるまで、そして、王妃が隊長ボルグを呼ぶまでは、誰も王妃の寝室に近づけはしない、と。

王宮奥の出入り口は、ひとまず静寂を取り戻した。


そして、彼等に護られている王妃の部屋では、ナファフィステアが荒い息で呻《うめ》き声を上げていた。

「まだなの、先生っ」

「まだですねー。でも、もうすぐですよ」

「さっきももうすぐって言ったわっ」

「本当にもうすぐですよ、王妃様。変に力入ってますよー。説明した通り、しっかり息をしてくださいね」

女医ベリンは王妃に明るく声をかけたが、正直言って難しい状況だった。ベリンも他の助手達の誰も、こんなに小さな母体から子供を取り上げたことはなかったからだ。

ベリンは王宮医としての経歴はまだ三年と非常に浅い。庶民出身で身分が低いこともあり、王宮医の中では一番地位が低く、雑務や王宮の女官を診察・治療するのが仕事だった。ところが、黒髪の妃ナファフィステアが後宮に入った時から、その生活が一変する。

ナファフィステアは隣国から差し出され後宮に入ったものの、後ろ盾となる貴族がいないため、誰も診たがらなかった。王宮医となるには、有力貴族の推薦が必要なため、入る時点で王宮医には後援者がついている。そして、後援者となる上位貴族家は、それぞれに妃を後宮に送り込んでいるのだから、その妃を差し置いて他の妃の世話をすれば、ただちに縁を切られるだろう。出世できないだけでなく、王宮医としてもいられなくなるかもしれない。そんな事情で、ナファフィステアは下っ端のベリンに押し付けられたのである。

後ろ盾がないとはいえ、妃の担当医となれば王への報告書を提出することになり、地位も上がる。助手が付けられ、雑務が減り、たっぷり空いた時間は王宮の書庫で文献を読み漁《あさ》った。地域の医師として充実した日々を送っていたベリンが、王宮医となることを選んだのは、王宮にしかない貴重な書物を読み、知識を得たかったからなのだ。

ベリンは王妃ナファフィステアの耳元で囁いた。

「王妃様、故宰相と交わされた約束を覚えてらっしゃいますか？」

王妃は黒い目を見開きベリンに顔を向ける。本当に見えているのか不思議に思うほどの暗い色の瞳を、ベリンは見下ろした。

「覚えて、いるわよ」

王妃は痛みに顔を歪めながらも、口元に笑みを浮かべる。貧弱そうな身体だが、鈍感で雑な庶民的感覚の持ち主なので、ベリンにはとても楽な相手だった。他の妃や侍女達のように、気晴らしにベリンを跪《ひざまず》かせようとしたり、自分の体調（主に機嫌）が悪いことをベリンのせいにしたりはしない。

しかし、彼女の妃らしからぬ態度は、ベリンの後援者であった故宰相トルーセンスには苦々しく映っているようだった。数年前、トルーセンスは、後宮の事情を探るため、王宮医として推薦できる者を必要としていた。そこで、どこでどう知り得たのか、彼は地方の神殿に所属し医師として働いていたベリンに目をつけたのである。何のゆかりもない人物からの突然の申し出に、胡散臭いと思わなかったわけではない。しかし、彼の王に子がないことへの危機感は相当なものであったし、王宮書庫の最新医術書が読めるということは、非常に抗《あらが》いがたい誘惑だった。

そんな経緯で王宮医となったベリンだが、ナファフィステア妃の担当になったのは偶然だった。妃の担当医となれば、後宮に堂々と入り込め、トルーセンスの望む情報も得やすい。それにもかかわらず、彼はナファフィステアを忌《い》み嫌っていた。黒髪で背が低く、美しいとはいえない容姿が、どうしても受け入れられないようだった。他の貴族達と同じに、彼女が王に捨てられることを強く望んでいた。誰かに暗殺されることも、歓迎していたに違いない。王がそれを未然に防いでいたから、そうならなかっただけで。

ベリンとしては、自分の患者として接していれば情も湧く。後宮で王からも他妃からも疎《うと》まれ不遇だった頃を知っていれば、なおさらである。誰にも殺されてほしくはないし、出産で死ぬと勝手な噂を流されて、憤《いきどお》らないはずがない。

「王妃様、今もその約束をお望みですか？」

王妃は危ない時は子供の命を優先するよう、王に内緒でトルーセンスに頼んだという。命が尽きると知っていた彼は、それをベリンに託した。出産時、彼女を殺そうとする者が必ず現れる。それらから守り、医術の全てをかけてもどちらかの命を選ばねばならない場合にのみ、王妃の望みを遂行せよ、と告げたのだ。トルーセンスらしくない言葉に、戸惑ったことをベリンは今でも鮮明に覚えている。

「ええ」

王妃は頷いた。この王妃は、トルーセンスが彼女を嫌っていると知っていたし、彼女自身がトルーセンスを苦手にしていた。それでも、二人の間に約束は成立した。子供が無事に生まれること、それを強く望んだ結果だったのだ。

「承知いたしました。必ず王妃様のお望み通りに……もちろん、もしもの場合ですが」

「お願いね」

王妃は顔を歪めていたが、まだ出産には至らない。そのせいで余計なことを考えてしまう。ベリンは王妃のそばから少し離れた。そこに、王妃付き女官のリリアが近寄ってきた。

「先ほど、王宮医長が王妃様の容態を診にきたのを、無事に追い返したそうです。ここに邪魔は入りませんわ」

リリアが笑みを浮かべて言った。

彼女が妃付き女官に抜擢《ばってき》された頃は一生懸命さに溢《あふ》れ、その若さを微笑《ほほえ》ましく思ったものだけれど、今ではもうそんな様子はどこにもない。すっかり逞しく、頼れる王妃付き女官の顔をしている。他の女官も同様だ。

もしも、王妃かお世継ぎか、そのどちらもかが命を落とすようなことになれば、この場に居合わせた全員が処罰を受けるだろう。どんなに最善を尽くしても、それは十分にあり得る。今のうちに、若い彼女達を救う手立てを、何か。

「王妃様っ」

ベリンははっと我に返った。

助手の声にやや緊張が含まれている。王妃の容体《ようだい》が変わったのだ。

リリアは、ベリンに王妃との会話の意味を尋ねなかった。それは、意味を知っているからだ。リリアだけでなく、彼女達も覚悟を決めているのだろう。ベリン達と同じように。

「王妃様、しっかり息をしましょうね」

「はあっ、はあっ、や、やってる、はふっ」

「練習したようにはできていません。はい、息をしてください」

ベリンは余計な考えを頭から振り払った。母も子も救ってみせる。身分なんか関係ない。プライドの高いバカの相手は、もううんざりだ。病や痛みに苦しむ人々を救うために、医師になった。この二人を救う。それが自分にはできる。誰が信じなくても、自分にはできると知っていればいい。

「もうすぐですから、頑張りましょう」

「ふうううぅんっ、それっ、さっきも言った――――っ」

王妃の叫び声に、室内に少しだけ笑いが起こる。

ベリンは助手と女官達を見回した。王妃に不安を与えない表情ができているか。女官達は若く、出産に立ち会ったことがないに違いない。けれど、リリアを筆頭に皆いい顔をしていた。

ベリンは頷いて、順調であることを伝えた。ここからが問題なのだが。

王宮奥の王妃の寝室では、ゆっくりと緊張が高まっていった。

◇　◇　◇　◇　◇

緊張する執務室に、王妃付き事務官吏から、とんでもない情報がもたらされた。

王宮医長と数人の王宮医、助手らが、王宮奥に入ろうとして騒ぎを起こしたので、彼等を隔離している。彼等には、王妃の担当医であるベリンが王妃のもとに駆け付ける邪魔をした、あるいは、邪魔する者に協力した疑いがあるという。王宮警備と協力し、取り調べに当たりたいとのこと。

王宮医局では、先の後宮騒動に何人もが関わっていたため人材が大きく入れ替わった。後援者となる貴族家の勢力関係も変わり、後宮が閉じられ、妃が王妃一人になったというのに、一部の王宮医達にはまだ現状が理解できないらしい。上位貴族家が介入できた後宮は、もうないのだということを。

「王妃の警護は人数を減らしてはおらぬであろうな？」

「はい。王宮警備の者が隔離に動きましたので、王妃様の周辺は変わりありません」

「では、王宮警備騎士に追及を任せる。なぜ王妃の要請がないまま、王妃のもとに向かったのか、必ず明らかにさせよ」

「承知いたしました」

執務室の事務官吏達は、王の静かな反応が意外に感じられた。寵愛《ちょうあい》する王妃に対し、未《いま》だ態度を改めようとしない彼等に、王が怒りを表さないとは。

後宮騒動以後、王宮医達は後援の貴族家と距離を置き、王家や国王に真の忠誠を誓っていると証明しなければならない立場にある。それなのに、彼等は王妃の信頼を得ることもできず、以前と変わらず王妃付き医師のベリンを蔑《ないがし》ろにして、足を引っ張っているだけ。そこに、貴族家の思惑が見え隠れするのは、当たり前である。王妃は国内に有力な後ろ盾となる貴族家はないが、唯一の妃であり、今まさに世継ぎを産もうとしている。国王こそが王妃の後ろ盾だと、何故気づかないのか。

官吏達は王宮医局の不甲斐《ふがい》なさに表情を曇らせながら、王はどのようになさるおつもりかと神経を尖らせた。

そんな中、王が立ち上がった。そして、ドアへと足を向ける。

「陛下、どちらへ？」

「……すぐ戻る」

短い王の言葉に、宰相は黙ってドアを開けるよう視線を投げた。王の後を王付き騎士のラシュエルが続く。

王がどこへ向かったのか、執務室の誰も口にはしなかった。王妃は出産に耐えられないと説明されていたが、それを望んでいるわけではない。奇跡が起こることを願いながら、各々が自分の務めを粛々《しゆくしゆく》と果たすことに専念する。それには、王妃の死が伝えられた場合の準備も含まれていた。

王アルフレドは、執務室を出てからどこをどう歩いたのか、気づけば、非常に暗い場所を歩いていた。知っている者のみが進めるだけの、ほんの僅《わず》かの灯《あか》りしかない秘密通路である。

「陛下、お立ち止まりください。全てが終わるまで、ここを開けることはできません」

アルフレドが足を止めると、前方には王付き騎士のカウンゼルが立っていた。女性達の声がどこからか漏れ聞こえる。

カウンゼルの背後には、王妃の部屋に出る扉があるのだ。

「ここを開けると、室内に塵埃《ちりぼこり》が入り、王妃様と御子を危険に晒してしまうのだそうです」

カウンゼルは静かに告げた。

そんなことは言われなくとも、アルフレドにもわかっていた。王妃の部屋に入るために、ここへ来たわけではない。ただ、じっとしていられなかっただけなのだ。

石壁の隙間から女性達の声やナファフィステアのものだろう呻き声が漏れ、奇妙に歪んで聞こえる。ここにいても、何もできない。耳に届く声が己の精神をより一層病ませるだけだと、アルフレドにもわかっているが。それでも、その場を動くことはできなかった。

世継ぎは無事に生まれる。しかし、あの小さすぎる王妃の身体では、出産には耐えられないだろうと王宮医は言った。もともと子供を産める身体ではないのだと。

ナファフィステアは元気だというのに、王宮医達の言葉は、何度も何度もアルフレドの希望を打ち砕いた。王妃の死を待ち望んでいるかのように、人々は次の妃、王妃となる者を口々に噂した。

側近達は王が彼女以外に慰めを得られるよう、美しい女性、優しい女性、様々な女性を王のそばに差し出した。アルフレドも、そうできるならと考えなかったわけではない。だが、そんな風に己の気持ちを制御できるなら、これほど彼女に執着しなかった。彼女と距離を置けたに違いないのだ。彼女を失うことに、これほど恐怖を、絶望を、感じることもなかった。

ナファフィステアは、いつも子供と三人の家族としての未来を語っていた。アルフレドを見上げる彼女の艶《つや》やかな黒い瞳に、出産への恐れを感じることはなかった。彼女は自分が母になることを、微塵も疑っていなかった。その自信はどこから来るのかと思うほどに。

そばでその声を聞いている時だけは、それが真実になると思えた。それ以外の未来はないと、信じることもできた。

しかし、今、彼女は痛みに悲鳴を上げている。

もしも、彼女がいなくなったならば、どうなるのか。後宮が開かれ、何人かの妃が王宮に入る。そうした手筈は全て整っていた。周辺諸国に付け入る隙を与えてはならないのだ。だが、痛みと喪失感が己を襲い、今までと同じではいられないだろうことは容易に想像できた。彼女のそばにいる者達に死を命じるだろう。何人屠《ほふ》れば、正気を取り戻すだろうか。

トルーセンスは、こうした己を失うことを危惧していたに違いない。ナファフィステアに溺れていくのを、最後まで苦々しく思っていたのだ。

それでも、ナファフィステアの思い描く未来を肯定したのは、最後に会ったトルーセンスだった。王宮医達が否定し、誰一人彼女のいる未来を信じてはいなかった中、トルーセンスも彼女の根拠のない発言は信じていなかったはず。死期の迫った彼が、アルフレドを励ますために放った別れの言葉だと思っていたのだが。

暗い通路に、赤ん坊の声が響き渡った。

王太子が産まれたのだ。女性達のおめでとうございますという声も聞こえる。

「陛下……」

カウンゼルがアルフレドに何かを告げようとして、言葉を途切らせた。これ以上ここにいては、と言いたかったのだろう。

「戻る」

「はっ」

アルフレドは踵《きびす》を返し、足を踏み出した。カウンゼルを残し、ラシュエルを連れてその場を離れる。

暗い通路を歩きながら、アルフレドはトルーセンスとの会話を思い返していた。

『陛下に似た英知と、妃の図々《ずうずう》しさを兼ね備えた逞しいお子がお生まれになります。そして、ナファフィステア妃は陛下の隣に居続けるでしょう。何度も陛下のご不興を買いながら』

『余は、アレに苛々させられるのだな、何度も』

『はい。何度も』

『そうか。面白い未来だ』

その数十日の後、トルーセンスはこの世を去った。最後まで、彼がナファフィステアを妃としてふさわしいと認めたことはない。彼こそが、彼女の死は都合がよいと考えたはずだ。それがアルフレドのためになると。しかし、アルフレドが幼い頃から、父王に宰相として仕え、父王亡き後は王として国を治められるよう育て支えてくれた人である。死期を悟り、情を優先したかと思ったのだが。

トルーセンスが嘘を吐いたことは一度もない。必ず現実にしてみせた。彼がもうこの世にいないとしても、ナファフィステアを嫌っているとしても、それは変わらない事実。

ナファフィステアが王妃になることを誰よりも厭《いと》い、王の心を奪えない娘しか差し出せない貴族達に憤然としていた。彼が懸念したように、アルフレドは彼女を失うかもしれないというだけで、我を失ったのだ。宰相としては、国の行く末が心配でならなかったに違いない。

「だが、あれが王妃だ」

そう口に出したアルフレドは、僅かに笑っていた。故宰相に対してだったのか、己に対してだったのか。

アルフレドはようやく己自身を取り戻したことを自覚した。王宮奥からの報《しら》せを待つことができないほど、狼狽えていたのだということを。

そうして、一旦は、執務室に戻ったアルフレドだったが。

「王宮奥からの報せは、まだなのかっ」

ドンっと拳で机を強く打ち、入り口近くに立つ官吏に言った。

王太子として男子が産まれたとの短い伝達はあったものの、その後、王妃や王太子についての詳しい報告は届いていない。アルフレドが執務室に戻って、はや数時間が経過しているというのに、である。

執務室内の者達は、王の機嫌が刻々と悪化していくのを、痛いほど肌で感じていた。王太子が産まれ、非常に喜ばしい状況だというのに、全く喜べない。次にどのような報告がもたらされるのかを思い、皆、唇を固く閉ざし、息を殺していた。

そんな暗鬱とした室内に、飄々《ひょうひょう》と王妃付き事務官吏ユーロウスが現れた。

「お待たせいたしました、陛下。王妃様と、王太子殿下が王宮奥で待っておいでです。お二方とも大変お疲れですので、ご面会は短い時間でお願いいたします」

彼の言葉が終わらないうちに、王は席を立ち、大股で戸口に向かう。ユーロウスと王付き騎士達が王に付き従って部屋を後にした。

執務室の者達はそれを呆然《ぼうぜん》と見送ったが、ユーロウスの言葉の意味をゆっくりと噛《か》み締めた人々は、吠《ほ》えるように歓声を上げた。王太子だけでなく、王妃も無事であり、王が嘆き悲しむ姿を見なくて済むのだ。世継ぎの誕生を、王妃の無事を、この素晴らしい日を、盛大に喜べばよい。そうするにふさわしい時なのだ。

いつもは緊張の漂う静かな執務室が、喜びに沸いた。その声は当然、王宮中にあっという間に伝《でん》播《ぱ》されていく。この国の冬の終わりを告げる、歓喜の報せだった。王妃の死を望んでいた者もいただろうが、望んでいなかった者も少なくはなかったのである。

出産編　二．王妃披露

王都の大通りは、王宮で行われる王妃披露に出席する貴人を乗せた馬車が連なり、非常に混雑していた。近隣諸国から招待され遥々《はるばる》やってきた高貴な方々の馬車もあり、警護が物々しい状態ではあったが、王都庶民は彼等を熱烈に歓迎した。

国内ではナファフィステアが王妃となったことはすでに公示されており、王都でそれを知らぬ者はいない。その後、王太子の誕生は知らされたが、王妃に関する情報はほとんど外に流れなかった。そのため、王妃は出産後起き上がれないでいるとか、すでに亡くなっているが王妃披露のために公表されないだの、披露に間に合わせるよう、急遽《きゅうきょ》、妃を娶ろうとしている等、様々な憶測が飛んでいた。

しかし、王太子が産まれ、予定通り王妃披露が行われるのであるから、母子ともに無事であるだけでなく行事に出席できるほど王妃が元気になっているということ。いつもと違い規制が敷かれている大通りに、人々は詰めかけていた。祝いの花びらが撒《ま》かれ、あちこちで酒が振る舞われ、楽が鳴らされ宴《うたげ》が催されている。王都中が祭りであるかのように、皆が王家の繁栄を喜びあっていた。

「お世継ぎも王妃様もご無事で本当によかった。王妃披露の日をこうして賑やかに迎えるとは思わなかったな」

「こうなってみると、王妃様に出産は無理という話が本当だったのか疑わしいと思わないか？」

「それは王宮医の判断だったというじゃないか。王妃様はお身体が小さいから、間違いないだろう。今回は運が良かったのさ」

「いいや、おかしい。お世継ぎ誕生の報せまでは、王妃様が死ぬのが当たり前の雰囲気だったじゃないか。つい数日前まで、王妃様は衰弱して王妃披露は中止になると言われていたのに、急に掌を返したように噂が立ち消えた。気持ちが悪いことこの上ない」

「実はな、これは内緒だが、近く、上位貴族家が一つ取り潰しとなるらしい。出産の時を狙って王妃を暗殺しようとしたんだと」

「やはりか！　どうも王妃様の悪い噂があると、貴族家が潰れる。我が国のお世継ぎを産んだ王妃様を殺《あや》めようとは、とんでもない奴等だ。いくらでも潰してしまえ」

「王様が上位貴族家の娘を娶らないのもわかるな。女どもは王様が王妃様を寵愛《ちょうあい》しているからというが、こう何度も暗殺騒動を起こされてはたまらん」

「しかし、実際、王様は王妃様以外には見向きもしないというじゃないか。上位貴族家は昔のように王様だけでなく自分達も一夫多妻にしてほしくて、王様には妃をたくさん娶らせたかったはずなのにな」

「俺はさすがに妊娠中は妃か愛妾《あいしょう》を娶ると思っていた。それでも娶らないとは、後宮事件で高慢な貴族娘には懲《こ》りたんだな」

「貴族娘でなくても、いい女はいくらでもいるが、王様は王妃様一人でいいんじゃないか？　俺もよその女にちょっかい出して嫁といざこざを起こしたくはない」

「王様を俺達レベルで話してどうする。たしかにお前の嫁はいい女だが」

「やらんぞ」

「いらん。まあ、今までお取り潰しになった貴族家がいなくなって、困ることより良くなることが多い。商売もやりやすくなったしな。王様とお世継ぎと王妃様がいれば安泰だ。妃はいようがいまいがどうでもいいか」

「そうだ、妻は一人でいい。妻はいいぞ。お前も結婚しろよ」

「ほっとけ」

酒を片手に人々は好き勝手な話題に興じていたが、どこでも今日はやはり王と王妃の話題となる。王都の貴族家が近年いくつも没落したものの、庶民にとってそれは新しい貴族家への入れ替わりでしかなく、庶民の暮らしは以前に増して安定しているのだから、王家に対しての不満は少ない。皆、純粋に、自国の王妃と世継ぎの存在が正式に周辺諸国へ公表されたことを喜び合った。


対して、王宮の前庭では、続々と到着した招待客たちでごった返しており、薄曇りの心地よい天気や王宮外から漏れてくる賑やかさとは異なり、落ち着かない表情の集団がいた。美しく豪華に着飾った貴族達である。それを遠巻きに見つめるのもまた同じく招待された貴族達だが、そこには深い溝があった。王宮の前庭にいるのは多くが下位貴族家であり、王宮に招待されることがない者達ばかり。そんな中に、由緒ある家柄と名乗っていた貴族達がいるのだから、居心地は悪いどころではない。

「こんなところで、いつまで待たされなければならないのっ？　もう中に入りましょうよ」

一人の貴族女性が隣の男性に苛々とした言葉を放った。

「わたくしも、疲れてしまいましたわ」

もう一人の貴族女性も賛同するように声を上げる。彼女らの夫達は難しい顔をしていたが、一人が口を開いた。

「さっき尋ねた官吏に、我々はここだと言われただろう？」

「何ですって？　我が家は中位貴族の中でも由緒ある家柄よ？　こんな扱い、恥ずかしいと思いませんの？」

「そうですわ。きっと、さっきの官吏が間違っていたに違いありませんわ」

彼等は中位貴族の家だが歴史もあり上位貴族家ともつながりがあるため、王宮の催しに何度も招待されたことがある。上位貴族家に近い位置にいるはずなのに、なぜ身分の低い下位貴族家の者達と同じ場所にいなければならないのか。待つにしても、彼等とは別の場所、別の扱いを受けるべきなのにと恥ずかしさと屈辱で夫人達のイライラは収まらない。

夫達にしても、王宮に来るまでこのような扱いを受けるとは思ってもおらず、苛立ちどころではなく怒り心頭だった。だが、懇意にしていた貴族家が取り潰されるとの情報を耳にし、下手に騒げば自分達も降格や貴族位剝奪の可能性があるため、黙って王に従順な様を示すしかない。ここでのこの扱いは、告示されていないだけで、すでに降格が決定しているかもしれないのである。貴族位剝奪よりはましとはいえ、降格となれば恥ずかしくて社交場に出ることすらできなくなるのだが。

彼の妻は神経を逆なでするかのように喚き立てていた。

「あの貧相な王妃の目の前で、陛下が妃を選ぶのを見たいのに……。妃候補の娘の中から、誰が選ばれるのかしら」

「ビューエル卿の娘が一番先に妃候補として選ばれたと聞きましたので、彼女が有力なのではありませんか？」

「あの娘は少し鼻が低いわ。それより、シュゼーレン家の娘が魅力的だとお思いにならない？」

「そうかしら？　確かに瞳は美しいけれど、他国から招待された娘達も陛下の妃になるのを狙っているのでしょう？　そのうちの誰かが、陛下のお目に留まるかもしれませんわね」

「どの娘も、あの黒髪の方に比べれば美しくて魅力的ね。あの方は、今回はどんなみっともない姿を晒すのかしら。他国からの招待客も大勢いらっしゃるのに、陛下も物好きなこと」

「でも、笑いを誘う話題にはちょうどよいのでしょう。今日は陛下の妃探しが目的の催しですもの。王妃として披露した後に晒し者にするのが、あの方にふさわしい扱いというものですわ。王妃なんて名ばかりで何の後ろ盾もない方には、宝飾品も貧相なものしか身につけられないでしょうし」

「王妃宣儀の時は、胸元には小さな珠飾りだけだったそうね。今回もそうなのかしら。彼女なりに、もう少し高価な宝飾品をつけるかしら？」

「ふふっ、彼女のもう少し高価な宝飾品は、どんなレベルかしらね。あぁ本当に、ここでは様子がわからないわ。他の家の方々はどこにいるのかしら。ねぇ、中に入りましょうよ？　私達が入ってしまえば」

「煩い、黙れっ！　何度も同じことを言わせるな。ここでじっとしていろっ」

王宮の内外とも王妃披露を前に多くの人で賑わっていた。

◇　◇　◇　◇　◇　◇

「あぁーうー」

「ヴィルフレド、引っ張るでない。それは、官吏の頭だ。旨《うま》くはないぞ」

「痛いでございます、王太子殿下」

「うあー、あー」

私は衝立《ついたて》の向こうから聞こえる声にソワソワしていた。息子のヴィルを、陛下があやしているからだ。

あんなに無表情なのに、息子は陛下に懐いていた。何をしても表情を変えない陛下の何が面白いのかわからないけど、ヴィルは陛下に抱かれるのが好きらしい。陛下の姿が見えれば、抱き上げてもらおうと一生懸命に手を伸ばす姿が、もう可愛《かわい》くて可愛くて。

「ねぇ、まだ終わらないの、リリア？」

私は期待を込めてリリアに尋ねた。

「今、髪を整えたところですので、当分は終わりません」

しかし、リリアから返ってきた言葉は、予想通りに冷たいものだった。

私も、王妃披露のための仕度中なので、簡単に終わらないのはわかっている。それでも、そろそろ一休みを入れてくれてもいいんじゃないの?、との思いを込めて訊《き》いてみたのだ。ドレスに隠れてるところなんてどうでもいいと思うのに、そうはいかないらしい。全身、綺麗《きれい》に磨きをかけられるわけだけど。

衝立の向こうに陛下が来ているということは、仕度はもう終わっているということ。どうして私より早いの? 陛下だって、今日は他国の王族が出席するから、指やら胸にでっかい国宝級の宝石をつけてて、それなりにジャラジャラした格好をしている。なのに、私よりも早く仕度できるのは、なぜ。

「陛下、ちょっとこっちにヴィルを連れてきて!」

私はいいことを思いついたとばかりに、陛下に向かって呼びかけたが。

リリアが焦って飛びついてきた。普段のリリアなら、こんなことはしない。相当焦ったというか、驚いたのだろう。

「王妃様っ、何をおっしゃるのですか。ドレスがまだではありませんか」

肩を摑み、目を見開いて私に顔を寄せ、小声で言う。いつもはすました美人なのに、ちょっと崩れて残念になってる。珍しい。

「だって、陛下だけがヴィルと楽しそうにしてるなんて、羨ましすぎるじゃない。声だけじゃなく、いま－す」

私もヴィルの楽しそうな顔が見たいわ」

「まだ、お仕度の途中ですっ。こんな格好、陛下にお目にかけるわけにはまいりません」

首から上は整っているのに、下着をつけてる途中だから、かなり間抜けな格好ではある。

「陛下は私がどんな格好してても、構わないでしょ。陛下ったら－、ヴィルぅ－、お母様もここに

「王妃様っ」

ガタッと音を立てて衝立の上に手が乗せられたかと思うと、ぬっと巨体が私の前に現れた。陛下は大きいのに動きが滑らかで、本当に驚く。

その大きな陛下の腕に張り付いている息子の、なんと小さいことか。もう五、六キロはあるから、私が抱っこすると重く感じるのに、陛下が抱いてると体重がないみたいに見える。陛下は私を片腕に乗せられるのだから、ケタが一つ違うヴィルの体重はないも同じかもしれないけど。

「ヴィル－、いい子にしてた？」

「んなぁ」

陛下の腕から私に笑いかけるヴィルは、ほんっと――――に可愛い。私に似なくて、本当によかった。陛下に似ているのに、ものすごく可愛い。将来は絶対にジェイナスと同じか、それ以上に見目麗しい美青年に育つに違いない。

「ナファフィステア」

「ん？　何？」

私は視線を上げ、陛下の腕を止まり木にしている可愛いヴィルから、陛下に顔を向けた。ニコリともしない無表情な顔は、相変わらずだけれど、以前より一層可愛げがなくなった気がする。

陛下にはもともと可愛げなんてものはなかったけれど、もう少し……何だろう。違っていたような。

そんなことを思っているうちに、陛下が私の後頭部を掴んで、引き寄せる。キスは毎日のようにしているから、驚きはしたけど、一瞬、もう片方の腕にいるヴィルが気になったくらいに周囲は見えていた。けれども。

唇が塞がれて、毎日のキスとは違うと気づかされる。軽く唇を合わせるのではなく、舌を絡ませて快感を引き出そうしていた。背中にヴィルがいて、披露に向けての仕度中で、こんなことをしている場合ではないけど、陛下は止まらない。止める気が、一切ない。

陛下は私の足の間に左足を割り込ませ、跨《また》らせるようにしながら硬い胸を強く押し付けた。下穿《したば》きは秘所が開いているので、ドレスの時とは違い、薄い私の下着ごしに陛下の硬いズボンの生地があたる。ヴィルの乗った腕ごと抱きしめられ、小さな指が私の背中を叩いているのに、嫌でも陛下のものが硬さを増すのを感じて、反応してしまう。深いキスは簡単に私の快感を引き出すけど、それだけではなく。陛下の息が荒くなり余裕がなくなっているのにつられて、今はダメだと思うのに、キス以外のことが考えられなくなっていく。

「しばらく下がっておれ」

私の唇を解放した陛下が言うのを、ボーっとしながら耳にしていた。キスの後、私はすっかり息

が上がって戻らない。ヴィルが産まれて、陛下とそういうことをする気分にはならないと思っていたけど、全然そんなことはなかった。

「加奈《かな》」

陛下が私の耳を食《は》むようにして囁く。私が陛下の胸に顔を伏せている間に、リリア達はヴィルを連れていなくなっていた。周囲の状況が見えるようになってくると、異様に恥ずかしさが込み上げてくる。

「私、仕度しないと……」

「そうだな」

陛下は短く答えた。静かなのに、ゾッとするようなひどく抑えた威圧感をその声に感じた。

「陛下？」

「余はもう十分に待った」

何をとは訊かないでおく。

「今は、仕度中だから……」

陛下は私を抱えてソファに腰を下ろした。陛下の腰に跨らせた私の足は、大きく左右に開かされていて、薄い下着から秘所の黒い毛が透けて見える。

「そうだ。それなのに、そなたが煽《あお》ったのだ」

下着姿の私を陛下の視線がゆっくりと辿《たど》っていく。恥ずかしくて慌てて足を閉じようとしたけど、逃がしてくれるはずがない。下着の上から陛下の手が這《は》わされ、確かめるようにゆっくりと触れていく。そうして陛下の指が、私の中が濡《ぬ》れていると知ってしまうと、あとは容赦がなくなった。

「待って、ア」

私の言葉は唇で遮られる。陛下が深いキスで私を煽るのはいつものことだけれど、今日は急かすように私の身体に熱をおこしていく。

「加奈っ」

熱い息を含んだ声が私の耳に送り込まれ、陛下のいつにない余裕のなさが私を興奮させる。恥ずかしさなんてどうでもよくなってしまう。

「ぁっ、あ、」

「加奈、……加奈っ」

陛下の太く硬く反ったそれは、下から私を突き上げて、何度も私の口から喘《あえ》ぎ声を上げさせた。

陛下はひたすらに私に触れ、キスの痕を残し、呻くように何度も私の名前を呼ぶ。言葉なんてなく、私も陛下も、我を忘れて興奮に身を任せた。


盛り上がってしまった後、羞恥心に襲われる。乱れた礼装の陛下の上に、真っ裸な私。

「……どうするのよぉ、これ」

「何がだ?」

何がぁ?　いろいろあるでしょ!　二人とも髪はぐしゃぐしゃだし、私の身体は陛下がつけたキスマークだらけ。これから胸元が大きく開いたドレスを着るっていうのに、絶対に見えてしまう位置にあるし、見えないけど首まわりにもキスの痕が残っていると思う。これで、周辺諸国の客の前に出なければならないのだ。

「どうして痕をつけたのよっ。この後、王妃披露があるのに」

「痕があっても構うまい」

しれっと言い放った。そりゃ陛下は恥ずかしくないんでしょうけど、私は恥ずかしいのよ！　どうして抵抗しなかったんだろうと嘆いても、全ては後の祭り。私は恥ずかしいながらも、リリアを呼び、大急ぎで仕度をやり直したのだった。

◇　◇　◇　◇　◇　◇

王宮の大広間では、玉座に近い前方には、各国からの貴人や上位貴族等の招待客が居並んでいた。それぞれに趣ある自国の衣装をまとい、豪華絢爛《ごうかけんらん》である。そんな彼等の前に、国王アルフレドが王妃ナファフィステアを伴い現れた。王妃は艶やかな黒髪を美しく結い上げ、明るい緑のドレスをまとっている。血色もよくにこやかに微笑んでおり、産後の状態は良いようである。

それにしても王妃は非常に小さく、他国の招待客には子供にしか見えなかった。その体格だけでなく、見たこともない黒髪黒瞳に、前列の招待客の目は王妃ナファフィステアから目が離せないといった様子だ。

王は玉座前の階段下で足を止め、王妃を軽々と抱え上げた。そして、そのまま階段を上っていく。

それを見ていた宰相と側近達は、顔を引きつらせた。彼等は王妃披露が無事に行われることを喜んでいたが、他に妃を娶らせることを諦めてはいなかったのだ。しかし、そんな彼等に対する王の意思表示に、諦めるしかないと溜息を吐いた。王妃の首まわりに生々しく残る情事の痕を見ては、そうせざるを得ない。これほど王が他の男に所有を示し、牽制《けんせい》するのは、この王妃だけなのだ。

「ナファフィステアを我が王妃とする」

国王アルフレドの声が朗々と響き渡った。王妃は王の腕にかかえられたまま、一同を見下ろしている。何とも奇妙な王の宣言となった。

その後、王は壇上の玉座に腰を下ろした。官吏達により、招待客から贈られた祝いの品が運ばれ、披露されていく。もちろん王妃は降ろされることなく王の膝の上に留まり、隣に置かれた王妃の席は空いたまま。このような王妃披露は前代未聞である。

この様子を王妃に溺れた王と見るか、王太子も産まれ安泰な国王一家と見るかは人それぞれだ。

他国からの招待客達は、笑顔の奥で、この国を観察した。王にとって王妃が弱点となることは明らかだが、後宮がなく、王妃が外と接触する機会は少ない。妊娠期間中には他の妃に寵愛が移るものだが、他の妃がいない上、膝に乗せて王妃披露を行うほどの溺愛ぶりを憚《はばか》ることなく見せつけている。他国に対してだけでなく、自国の貴族家達に対しても。そうできるほど、王は国内を掌握しているということだ。彼が王位に就いた頃、多くの妃を抱えていなければならなかった様とは雲泥の差である。国内の地位が盤石となった王は、周辺諸国にとって脅威となる。国内の安定の次は、国家繁栄のために国力の拡大、国土の拡張に着手するだろうからだ。各国の招待客らは、黒髪の王妃が国を傾ける悪女となることを期待しながら、この国を油断ならない国と判断した。

大広間の中盤以降に並ぶのは、国内からの招待客達である。しかし、他国の招待客もいるこの場には、王宮のパーティーに呼ばれる者達が全て参列できるわけではない。上位貴族家や今後を期待される準上位貴族家の者など、選ばれた者達だけである。その中にはここ数年で取り立てられた家も少なくなく、彼等はこのような王家の催しへの出席に緊張を隠せない様子だった。しかし、今日が繁栄の契機となることを喜び、高揚してもいた。この場への出席は、王から彼等への信頼と期待の証《あかし》。その期待に応え、我こそが国を発展させるのだという自信と意気を漲《みなぎ》らせていたのだ。

そんな彼等とは反対に、王と王妃の様子を苦々しく見つめる者もいた。彼等は妃にするため何人もの娘を王宮に送り込んだ者達である。王妃が亡くなれば、妃候補として王宮に入るとの約束が交わされ、実現する日を待っていたのだが。

結局、王妃は死なず約束は反故《ほご》となり、娘達は誰一人として妃となることはできなかった。後宮事件以降、上位貴族家は次々と処罰されたり、取り潰されてしまい、半分近くが元中位貴族家であったり新興貴族家にとってかわっている。

王妃は死ぬはずであったのに、なぜまだ生きているのか。なぜあのようにみっともなく王の膝に座っているのか。なぜあの小娘に見下ろされねばならないのか。彼等は王妃に対する怒りと悔しさのため、顔に浮かべる笑みすら歪んでしまっていた。

先王が亡くなり、王が即位した頃は、彼等に難しいことなど何もなかった。全てが思い通りにできたというのに、今は違う。出産時に王妃を暗殺しようとしたのが由緒ある上位貴族家だったため、陛下の機嫌を損ねることを恐れた貴族家が一斉に旧家と距離を置き始めた。そのせいで、彼等は影響力を大きく削《そ》がれてしまったのだ。こうしたいと希望を口にするだけで、彼等の機嫌を取るために動いていた者達はもういない。残っているのは、そうですねと賛同するだけで、何も動かず役に立たない愚図《ぐず》ばかり。

王妃さえ予定通りに死んでいれば、今頃は妃の後ろ盾として誰もが羨む立場であったのに。寵愛を見せつけるように、あの黒い娘は王のそばに居座っている。彼等は遠い玉座に、恨みの籠った目を向けていた。

鬱々とした様子の彼等を、周囲の者達は冷ややかに見ていた。彼等が落ちぶれていくのは彼等の責任であり、彼等が愚かだからだ。王妃がいなくなったところで、彼等が権勢をふるった時代は戻ってこないというのに、そう笑いながら。

国内における有力者である上位貴族家達は、過去の幻影に囚われた者を横目に、王妃の披露を喜び讃《たた》えながら互いに腹を探り合っていた。王は王妃だけを寵愛すると示した。ならば、妃を送り込むことではなく、別の手段で王に取り入り、他家を出し抜かねばならない。古い家々がいくつも潰れ、国王アルフレドの王政下でどの家が貴族家の第一勢力となるのか、まだわからない。それは、どの上位貴族家にもチャンスがあるという意味でもある。

王妃披露は、この国の新たな時代への大きな転換点となった。

一方、人々が見つめる大広間の玉座では。

「どうしたナファフィステア？」

アルフレドはナファフィステアの耳元に唇を寄せ、黒髪に触れながら囁いた。

「どうしたじゃないわよ」

笑みを作ってはいるものの、彼女は不機嫌そうに答えた。アルフレドに思い当たるふしはいくつかあったが、素知らぬふりをする。

「わからぬな。何が不満だというのだ」

「じゃあ、私を隣の席に座らせてちょうだい。私の披露なのに、これでは何もできない子供みたいじゃないのっ」

ナファフィステアは、王妃の席に座らせずにいるのが気に入らなかったらしい。仕度時に抱いてしまったため、彼女は自分が思う以上に疲労しているのだが、自覚がないようだった。

王妃披露の催しは夜の社交がメインであるため、アルフレドは彼女を休ませようと膝に乗せていた。そうすることには皆に彼女が王の特別な存在であると見せつける意義があり、また、アルフレドを落ち着かせるにも有効だったのだ。

妊娠がわかってからというもの、彼女に触れるのには十分に加減しなければならなかった。だが、それも王妃披露まで。我慢の末にようやくこの日を迎え、披露の仕度時に少々味わった彼女の身体は加減が不要であることを示した。今夜からは我慢しなくてよいという期待は、うっかりすると苛立ちにとって変わってしまう。それを宥《なだ》めるため、アルフレドは彼女に触れていたかったのだ。

何にせよ、今更ナファフィステアを隣の席に座らせるのもおかしな話である。すでに、式典は順

調に進んでいるのだ。

「途中で移動すれば、皆が訝《いぶか》しむ。この場を退出するまで、大人しくしておれ」

「じゃあ、大人しくしてるから、私のお願いを一つ聞いてくれる?」

「…………」

「そんなに警戒しなくても、簡単なことよ。この後、パーティーになるでしょう? そこでダンスがしたいのよ。あそこのジェイナスとか、他国からいらしてる方々とね。皆様、自国の衣装なのよね? あの素晴らしい衣装を近くで見たいのよ」

「……ならぬ」

「ジェイナスも今日は立派な礼装で、素敵よね。あの姿の彼と踊りたいわ。ジェイナスって、ダンスがすごく上手いのよ?」

「ならぬと言っておろう」

「未婚女性は女性から誘うべきじゃないけど、既婚ならいいんでしょう?」

「そなたは王妃だ。他の男をダンスに誘うなどあり得ぬ」

「何言ってるのよ。物語を読んでいたら、王妃が招待客とダンスをしている場面が、当たり前にあったわ。ダンスや会話で親交を深めるものなんでしょう?」

「そなたには必要ない」

「陛下も他の招待客を誘って踊るんだから、その間、私が他の招待客と踊る。それのどこが必要ないのよ? ジェイナスと練習して、優雅じゃないけど一応は踊れるわ。パーティーで踊ってもいいって、ダンスの先生も言ってくれたし。今踊らなくて、いつ踊るのよ」

アルフレドはむっつりと押し黙った。ナファフィステアの言っていることは、間違いではない。各国の貴人を招いた場で彼等と踊るのは通例であり、何もおかしなことではないのだ。夜の催しでは、貴人達が王妃をダンスに誘うに違いない。しかし、アルフレドは、彼女がそれを断ると考えていた。なぜなら、夜会ではいつもそうしていたからである。

「ジェイナスは夜の催しには参加せぬ」

「まだ夜会に参加できる年齢じゃないんだったわね。最初に踊ってもらおうと思っていたのに、残念だわ」

「最初は余と踊れ。示しがつかぬ」

「わかったわ。あの緑の衣装の方と、銀の長髪で紫色の衣装の方だったら、どっちを先にお誘いするべきかしら？　国のつながりを考えたら、順序は考慮した方がいいのよね？」

ナファフィステアは前のめり気味に壇下を眺めて言った。すっかり踊る気で、相手を物色しているようだ。

しかし、当然、アルフレドはそれを許すつもりなどなかった。下を見下ろす彼女の首後ろには、仕度の時につけた赤い痕がくっきりと残っている。彼女の匂い、滑らかな肌、柔らかな肉体、他の男にどれ一つ欠片《かけら》も許す気などない。仕度の途中で待ちきれずに抱いてしまったが、一度で興奮を収めるのにどれほど苦労したか。だが、今夜からは思うままに貪《むさぼ》れる。今夜のことを考えれば、明日の朝には動けないと不満を口にするだろう彼女に、望みを叶《かな》えてやりたいとは思うが。

「夜では衣装が見えまい。明日以降、彼等と会する場にそなたも同席させるゆえ、その時に見ればよかろう」

「あー……、まぁ、そうね。夜より昼間の方がよく見えるわね。でも、踊りに誘ってもよくない？」

「他の男と踊るな」

「……アルフレドとだけ？　それだと、私、一曲しか踊れないじゃない」

「同じ者と一曲しか踊らぬのは、貴族達のルールだ。他国の招待客や、余らがそれに沿う必要はない」

「そうなの？」

「そうだ」

「わかったわよ、他の人と踊らなければいいんでしょっ。でも、その代わり、私が満足するまで踊ってくれるんでしょうね、アルフレド？」

「そなたが踊れるのならば、な」

「踊れるわよ。ちょっと足を踏むかもしれないけどね」


王宮の大広間での披露を終えた後、王は王妃を腕にかかえたまま、大庭園や前庭に集まった貴族達に披露した。夜には、王は王妃だけと何度も踊り、彼女を片時もそばから離そうとはしなかった。少しでも離れれば引き寄せ、所かまわず抱き上げたり、踊り疲れた王妃を抱きしめ、キスをしたり。王の溺愛っぷりを散々に見せつける王妃披露となった。

翌日、王妃の寝室では、国王夫妻が言い争っていた。

「起き上がれぬのでは、仕方があるまい」

「嫌よ。あの衣装を見たいの！　今しか見られないのよ？　だいたいっ、陛下が悪いんじゃないっ。陛下がっ」

招待客と会うため礼装に着替えた王と、ベッドを降りようとして落ちかけぎみの、寝乱れた姿の王妃。王妃付き女官達はどちらの味方をすることなく存在感を消し、二人を静かに見守っていた。

「ナファフィステアが満足するまで踊りに付き合ったのだ。そなたも余が満足するまで付き合うべきであろう。そなたがもう少し体力をつけておればよかったのだ。余のせいではない」

「陛下と同じ体力は無理でしょっ。王妃披露の前にもしたのに、陛下がおかしいのよっ」

「一回で余が満足するはずなかろう。では、行ってくるゆえ、ゆっくり休んでおれ」

王は王妃を抱えてベッドの上に戻し、頭にキスを落とすと戸口に向かう。

「陛下のっ、陛下のばかぁ――――っ」

ナファフィステアの声が辺りに響き渡ったが、女官達は聞こえないふりをした。

王妃編

王妃編　一．褒美

青い空が広がっている。暑い季節を乗り越え、今は秋。

私は新米母として慣れてきたところ。なんていうと、すごく頑張っているみたいだけど、乳母がいるし、子守り専門の女官もいるので、私が頑張ることはあまりない。

息子ヴィルフレドのために自分の変な発音を矯正するとか、王妃として知っておくべき各国の事情を学ぶとか、子育て以外の方が大変だったりする。陛下は王妃になっても特に変わらないみたいに言ってたけど、やはり、何もしなくていいはずがない。

「うー……、読んでたら眠くなるのはなんでだろう」

分厚い本を開いたままテーブルに置き、私はソファに寝転がった。

「王妃様っ」

すぐさま、リリアの冷ややかな声が飛んでくる。

わかってるわよ、こんな風に寝転がるのがダメだってことは。本物の高貴な人は、二十四時間、身分相応に振る舞うべきという理想が、リリアにはあるのだ。私にはそうした理想の女性になって、誰からも尊敬されるような立派な王妃となってほしいと思っている。それは、わかるけれど。

でも、陛下や側近達としては、王妃の存在は吹けば飛ぶくらい軽くて薄い方がいい。国政に関心を示さず、社交界でも影響力は少なく、王の権威を落とさず邪魔しないことを望んでいる。たぶん、王妃や寵妃の実家が権力を持ちすぎて大変だった過去があるんだろう。

だから、私は存在するだけの王妃でいいと思っている。それに、プライベートな時間まで隙がないのでは、息が詰まってしまう。時間外は、リリアの目指す王妃像はオフにしてもらうべく、こうしてソファでごろんごろんと寛《くつろ》いでいるところ。決して、私がサボりたいだけではない。

自分に言い訳しながら、ん────っと伸びをする。

「母として行儀よくするのではなかったのか？」

「へっ、陛下!?」

私は跳ね起きようとして、ドサッとソファから転げた落ちた。が、床はふかふか毛足の長い敷物だし、痛みはなく衝撃もたいしたことない。それより何より、この場を取り繕うのが先だ。

「いらっしゃい、陛下。今日は出かけるって言ってたのに、予定が変わったの？」

私は何もなかったように立ち上がって、陛下を笑顔で迎えた。

陛下はいつものように無表情だったけど、腕にはヴィルフレドを抱えている。出かける前に息子の様子を見に立ち寄ったらしい。いつもなら、私も一緒にそこにいるのに、見当たらなくて、こちらに足を運んだのだろう。

「だから、行儀悪くしておったのか」

「あー……そんなことは……」

あるんだけど、それを認めるのはバツが悪いので、私はごにょごにょと誤魔化した。

「ヴィルー、お父様に遊んでもらってよかったわね。さ、母様のところにいらっしゃい？」

「あぅあー」

ヴィルは陛下の片腕から私の方に小さな手を伸ばした。金にオレンジ色がかった髪がふわふわして、白くてぷにぷにした頬が愛くるしい。一応、青い目だけど、陛下と違って、ものすごく濃い鮮明な青だ。改めて、この国の人達の瞳が、淡い色ばかりだということに気づかされる。

整った顔立ちは少し陛下の面差しに似てるけど、ぷにほっぺがほんのり赤らんでて、笑顔が超絶可愛い。私に似なくて本当によかったとしみじみ思う。何せ、この国の、特に身分の高い人はみんな美形なので、私に似ていたら将来ヴィルに恨まれること間違いなかっただろうから。

「陛下？」

一向にヴィルを手放そうとしないので、私は陛下を睨《にら》んだ。

陛下はヴィルを左腕に跨らせているだけなので、ヴィルは自由に手足をバタバタ振り回している。それはとても楽しそうなんだけど、急に予想しない動きをすることもあるから、ハラハラしてしまう。私を片腕で抱えられる陛下が小さなヴィルを落とすはずはないとわかっていても、視覚的にすごく怖い。

「陛下ってば」

「神話の本を読んでおったのか」

陛下は私がテーブルに放置している本を見ていた。しかしそれは、文字ばかりのページが開いた状態だ。つまり、その文字が読めなければ、何の本なのかわからないということ。

本に近い私でも文字が見えないのに、より離れている陛下が読めるとは、恐るべき視力である。それが陛下だけでなく、この世界の人達の標準能力だからたまらない。ヴィルが細部まで陛下似であることを祈るばかりだ。

「どんな神話があるか知りたくなったのよ。それぞれの神殿にはいろんな神様が祀《まつ》られていて、それぞれ違う神話があるでしょう？　御伽噺として簡単に知っている話もあるけど、本当にあったことがもとになっているから、詳しい内容を読むのも面白いのよね」

と、私は答えた。今は子育ての本を読むべきかもしれないけど、それは乳母や女医先生もいるし、どうにかなる。この国を知ることも、私には重要なのだ。息子は、この国で育つこの国の人間なのだから。

陛下は私の返事に納得したのか、ヴィルを私の腕に下ろした。少し体温の高い身体が腕に重い。ヴィルは八か月で、もう十キロ近い体重になっている。だから、重くて当然なんだけど。陛下とか女官達の腕にいるヴィルを見ると、つい小さくて軽いと錯覚してしまう。もっと軽かったのに、本当に大きくなるのは早い。

よいしょと腕に抱えなおして、ヴィルの顔を覗き込んだ。

「今日もご機嫌ねー、ヴィル」

「ぁんまーっ、ぅとっぷーおー」

ヴィルが私に向かって手を振り回し、何かを言っている。音としては『王妃様』に近い気がする。

もしかして、私を呼ぼうとしているのかも！

「王妃様じゃなくて、お母様、よ。お・か・あ・さ・ま」

「ぅっぷぅ？　ぅあー、むあぅ」

「そうそう、お母様、よ。上手ねー」

「ヴィルより、そなたの発音の方が不安だな」

陛下の声が頭から降ってきた。ムッとして上向《うわむ》くと、無表情の陛下が私を見下ろしていた。

発音は私も気にしてて、直そうとしてるのよ！　と反論したいけれど。実は、あまり効果が出ていなくて苦戦中だった。発音以前に、私の耳が悪いというか、音の聞き分けが難しいのだ。聞き取れないのに発音できるはずがなく、近頃は諦めかけている。

「陛下、早く行かなくていいの？　さっきから、陛下の事務官吏が催促してるみたいだけど？」

私は悔し紛れに、陛下を追い出しにかかった。

可愛い息子は私のものよ。さっさと王様しに行けば？

「そなた、今日は庭に出るでないぞ」

「どうしてよ？」

「大型の針虫が見つかった。駆除させているが、そなたはともかく、ヴィルが刺されては大事だ」

針虫というのは、その名の通り針を持っている虫で、大きいものだと体長が数十センチほどにもなる、ムカデに羽がついたようなエグイ見た目の昆虫だ。大人なら刺されても死ぬことは滅多にならないけど、毒があるので子供だと危ない。

私の庭（王宮奥の庭園の中でもジロとチャロがいる、お気に入りのエリア）では、庭師が害虫駆除に精を出してくれているけど、全てを取り除くのは難しい。羽がある虫なら絶対に無理だ。

「わかったわ」

しぶしぶと頷くと、陛下は私の肩を引き寄せて、ヴィルと私の頭にキスを落とした。

「前に、庭を改装したいと言っておったであろう。要望があるならば、事務官吏に伝えておけ」

「えっ、いいの？　考えとくわ！　いってらっしゃーい」

私はとっても愛想のいい笑顔で、陛下を送り出した。我ながら現金なものである。

「今日の外出で、陛下は王都の神殿にも寄るのよね？」

私は神話の本をめくりながら、事務官吏のユーロウスに尋ねた。ヴィルは揺りかごでお昼寝中。

「はい。エテル・オト神殿や王墓も回られると聞いております」

いつものことながら、スラスラと返事が返ってきた。ネットとか電話なんてないから、最新の情報を入手するのは大変だろうに、ほんとに感心する。

「エテル・オトって、聖王妃が安置されているっていう神殿？」

「そうです。王家の守護神殿ですので、王妃宣儀を執り行ったのも、かの神殿の神官達です」

「そうだったのね。へぇー」

聖王妃というのは、昔々、この国で疫病が流行《はや》った時、特別な力で人々の病を癒《いや》した王妃のこと。

最後には力尽きて亡くなったが、その遺体はいつまでも朽ち果てず、まるで眠っているようだったと、手元の本には書かれている。

この国では一般的に遺体そのものには意味がなく、抜け殻を人目に晒すべきではないと考えられているので、はやめに土に埋めるなり何なりするのが通常である。しかし、聖王妃はただ眠っているだけにしか見えず、そうすることはできなかった。何より国王が、彼女が死んだと信じることができなかった。だから、いつか彼女が息を吹き返すことを願って、遺体を神殿の奥深くに安置させた。そして、いつまでも彼女を見守るよう命じたのだという。

そんな経緯で、エテル・オト神殿は王家の守護神殿となったらしい。この本より、ユーロウスの話の方が詳しいのが残念なような。

私はパタンと本を閉じた。

「王都にあるなら、それほど遠くないのよね？　私も行ってみたいわ。ヴィルも連れて、神殿で神の祝福を受けに行く！　いい考えじゃない？」

「…………私には、よい考えとは思えませんが」

「どうしてよ。王家の守護神殿なんでしょ？　ヴィルフレドが立派に育ちますようにってお願いしに行くのは、いいことじゃない。当然のことよね」

「エテル・オト神殿から神官を呼び、祈祷《きとう》させるべきです。王妃様、王太子殿下が足を運ぶ必要はありません」

「えーっ、でも陛下は今日、行ってるんでしょ？」

「陛下が訪問されているのは、王家の守護神殿として役割を果たしているかの確認のためでしょう。

聖王妃のこともあり、エテル・オト神殿は非常に人気の高い神殿です。王家の庇護《ひご》を受けています

し、資金的にも非常に潤沢で、その分、他神殿との折り合いがよいとはいえません」

つまり、いくつもある神殿の中でエテル・オト神殿が独り勝ちしすぎて、他神殿から不満が上が

っているのだろう。オト神殿が水の神を祀る神殿であるように、豊穣《ほうじょう》の女神《めがみ》や国造りの男神《おがみ》を祀る

神殿もあれば、夜の神・昼の神と複数の神を祀る神殿もある。神殿は信者の寄進で成り立っており、

その大口の寄進者は貴族家達だ。神殿の不満は、貴族家の不満でもあるわけで。

「エテル・オト神殿は、王家の守護として優遇されすぎだって？」

「そうとは言いませんが……そうした声があるのは事実です」

「ふぅん」

ユーロウスの様子からすると、かの神殿にはいい印象を抱いてなさそう。聖王妃が祀られている

のなら是非と思ったけど、そういうことなら別の神殿にしようかな。

「じゃあ、他の神殿ならどこがいいと思う？」

「他の神殿、と申しますと？」

「私とヴィルが安泰をお願いしに行く神殿よ」

「王妃様、いずれの神殿にも足を運ぶべきではありません。下々の者とは違うのですから。必要で

あれば、神官を呼べばよいのです」

「神官を呼ぶのって、王家の守護神殿からでなくてもいいの？」

「もちろんでございます。陛下がお許しになれば、どの神殿からでも呼び寄せられます」

「それなら、セグジュ先生のいる神殿でも？」

「セグジュ先生とは、王妃様に我が国の言葉をお教えした、オリ・デ・グール神殿の神官ですね。遠方ですので時間はかかりますが、もちろん呼び寄せられます」

「そんなに遠いの？　じゃあ、行くのは無理？」

「無理です」

「前に国境に近い街に行ったし、行けなくはないわよね？」

「無理です。行こうなどとは絶対に考えませんように」

きっぱりと否定して、ユーロウスは部屋を出て行った。

セグジュ先生の神殿がとても遠いことは、何となく知っていた。私が後宮にいた頃に、一度、手紙を出したことがあって、忘れた頃に返事が届いたからだ。代筆で、しかもすごく短い返事が。

私はセグジュ先生へのお礼や挨拶、ジロ・チャロと穏やかに暮らしていることに加えて、先生の授業はとても楽しかったので、また、この国に残る不思議な伝承や逸話を教えてほしいですとの一文を添えていた。

それに対する返事は、お元気そうで何より、字は丁寧に書きましょうと記されていただけ。

私の書いた手紙は、セグジュ先生のもとに届くまでに多くの人に読まれるし、セグジュ先生の返事も同じ。それに、先生のもとに届くかどうかもわからない状況だった。それはセグジュ先生にもわかっていたのだろう。字は丁寧にという文が先生らしい。

返事が届いたのは、私の妊娠がわかってからだった。私が手紙を出してから返事が届くまで、ほとんどの時間どこかで差し止められていたに違いない。けれど、物理的にも立場的にも距離が遠いのは間違いないのだ。

「リリア、陛下にお願いしたいことがあるから、書くものを用意してくれない？」

私が頼むと、リリアは私をじっと見つめてきた。

「庭の改装について、お考えがまとまったのですか？」

リリアの顔はユーロウスと全然違うことを話していたのに？　とでも言いたげだ。

そういえば、陛下は庭を改装していいと言ってくれていたんだった。ユーロウスに陛下の行き先を聞いたせいで、すっかり忘れていた。

「それは……まだ、まとまってないわ。他のお願いができたから……」

「左様でございますか」

リリアの声が冷たい。そんなリリアだけど、ちゃんと私の前に紙とペンを出してくれる。

私は陛下の言葉を忘れていたことを反省して、庭園の改装についてのお礼とこんな風にしたいと書いた。そのついでに、私もすごくすごくものすごーく神殿を訪れてみたい、と付け加えておいた。

文章にしたことで、私の神殿に行きたい欲求は少しだけ収まったような気がしたのだけれど。

翌日、陛下から届いた返事で、事態は急展開を迎える。

――王妃は北の街ログトにある神殿フォル・オトに向かえ。

そう記されていた。私は驚いて、何度も何度も読み直した。リリアに読み上げてもらい、私の勘違いじゃないと確認もした。間違いない。陛下が、あれほど王宮の外に出ることを渋っていた陛下が、私に神殿行きをプレゼントしてくれたのだ。

確かに神殿に行きたいと手紙に書いたけれど、叶うとは思っていなかった。しかも、こんなにすぐになんて。

常日頃から私は陛下の前で、街をブラブラしたいとか、旅行に行ってみたいとか、いろいろと呟いていた。庭園の改装も呟いた中の一つだけど、外に出かける系の呟きは、それよりずっと多かったのに全く取り合ってもらえなかったのだ。でも、陛下の心のどこかには響いていたらしい。呟き続けた成果が、今ここに……。私は陛下の返事を感慨深く胸に抱きしめた。ありがとう、陛下。

そして、私は速やかに陛下の命令を実行に移したのだった。


五日後、私とヴィルは、北地方の街ログトにいた。

「ん――――っ、空気が美味《おい》しいーっ」

私はテラスから空を仰ぎ見る。よく晴れているのに、空気はしっとり澄んでいた。周囲を木々が取り囲んでいるからだろうか。王宮より空気が美味しい気がする。息子のヴィルは、そばの揺りかごで気持ちよさそうに眠っている。風が心地いいのだろう。

私達がこの街にあるフォル・オト神殿に到着したのは、つい一昨日のことだ。

リリアや乳母、女官達、王妃付き騎士達はもちろん、料理人や下働きの者達も含め大勢が、私と一緒に神殿旅行にやってきた。大人数だから移動も大変で、目立つし、あちこちで渋滞を引き起こすしと、道々でかなり迷惑をかけてしまった。王妃と王子という身分を考えれば、大勢になってしまうのは仕方がないけど。次に旅に出る時は、秘密裏にもっとコンパクトな少数精鋭で計画しよう。

馬車旅というのはやっぱり疲れるもので、到着した日はくたびれすぎて、翌日も動く気にはなれなかった。今日、ようやく気力が復活したところだ。

落ち着いてみると、この神殿はかなり広い。いくつもの小さな棟が建っていて、その一棟を丸ごと私達が借りているのだけれど、王宮から来た人を全員収容してもまだ余裕がある。神殿の後援者である貴族達を滞在させる設備なのだろう。神殿より内装が豪華に造られているし。もちろん、王宮とは比較にならないけど、窓が大きく光を取り込むようになっており、明るく清潔感がある。

何より驚いたのは、神官の雰囲気だった。神官といえば、ぴしっと背筋を伸ばして無口な印象だったのだが、ここの神官は穏やかで柔和《にゅうわ》な笑顔を見せる。神殿には街の人々が気軽に訪れ、神官達とも気さくに談笑していた。街の集会所みたいな、どこか田舎くさい雰囲気だった。

しかし、長閑《のどか》さとは対照的に、騎士達はピリピリしていた。こんなにのんびりしているんだから危険なんてないでしょうよと思ってしまうんだけど、警護には困る点が多いらしい。

神殿を訪れる人達は、私達のいる棟まで簡単にやってくることができてしまうのだ。実際、今朝わざわざ無料で野菜を持ってきてくれた人がいた。この地の人々は神殿を大事にし、また、それを支える後援者をも大事にしているのだ。宗教と特権階級である貴族と民衆、それぞれがここではいい関係を築いているのだろう。

慣れない環境で職務をこなすことに苦労している皆には申し訳ないけど、ここに来てよかった。

「ねぇ、リリア。一応、私の身分は伏せているのでしょう？」

私は振り向いてリリアに尋ねた。

「はい。ですが、王妃様の御髪《おぐし》は遠目でもわかりますので、すでにログトの町中に神殿に滞在しているのが誰かは知れ渡っているようです」

「あらま、そうなのね」

黒髪をチラとでも見れば、誰にだって予想がついてしまう。王都から遠いとしても、王妃が非常に珍しい黒髪だと知っている人はいる。それに、人々はとても視力がいいのだ。目立つ黒頭に気づかないはずがない。

ふと、あれほど外は危険だと言い続けていた陛下が、この旅行を薦めてくれたことを不思議に思った。

「陛下がここを薦めてくれたのは、王家の守護神殿と同系列で、この地方がとても安全だからかしらね」

私は疑問を口に出していた。

息子ヴィルフレドが産まれて、私に対する貴族達の態度は変わった。妊娠してから出産するまで貴族達の前には出なかったから、変化にもさほど驚きはしなかったけど。陛下のいない時を狙ってわざわざ嘲笑や嫌みを言いに来る人が、全くいなくなったのだ。あれはあれで面白かったのに。

世継ぎを産んだ王妃となり、私は貴族達よりも上の、王族に次ぐ地位にある。私の警護も厳重になり、私にはむやみにちょっかいがかけられなくなったらしい。

全国的に陛下の威光が行き届くようになって、平穏になったということかな。

「そうでございますね。王妃様の神殿を訪れたいという要望を、これほど早く聞き届けてくださるなんて、陛下は本当に御心《みこころ》の広い方でございます」

「…………何か、含みがありそうな言い方」

「含みなどと、とんでもございません。庭園の改装に神殿の訪問と、陛下は王妃様のお望みを叶えてくださったというのに、王妃様は陛下にお礼を申し上げることもせず出立なさったなんてことは、少しも、えぇ、全く何とも思っておりません」

リリアがさらさらと流れるように言った。口調にも表情にも出さずに笑顔で、すごく根に持っています発言とは、珍しい。

一応、私は陛下にお礼を伝えなかったわけではない。直接会って言うことはできなかったけど、陛下宛のとっても厚く御礼申し上げた手紙をユーロウスに託したので、私の感謝の気持ちは陛下に届いているはずなのだ。

「あの日、陛下はすごく忙しくて時間がなかったのよ。執務室に行こうとしたけど、断られたのを、リリアも知ってるでしょ？　だから、ちゃんと手紙でお礼を残したんだし」

「もちろん存じております。ですが、何もあんなに慌ただしく出立せずとも、陛下にお会いできる日まで待つこともできたはずですのに」

「あー……、まぁ、そうなんだけど、ね……」

リリアが引っかかっているのは、私が陛下に直接感謝を伝えなかったことらしい。その点は、言われてみれば確かにそうなので、私も語尾が怪しくなる。

出発を急ぐ必要は全くなかった。むしろ、旅の準備などを考えれば、遅らせる方がよかったに違いない。それなのに、早くに出発しようとしたのは、私がそうしたかったからだ。陛下の気が変わったら王宮から出られなくなる、そういう意識が強く根付いているために。

陛下の日頃の行いのせいよと自分を正当化しようとするも、私の浅慮が招いた迷惑度は計り知れない。ごめんなさいと反省する。

「戻ったら、陛下にたっぷりお礼を伝えるわ。もちろん、直接ね」

「それがよろしゅうございます。ですが、お戻りまでには時間が経《た》ってしまいますので、陛下に手紙をお出ししてはいかがでしょう。王太子殿下のご様子など、陛下にお伝えしては？」

「そうね。ここに来るまでに、ヴィルがどれだけ泣き喚いて愚図ったか、たっぷり書いて陛下に教えてあげましょう」

「はい。王妃様」

私はリリアから紙を受け取り、ヴィルが馬車内で怪獣と化していたことを書き綴《つづ》った。なかなかに逞しい声で泣き喚き、乳母やリリアや女官達に褒められていたことや、狭い中を這い回ろうとして一瞬摑み立ちしたことなどを、親バカ丸出しで。

お忍びでフォル・オト神殿に滞在することになっているものの、私は王妃としてこの街の領主や有力者とは面会しておかなければならない。王妃付き主席事務官吏であるユーロウスは王宮に残してきたので、同行している次席事務官吏のソンゲルがそれらを調整してくれている。

ユーロウスは長距離馬車移動が嫌いなので、今回の同行役をソンゲルに押し付けたのだろう。以前の私がこの世界に落ちた場所への旅で、彼は相当に懲りたようだったから。王妃付き事務官吏は誰もが優秀なので、誰が同行してくれても全く問題ない。本当に王宮は優秀な人材の宝庫だ。

ソンゲルが私の対応をして、ユーロウスは王宮からソンゲルをサポートするのと同時に、王宮奥の庭園改装について話を進める手筈になっている。私が王宮に戻る頃には、改装プランが出揃っている予定だ。

「王妃様」

私は有力者の地位順が書かれた手元の資料から視線を上げ、声がかけられた方を見た。

ついさっき、この資料を私に渡してくれたばかりのソンゲルが立っている。

「あら、ソンゲル。何か言い忘れてた？」

と尋ねたものの、彼は少し困ったような態度で、私は不思議に思った。ソンゲルの後ろに控えているリリアも、戸惑っているように見えたからだ。

「いいえ」

ソンゲルは、何か歯切れが悪い。一体どうしたというのだろう。

「王妃様、王宮から陛下の使者が来訪し、王妃様との面会を求めております。如何《いかが》いたしましょう？」

如何いたしましょうって、会うに決まっているでしょうに。陛下からの使者なんでしょう？　そう思ったけど、私は言葉をのみ込んだ。

陛下が手紙ではなく、わざわざ使者を寄越したのなら、急ぎの重要な報せに違いない。そして、それはあまりいい報せとは考えにくい。緊急連絡というのはそういうものだし、ソンゲルやリリアの硬い表情からもそれが窺える。

私は気を引き締めて、答えた。

「会いましょう。リリア、ヴィルをお願い。ボルグ、面会の部屋はもう使える？」

「はっ。いつでも」

「では、使者をそちらに案内して。私と騎士達で会います」

「承知いたしました」

リリアの返事に、女官達が動き出す。幾人かの騎士達も、私に礼をして部屋の外へ出て行った。

使者との面会に向けて、室内の空気が緊張していく。嫌な空気だ。

「王妃様、私もその場に控えてもよろしいでしょうか？」

うっかりしていたけど、事務官吏のソンゲルがいれば何かと頼りになる。神殿につきものの古語で書かれた文書とか誓約書とか出されたら、私には読めないのだから。

「そうね。ソンゲルがいてくれると助かるわ。お願い」

「ありがとうございます」

私は何となく重い雰囲気の中、資料をテーブルに置いてソファから腰を上げた。そして、陛下からヴィルへのサプライズ・プレゼントとかだったらいいなと頭を明るい期待に切り替え、足を踏み出す。

「王妃様、いってらっしゃいませ」

リリア達女官の声に送られ、私はボルグ達と一緒に面会の部屋へと向かった。

部屋の奥に置かれた幅の広い椅子の真ん中に、私はドレスの裾をたっぷり広げて座った。その私の両脇にボルグとウルガン、後ろにヤンジーが立つ。椅子の右横にはソンゲルが控えてくれている。

そこに、陛下の使者という男がゆっくりと入ってきた。

国王の使者にしては灰色の地味な衣装をまとった、どことなく陰気な雰囲気の男性だった。陰気というか、陰湿というか、顔に笑みを浮かべてはいるものの、それはどこか歪んでいて薄気味悪い。

国王の使者といえば、国王の言葉を告げる重要な役だ。単なる伝達者ではない。腰に剣を携えているけど騎士達のような手練《てだ》れ感はなく、かといって、ソンゲルのようにエリート官吏のようでもない。強《し》いていえば、私を見下し嘲笑を浮かべる高慢な貴族男性が、雰囲気的には近い。

私の前に進み出た使者は、おもむろに口を開いた。

「私は国王陛下より遣わされた者。王妃に陛下のお言葉を伝えます」

通常ならあるはずの王妃への挨拶も、ご機嫌伺いの美辞麗句も、この男は見事にすっ飛ばした。使者とはこういうものなのだろうか。

私はチラっとソンゲルを横目で見たけど、彼も驚いている。口を少し開いたまま固まっているので、かなり珍しいことなのだ。

私は視線を戻して、使者の言葉に耳を傾けた。

「王妃は王家に代々引き継がれた秘宝を隠匿したことが調べにより発覚した」

は？　秘宝を、何て？

「王妃でありながら王家の秘宝を盗むとは、許しがたい所業である」

へ？　私が盗んだ？　よくわからないけど、私は、今、泥棒の容疑をかけられている？

「死をもって、その罪を贖《あがな》うがよい」

死ねって宣言されているのはわかった。罪を問うのではなく、それは既に確定していて、国王の使者は私に死ねと言っているのだ。つまり、王が私に死を命じている、と。

陛下が、私に？　死ねって？　どうして？　神殿に来る前、会いにいかなかったから？　いや、そうじゃない。盗んだとか、どうとか。何かして、罪があって……。

混乱してしまって頭が働かない。私は、使者を見た。

使者はニヤリと歪んだ笑みを浮かべて、私を見下ろしている。その表情は、私を見て喜んでいるみたいだった。私が使者の言葉に狼狽えるのが、面白いのだ。

「王妃様、これが貴女《あなた》へ下された陛下の命令書です。私が先ほど述べたお言葉が、記されています。異国出の王妃様にはご理解いただけないかもしれませんが」

そう言いながら、使者は斜め掛けで脇に持っていた筒から紙を取り出し、私の方に広げた。

距離がありすぎて字が読めない。しかし、この距離でも読めるのが、この国の人々だ。視力の差だけど、字も読めない王妃と見下されるのは非常にムカつく。でも、この使者に対して湧き上がる怒りのせいで、思考力が戻ってきた。

私はソンゲルの方を向き、視線で問いかけた。あの使者が掲げ持っている文書は、使者の言葉と一致しているのか。あれは、本当に陛下からの命令書で、私に死を宣告しているのか、と。

ソンゲルは視線に応じて私の方に顔を向けた後、目を泳がせて、ゆっくりと視線をそらした。使者の言葉は、間違っていないのだ。

「さぁ、王妃様。ご決断を」

決断って？　何の？　死ぬって？　どうやって？　どうして？　私が？　今？

そうか。この国ではこんな風に突然人生が終わるんだ。申し開きをする機会なんてなく、陛下が望めば、どんな理由でも、いつでも他人の命を絶つことができる。この使者は腹立たしいけど、陛下の命令を遂行しているにすぎない。私の死を望んでいるのは、国王アルフレド。

なぜ？

使者は最初、何て言ってた？　落ち着いて思い出せ、私。何かを盗んだ、とか……。

「私が何を盗んだと言うのです？　私にはそのようなことをした覚えはありません」

私は使者に尋ねた。ここで死んでたまるか。

「この期《ご》に及んで言い逃れをなさるのはおやめください、王妃。これは陛下のご命令です。貴女の罪を公表せず、罪を償う機会をくださったことを喜ぶべきでしょう」

私の罪を公表せず？　公表すると不都合だからだ。誰にとって？

「答えなさい。私が何を盗んだというのです？」

「……王家の秘宝でございます」

「王家の秘宝とは、何です？」

「それは貴女がよくご存じでしょう。貴女が盗んだのですから」

「王家の秘宝とは何ですか？　答えなさい」

「王家の秘宝は……限られた者のみが知り得るもの。軽々しく口にすることはできません」

「つまり、あなたは知らないのね」

「……」

王家の秘宝が王妃に盗まれた。ということは、持ち運びができるものだから、宝石だろうか。それとも、三種の神器みたいな謎物体なのかな。何にせよ、この使者は詳しいことは知らない。

「それでは、なぜ私が盗んだとされたのかという理由も、王家の秘宝がどうやって盗まれたのかも、今どこにあるのかも、あなたは何も知らないのでしょうね？」

「全ては陛下のご判断です」

「はっ、何も知らずに命令書を持ってきただけ？　木偶《でく》人形のようなあなたに、陛下の使者が務まるとは到底思えないわ。下がりなさい」

「いいえ、そうはまいりません。王妃がお認めにならなくとも、私は陛下より使名を受けた身。果たさずに帰ることはできません」

「あなたの使命とは？」

「王妃、貴女が陛下の命令に従うのを見届けることです。貴女のお命が絶たれたことをこの目で確認しなければ、陛下のもとへは戻れません」

この男は、私が死ぬまで引き下がらない。このままでは、死ぬ。どうしよう。助かるには逃げるしかないようだ。使者の背後にドア。私の後ろには大きく開いた窓があるけど、あいにく私は動きづらいドレスだし、椅子に座っている。ボルグやソンゲルが見逃してくれたとしても、私が窓に辿り着くまでに使者が私を捕まえるのは間違いない。

どうしたらいい。どうすれば。とにかく、この男を遠ざけないと。使者は嫌な顔で笑う。まるで、私が死ぬのが待ち遠しいみたいな。

「私がお手伝いしてさしあげますよ、王妃」

使者はそう言って命令書を片手にぐしゃりと握り締めた。そして、腰の剣に手をかけ、私の方へ足を踏み出す。

背後の窓に走るよりも、使者の後ろにあるドアに突っ走る方が、逃げられる確率は高いかもしれない。使者の剣を避《よ》けられることを前提にしている時点で、アウトだけど。

私は近づいてくる使者を、座ったまま身動きせずに見ていた。観念したわけじゃない。逃げる方法を必死に考えていた。ボルグ達は動かない。使者の剣がどれほど速いのかはわからないけど、ボルグとウルガンの立ち位置を考えれば、使者は私を突くか上から斬るしかない。

使者が剣を抜いて、もう少し近づいてから、ボルグの横を抜ける。それしかない。

拳を握り締め、ゆっくりと呼吸を繰り返す。使者の昏《くら》い笑みが、ゆっくりと近づいてくる。まだ動いてはバレる。足は動くのか、使者を躱《かわ》せるのか。疑ってはダメだ。走らなければ、殺される。

私は走るタイミングをじっと待った。もう少し。使者が剣を抜いて、それから。

次の瞬間、私の視界が閉ざされた。ボルグとウルガンが、私の前を塞いだのだ。そして、ボルグは滑らかな動きで腰から大きな剣を抜く。

「ここでその剣を抜けば、斬る。我々は国王陛下より王妃様に害をなす者は排除せよとの命を受けている。それがたとえ陛下の使者であろうと、躊躇《ちゅうちょ》はしない」

ボルグが告げた。

ボルグは、使者の掲げる命令ではなく、私を護れという陛下の命令を優先するという。ボルグだけじゃない。ウルガンも、私の後ろにいるヤンジーも同じ。私には二人の背中しか見えないけど、彼等から放たれる緊張感は息が詰まるほどビリビリと肌に感じる。

彼等は味方だ。私はここでは死なない。大丈夫。私が死ぬのは、今じゃない。

動かない大きな背中に、ほっとした。

ボルグ達の動きに迷いはない。以前、森で私を護ったように、その身を盾にしても、私を護る。彼等は私を護ってくれるのだ。

陛下が私に死を命じたことは変わらないし、ボルグ達は使者の妨害をしたとして罪に問われる可能性がある。それでも、今ここで私を護るために動いてくれたことがすごく嬉しい。この場では、彼等に頼るしかなくて申し訳ないとも思うけど。

「陛下の命令に従わないなら、お前達は逆賊だぞ」

使者はヒステリックな声を上げた。ボルグは王宮騎士の中でも屈指の強さだ。その彼の気迫に、勝負を挑む気にはなれなかったのだろう。

「陛下は我々に直々にお命じになられた。この身を賭《と》してその命を遂行する所存」

ボルグの静かな殺気に、使者は完全に怯んでいるようだ。私に対していた時の強気な様子は、どこにもない。使者は命令書の遂行に命を懸ける気はないらしい。

「この場はひとまず引き上げますが、次は手間を取らせないでいただきたい」

使者はそう言い残し、荒々しい足取りで部屋を出て行った。

引き際が早すぎて、呆気《あっけ》にとられる。諦めるの早すぎでしょ。助かったけど。

私は座ったままゆらりと後ろに倒れ込んだ。脱力した身体にふかふかクッションが気持ちいい。

「王妃様、大丈夫でございますか？」

ソンゲルが心配そうな顔で覗《のぞ》き込んできた。ヤンジーの顔も視界に入る。

「ええ、大丈夫。ちょっと気が抜けただけだから」

私はふうっと大きな息を吐いた。

あの使者は、また来ると言った。当然だろう。私の死を見届けるという彼の使命を、果たしてないのだから。ボルグ達を全く説得することもせず、あっさり引き下がったけど、次は人数を増やしてくるか、ボルグ達に邪魔をさせないように何らかの手を打ってくるはず。

とはいえ、ひとまず、第一難関は突破した。

「ありがとう、ボルグ、ウルガン。それに、ヤンジーとソンゲルも」

「王妃様をお護りするのが我等の任務ですので、当然のことをしたまで」

「でも、ボルグ、使者は陛下の命を受けているのだから、彼を邪魔したことであなた達が咎《とが》められてしまうわよね。だから、本当にありがとう。助かったわ。私は、あの使者がもう一度やってくる前に、ここを出ます」

私は深く考えずにここを出ると言ってしまっていた。深く考えても、逃げる一択しかないけど。

「ここを出る、と言いますと、……どちらへ？」

ソンゲルが言葉を選びながら訊いてきた。

「さぁ、わからないわ」

それ以外に答えようがなかった。王宮には戻れない。でも王宮以外を、私はほとんど知らない。

「リリアを呼んでくれる？」

「承知しました」

私はこれからどうするかを考えることにした。どこに行けばいいのか。何をしなければならないのか。時間的にそれほど猶予はない。使者が戻ってくる前に、陛下の手の届かない場所に逃げなければならないのだから。

王妃編　二．逃亡

　ガタガタと馬車の音がうるさいし、荷馬車なので振動もすごい。乗り心地の悪い荷馬車の荷台で、私は膝を抱えて突っ伏していた。本当にお尻が痛いし、気持ち悪い。立派な馬車というのは、見た目だけでなく、乗り心地も追求されており、庶民の馬車とは全く違うのだと実感する。

「大丈夫でございますか？」

　乳母がヴィルをしっかりと胸に抱いたまま、私の顔を覗き込んできた。

　私は頷きで答えた。全然大丈夫じゃないけど。

　私達は現在、ログトの街を脱出し、普通の農夫達のふりをして王都に向かっているところ。

　私とヴィルだけで出て行こうと考えたんだけど、即座に無謀すぎると否定された。金髪の鬘《かつら》を被《かぶ》ったとしても、小さい私が子供を抱えていれば目を引いてしまう。顔を覗き込まれれば、黒い目を隠すことはできないし、ヴィルも濃い碧眼《へきがん》にオレンジ色の髪と特徴が強すぎて、追手はすぐに私達を見つけることができるというのだ。

　それなら、森に隠れ住むと言うと、一晩で肉食獣の餌《えさ》になるので、それだけは絶対にやめてくださいと念を押されてしまった。森にはたいてい大型肉食獣が群れで生息しており、餌になりに行くようなものだと。王都は大きな壁で囲まれた都市なので、肉食獣なんて入ってこないらしいけど、外は違う。街以外の森や草原など面積は広く、そこでは動物達による弱肉強食が繰り広げられている。だから、人々は密集して暮らしているのだ。頭ではわかっていたはずなのに、実感がないので言われるまで気づかなかった。

まだ八か月のヴィルを抱えて、肉食獣に狙われたら、私には逃げられない。王太子であるヴィルをボルグ達に託すしかない、と思っていると。

ソンゲルが、王都なら多少、変わった顔貌《かおかたち》でも目立たないと言い出した。金髪の鬘を被り、家に籠ってしまえば、簡単には見つからないだろうと。

「使者は北地区の警備騎士団に向かったはずです。陛下の使者と証明する印は本物のように見えましたので、おそらく警備騎士団が動くでしょう。その前に、王妃様と王太子殿下は、ここから密《ひそ》かに脱出しなければなりません。荷馬車を用意して、王妃様には相応の衣服に着替えていただきましょう」

「わかりました。すぐに手配します」

ソンゲルの言葉に、リリアが答えた。

「使者と騎士団をここに留《とど》まらせるために、私がここに残って王妃様と王太子殿下が閉じこもっていると見せかけます。王妃付き騎士も何人かは残ってください」

「わかった。最低、何人必要だ？　追手を撒く役も含めるなら、合流は遅くなる。王妃様と殿下の警護は少しでも多い方がいい」

「四、五人でしょうか」

「ちょ、ちょっと待って。それじゃあ、皆が罪に問われてしまうわ。私は、神殿の外までこっそり出るのを助けてくれればいいかなって」

「王妃様、ご無理をおっしゃらないでください。それでは王妃様が神殿の外に出たところで、すぐ騎士団に発見されてしまいます。そんな目立つ格好で、どうするおつもりです。今度こそ使者にバッサリ殺されるのですか？　殿下を道連れに？　勘弁してください」

そうだけど……、言い方。ソンゲル、言い方ぁ――――。大人しいと思ったのに、さすがはユーロウスの次席事務官吏。口調は柔らかいけど、言う時は容赦ないらしい。

「王妃様、必ず王妃様をお護りいたします」

「ありがとう、ボルグ！」

いや、ありがとうじゃないでしょ、私。でも、守ってもらうしか方法はないし、悠長に悩んでいる時間もない。使者の命令書に反する行動は、彼等にとって危険でしかない。けど、十分にわかった上でそうしようとしてくれているのだから、私は素直に喜んでおこう。もしも、どうしても殺されなければならないなら、彼等にがいい。苦しまないように瞬殺してくれそうだから。

そんなこんなで、私達は使者の目を逃れるようソンゲルの案に沿って、王都に向かうことになったのである。

ガタゴト、ガタゴト、ひたすら荷馬車に揺られ続け。

吐きそう。ギブです。私はそっと手を挙げた。

しばらくして、馬車が止まる。王都に急ぎたいけど、荷馬車で突っ走るとおかしいので、そこそこの速度で進むしかないし、馬にも水や適度な休憩が必要なのだ。そこで、私のギブアップサインが目安になっているというわけ。

私は馬車を降りて、水袋から一口水を飲んだ。おかげで、ちょっと元気が出る。

「大丈夫ですか、王妃様？」

「大丈夫よ、ちょっと復活したわ。この馬車に慣れてきたのかもね」

「明日には屋根付き馬車になりますので、もうしばらくご辛抱ください」

「うん、頑張るわ。でも、だいぶ進んだみたいね。明日、馬車を乗り換えってことは、明後日には王都に入れそう？」

「はい。追手もこちらにはいないようですので、このまま予定通りに進めば」

私達は遠回りで王都に向かっているけど、王都に入るにはそれなりの証明が必要になる。そのための準備をリリアとヤンジーがしてくれているはず。当初、リリアは神殿に残ろうとしたけど、王都に入る準備が大変そうだし、馬で走れる女官が彼女だけだったので、リリアが発《た》つしかなかったのだ。本人が使者に対峙《たいじ》する危険な役を務めるべきと思っていたのを、他の女官達が説得していた。残る役は私達に任せろと。

私は緩い風を受けながら、緑の丘に生える草が揺れるのを眺めた。

明日リリア達と合流すれば、小金持ちの家のお嬢様になって、いよいよ王都に入る。

あの使者は王都にまで追ってくるだろうか。警備騎士団の協力があれば、そのうち辿り着くかもしれない。あの使者だけなら何とでもなりそうなのに……。でも、そんな人物が陛下の使者って、おかしくない？　腕が立つわけでもないのに、従者も騎士も連れずに一人でなんて……。

「ボルグ、あの使者のことなんだけど、ソンゲルが証明する印は本物に見えたって言ってたのを覚えてる？」

「はい」

「あの使者には、本物かどうか疑わしい点があったってことよね？」

使者が持っていた命令書は、結局、私には全然読めなかったけど、たぶん本物だった。偽物なら、ソンゲルなりボルグなりがそう言っただろう。下の方に、陛下のサインが書いてあったような気がするし。

でも、『証明する印は本物に見えた』という言葉は、他の部分には本物と見えない点があったととれるのだ。印も命令書も本物なのに、何を疑っていたのか？

「あの男は、陛下の使者にふさわしい者には見えませんでしたので」

ソンゲルの考えか、ボルグの考えなのかわからない返事だった。ボルグもウルガンもそう感じて、だから、使者が命令書の内容を告げても全く動かなかったのだろうか。あの男を警戒していた？

ソンゲルも困った様子ではあったけど、私に咎めるような目を向けなかった。ボルグ達が感じたように、王宮事務官吏のソンゲルも使者自身に疑いを持ったのだろう。だから、あの男の持つ命令書も印も本物のように見えても本物とは断定しなかったのではないか。王宮の陛下に近い場所で働く人達なら、同じように違和感を覚えたのかもしれない。陛下が選ぶに値する人物ではないと。

「じゃあ、王家の秘宝については、何か知ってる？」

「それについては、何も……。申し訳ございません」

「あぁ、いいのよ、気にしないで。私も知らないし。王家の秘宝ねぇ。もしかして、ヴィルのことかしら？」

「違うと思います」

ボルグに即否定されてしまった。実際、使者が王家の秘宝と言ったけど、命令書が使者の言葉通りなら、文法的にその秘宝は雄雌のある生物ではない。たとえ比喩としてでも、王太子を個体物と同列に扱うことなどあり得ないのだ。

「宝物庫から盗まれたのかしらね」

「ソンゲルには心当たりがあるようでしたので、いずれ報告があるのでは？」

「そうね。期待しておきましょう」

私達は再び荷馬車で出発した。こんなに乗り心地が悪いのに、ぐっすり眠れるヴィルが羨ましい。乳母と交代でヴィルの機嫌を取りながら、リリア達との合流地点を目指した。

荷馬車で野宿というなかなかハードな四日間を経て、リリアと合流。宿に泊まるのは危険なので、私は川風呂でさっぱりした後、綺麗なドレスに着替えることにする。農夫の子供用の恰好は楽だけど、汚れてないといけないのが問題だった。普通の子供達が、洗濯した服を着ないわけではない。しかし、一般的に洗濯の頻度は少ないし、私は体臭が薄いから、臭《くさ》い系の匂いをわざわざ服につけなければならなかったのだ。服や手に土がついているのも、風呂に入らないのも慣れるけど、臭《にお》いをつけるのは、やっぱり不愉快。だから、新しいドレスを着て綺麗な格好ができるのは、嬉しかった。嬉しかったんだけれども。

「リリア…………このドレスは、何……？」

「金持ちが好む子供服です。非常に人気なのですよ」

「何だかヒラヒラ、やけに多くない？　鏡ってないわよね？　私には全然似合わない気がするんだけど」

ドレスは刺繍《ししゅう》とかレース、切り替えやラインを入れてデザインされるものだと思うけれど、リリアの用意したドレスはフリルばかりだった。何重ものヒラヒラが首周りにつけられてて、たぶん首が埋もれる。手首や袖、胸元やスカート部分も大量のフリルで装飾されている。フリルしかない。すっきりしたところが全くないこのドレスを着ると、フリルだるまに頭が乗っている姿しか想像できない。

「いいえ。とてもお似合いでございますわ、ティアお嬢様」

リリアは似合わないとは言わせませんと押しの強さを込めて答えた。ちなみに、ティアとは変装中の私のこと。ぱっと決めた名だけど、リリアは呼び方チェンジに違和感が全くなく、お見事。

「ええ、本当にお可愛らしい。よくお似合いでございます、お嬢様」

リリアの力業の返事に呼応して、乳母までもがよいしょに加担しだした。ここで私が、他のドレスがいい、なんてゴネると困ると判断したのだろう。それは、わかるけど。

「…………ありがとう」

私はお礼を述べた。わざわざリリアがヤンジーと馬で飛ばし、王都で調達してくれたドレスである。リリア、ヤンジーの苦労を考えれば、非常に有難《ありがた》いドレスだ。

しかし、このドレスは、涙が出るほど私に似合わない。鏡がなくても、それくらいはわかる。これは小さな美しい顔のためのドレスで……。鏡がないのはいっそ幸せだったかもしれない。

「そうね。ありがとう、リリア。短時間での準備は大変だったでしょう?」

「いいえ、お嬢様。とても有意義に過ごせました。背筋をまっすぐにして、ほぼ動かない姿勢でおっしゃるのがよろしいかと。そうすれば、より子供っぽい仕草になりますので」

「あら、そうなのね。わかったわ」

リリアはすでに私の指導に入っていた。私が金持ちの家のお嬢様に見えるように。ドレスは私に似合うかどうかではなく、どういう身分に見えるかどうかが重要なのだから、我慢しなくては。どんなに似合わなくても……。

「王都のお邸《やしき》も、きっとお気に召していただけると思います」

「それでは、楽しみにしておくわね」

リリアに答えながら、笑みをキープした。似合わないとわかっているドレスを着るのは、結構なストレスで、精神をゴリゴリ削ってくる。いやしかし、臭い服よりは……たぶんマシなはず。

私は金持ちお嬢様となり、難なく王都入りを果たした。そして、王都内のとある邸に潜伏することに成功した。

それから間もなく、ソンゲルと連絡がつき、私達が出発した後の状況もわかった。

使者が北地区の騎士数名を引き連れて再び私達がいたフォル・オト神殿を訪れたのは、二日も後のことだったらしい。私には、どうしてそんなに日を開けたのか不思議で仕方なかったけど、それについてはボルグが説明してくれた。

使者は文書を確実に相手へ伝えるのが役目である。処刑執行人でもなければ、騎士団を動かす権限もない。命令書では王妃を罪人と断じ死を命じているが、今回のような場合、王妃の死を見届ける人物が居合わせる必要がある。それは、ボルグでもソンゲルでも構わないのでそう言えばいいのに、それについて何もなかった。騎士達に対しても、使者本人が命じられた書を示すなどで、協力を要請するべきだったが、最後までそうしたそぶりは見せなかった。

使者のやりようは不可解な点が多く、たとえ命令書があったとしても騎士団を説得するのは難しかっただろうと、ボルグは言う。ボルグが剣を抜いた時、使者のあまりの手際の悪さに、結構イライラしていたのかもしれない。

「使者は王妃様がいないと知ってカンカンに怒って、騎士達に王妃を捕らえてこいと言ったところ従わなかったので、使者は彼らにも怒って一人出て行ってしまったそうです」

ヤンジーがソンゲルからの手紙を解読してくれる。暗号みたいな文で書かれているためだ。

「陛下の命令書って、それだけで絶対なのかと思ってたわ」

「もちろん陛下の命令は絶対ですが」

「ヤンジー」

ボルグが一声かけたので、ヤンジーははっと言葉を途切らせた。

「仕方なく北地区警備の騎士達がソンゲルから事情を聞いた後、残っていた者も個々に聴取されたそうですが、特に咎められた者はいなかったとのことです。その後、騎士隊に警護され王宮に向けて発ったとありますので、そろそろ王宮に着いている頃かもしれません」

絶対の命令で、陛下は私に死を命じた。あの命令書に、王妃付き騎士達への命令があれば、私は生きてはいなかったのだろう。命令は私に対するものだけだったから助かった。

「そう。ありがとう。皆が無事なら、よかったわ」

ソンゲルの神殿脱出計画は全て上手くいった。けれど、王宮に戻った者達の今後が心配だった。私の失踪について詳しく知っている、ソンゲルと残った王妃付き騎士四人は、特に。

どうしてこんなことになってしまったのだろう。

神殿に出かける時、陛下が私からの置き手紙だけで出かけてしまったことに腹が立ったとしても、死ねとまでは思わないだろう。実は、神殿に行けという命令自体が、密かに私を殺すための前振りだった、とか？　でも、神殿に行きたいと、お願いしたのは私だし。その前に陛下は、庭園を改装すればと言っていたくらいで、機嫌は悪くなかった。

もしかして、陛下に何かあった？　王家の秘宝を私が盗んだでっち上げ証拠が出たとか？　でも、それを私に確認もせず、死を所望するかな。それとも、罪は何でもよくて、私に死んでほしくなっただけか。

それにしたって、見下すだけが得意そうな人を、陛下がわざわざ使者として寄越すのはおかしい気がする。ボルグも誰も説得できないような人を選ぶ？

それに、ソンゲルの報告にはわざと書かなかったんだろうけど、ヴィルのことに一言も言及してないのが気になる。私の死を望む人はたくさんいても、国王の一人息子、王太子ヴィルフレドは絶対に護らなければならない存在のはずなのに。私を罪人にするなら、私からヴィルを引き離すのが普通じゃない？　必要でないのは、私だけでなく、ヴィルもなの？

わからないことが、多すぎる。陛下と直接話ができれば……って、陛下が私の死を望んでいるなら、殺されに行くようなものだ。今だって、いつ見つかるかわからない。命令書を見て逃げたのだから、王命に背いたといって見つかれば即殺されかねない。この状況を、早く何とかしなければ。

私はヴィルを残してあっさり殺されるわけにはいかないのだ。

「ボルグ、なぜ私が死ななくてはいけないのか、あの命令書が発せられた理由を知りたいの。ユーロウスに訊くことはできる？」

私はボルグに尋ねた。ずっと王宮にいたユーロウスなら、事情を詳しく知っているかもしれない。知らなくても探れるはずだ。王宮のど真ん中にいる人物と連絡を取るのは非常に危険だけど、隠れているだけでは状況は悪化するばかりだ。とにかく王宮の情報が欲しい。

「はっ、もちろんです。直《ただ》ちに」

「お願い」

歯痒《はがゆ》いけれど、ボルグ達に頼むしかない。私が軽く頷いた視線の端で、何かがモゾっと動いた。

え？　っと、思った瞬間、小型のナイフがストッと軽い音を立てて壁に刺さる。

「あぐっ」

「この虫は毒を持っておりません。お気を確かに」

私は口を手でふさぎ、ぶんぶんと頭を縦に振って答えた。しかし、ヤンジーがナイフで仕留めた掌サイズの黒い物体から、目が離せない。ジタバタとまだ少し動いているから。脳が瞬きも拒絶する。

私にできることは、まず、こんな虫ごときで悲鳴を上げないこと。多少サイズが大きくても、多少足が多くても、多少苦手な姿をしていても、些細なことだ。些細な……こととして流せる、普通のお嬢様になるためには、こんなことくらい……。

私は他にも虫が隠れていないか、ドレスの裾を持ち上げてばっさばっさとはたいた。

「お嬢様っ、何をなさっているのですかっ」

タイミング悪く、ヤンジーが仕留めたそれを持って出ようとドアを開けたところに、リリアがいたらしい。リリアの顔は、美人度が上がるほど険しかった。

「変なのがいたから……」

「手をお放しください、ティアお嬢様」

「……はい……」

「それでは、失礼いたします」

ボルグとヤンジーは、リリアの横を抜けて速《すみ》やかに部屋を出る。怒りを湛《たた》えた美人を前に、ボルグ達は退散が一番と踏んだのだろう。

「ドレスの裾を上げて足首を晒すなど、淑女として、あってはならない所作ですっ」

「はい。ごめんなさい」

私はリリアに、身分の高い女性が足を見せることへの一般的羞恥をコンコンと説明されたけど、子供は走り回ったりするしそこまでじゃないよね、と甘いことを考えながら聞いてしまい。

「反省の色が見えません、お嬢様！」

「ちゃんと反省してますってば」

リリアの怒りを鎮めるのは、困難を極めた。

◇　◇　◇　◇　◇　◇

少々時間を遡《さかのぼ》り、使者が騎士を連れてフォル・オト神殿を再訪しようとしている頃のこと。王宮の王妃付き事務室では、事務官吏達が非常に暇そうに過ごしていた。王妃がいないのだから仕事が少ないのは当然である。そんな緩い空気の中、

「王妃様は、我々の想像をはるかに超えた状況を作り上げるのが、非常にお得意だ」

はぁっと大きな溜息とともに、少し前に届いた封書を手に事務官吏の一人が呟いた。

「ソンゲル次席からの連絡か。今度は何をやらかしたって？」

「多少は大目にみればいいのに、ソンゲル次席は細かいところを気にするからな」

「何もなさすぎて、王妃様は神殿崩壊でも目論《もくろ》んだんじゃないのか？」

周囲の事務官吏達は、渋い顔の同僚に笑いながら冗談で応える。彼等にとって王妃のやらかしは

日常茶飯事なのだ。

同僚達に揶揄《からか》いの言葉を向けられても返事をせず、ソンゲルからの封書を開いた事務官吏は、ゆらりと立ち上がり暖炉へと向かった。同僚達もさすがにおかしいと察して彼を目で追う。

「王妃様のもとに陛下からの使者が到着し、王家の秘宝を盗んだ罪を死して償え、との命を伝えたそうだ」

「…………」

告げられた内容に、事務官吏達はバタバタと慌ただしく暖炉の側に足を向けた。そして、彼の手にあるソンゲルからの文書をまさかという思いで覗き込む。冗談であってほしいと願いながらも、そうではないと察していた。そうして見た書面には理解に苦しむ散文が並んでおり、暗号化されたとわかるそれは、それだけで彼等に事の重大さを伝える。

彼等は息をのみ、呆然と文書を見つめた。

そこに、ユーロウスが現れた。

「ソンゲルからの報告は届いたんだろう？　後は頼んだぞ、ストー」

執務室への定期連絡を終え、上機嫌な声で部下に呼びかける。王妃がいないため報告はいつになく簡単だった。この後、ユーロウスは休暇を取る予定となっているのだ。

ナファフィステア妃の専属事務官吏という部門発足から、妃が王妃となり、出産し、王妃の披露が行われと、事務官吏部門は忙しい日々を送ってきた。ユーロウスは発足当初から所属しており、初めての長期休暇である。

部下達も、ユーロウスを快く休暇に送り出したかった。だがしかし、彼等にはできなかった。

「ユーロウス主席、ご報告したいことがございます」

「大丈夫だ、ストー。お前ならできる。自信を持て」

ユーロウスは手にしていた書類を片付け、軽く答えた。

「ユーロウス主席、」

呼びかけにも、帰り仕度の手を止めない。何か重大なことが起きたと察しているが、突き放すのも上司の役目。長期休暇を何としても取得すると全身で告げる。これもお前のためなのだと。

ユーロウスの信頼を受けたストーは、言葉を続ける。

「ソンゲル次席よりの連絡で」

「信じているぞ。では、」

「王妃様が陛下より死を命じられた、とのことです」

ユーロウスは、動きを止めた。そして、がっくりとその場に膝をつく。

「………………いつかこういう日が来ると、思っていた」

主席の言葉に、誰もが同意する。王は王妃を寵愛していたが、苛立ち声を荒らげることも少なくなかった。王妃は王を苛立たせないようにという配慮もないため、王が愛想をつかす時が来るとは誰もが思っていた。しかし、それはいつかの話であって、世継ぎが産まれ王家安泰と落ち着いたこの時にではない。特に主席ユーロウスは、王の恐ろしい怒りを受けて胃を痛めながらも、ようやく休みが取れるほどになったと安堵《あんど》していただけに、落胆は大きかったのである。

王が王妃に死を命じたとしても、彼等は王妃付き事務官吏だ。やらねばならないことがある。

官吏達はソンゲルから届いた連絡文を読み込み、入念に対策を練り始めた。当然、ユーロウスの長期休暇は先送りとなったのだった。


同じ頃、王妃付き事務室と同様に、執務室にも混乱がもたらされようとしていた。

「陛下の使者が、王妃様に命令を伝えなければならないのに王妃付き騎士達が邪魔をする、と助力を要請に来ました。我々は王妃様がログトにいらっしゃるとは存ぜず、その日、私が不在であったこともあり、翌日、私達は使者に同行して王妃様がおいでというフォル・オト神殿に向かいました」

シンと静まりかえった執務室には、事務官吏が何人も控え、宰相や側近、警護の騎士、そして、国王がいる。その中で、北地区警備騎士の声だけが大きく響いていた。

この警備騎士は何度も王宮に来たことはあるが、執務室に入ることは数回しかなく、王の前での報告は今回が初めてだ。それだけ、報告の内容が重要であるということ。しかし、彼は肌に感じる執務室の空気に居心地の悪さを感じていた。それが何かはわからなかったが。

「私達がフォル・オト神殿に到着した時、すでに王妃様はいらっしゃいませんでした。使者は王妃様の不在にひどく怒り、一人で神殿を出て行きました。おそらく王都に向かったものと思われます。王妃付き事務官吏が残っておりましたので、事情を聞いたところ、王妃様は使者と面会したものの非常に憤られ、騎士達を伴なってお出かけになったまま戻ってこないとのこと」

宰相と側近が王の顔色を窺ったが、何の変化もない。王は静かに座っているだけだった。

「王妃様は、腹を立てたくらいで神殿を出られたというのか。……王太子殿下は、どうされておられる？」

宰相が騎士に尋ねた。

「王太子殿下もおられたのですか！　私はてっきり王妃様だけだと……」

「神殿に殿下は残っておられなかったのだな？」

「はい。それは、間違いございません」

「では、王妃様は王太子殿下と王宮に戻られる途中だろう。王太子殿下は大事な御身。むやみに口にすべきではない。そなたも殿下のことは口外せぬように」

「はい」

「王妃様は王妃付き騎士とご一緒なのだな？　ならば、じきにお戻りになろう。使者は一体何を告げて王妃様を怒らせたか、知っているか？」

「いいえ、私は何も存じません。ですが、使者の態度は……王妃と敬称もつけないほど傲慢でしたので、王妃様がお怒りになるのも無理はないかと」

「そうか。ご苦労だった。……陛下」

宰相が陛下に声をかけた。

「引き続き北地区警備を続けよ。下がってよい」

「はっ」

騎士は最後まで執務室の雰囲気には慣れなかったが、直々の陛下の言葉に高揚し、満足した表情で退室した。

執務室内は騎士がいなくなったことで、より暗澹《あんたん》たる空気が更に濃さを増す。

「陛下、陛下は王妃様へ何の理由で使者を遣わされたのでしょうか？」

宰相は王に尋ねた。

「余は王妃に使者など送ってはおらぬ」

「なっ、それは誠でございますか、陛下！」

「その様子では、そちも知らなかったと見える。しかし、余が王妃に使者を送るとして、なぜ宰相たるそなたが知らないと考えるのか」

「それは……」

王は表情を変えることなく尋ねた。王のあまりにも淡々とした様子に、宰相は言葉を失う。

「その使者は、余の使者を騙《かた》る偽物である。早急に見つけ出し、何を企《たくら》んでいるのかを吐かせよ。北地区の警備騎士も認めたのであれば、本物の使者の印を持っているのであろう。印の管理はどうなっているのか」

「使者の印は、直ちに調べさせます。使者が何を企んでいたかについてですが、先ほど王妃付き事務官吏から連絡が届き、使者が所持していた命令書の記載内容が判明しております」

「何と書かれていたのか」

「命令書には『王妃は王家に代々引き継がれた秘宝を隠匿したことが調べにより発覚した。王妃でありながら王家の秘宝を盗むとは、許しがたい所業である。死をもって、その罪を贖うがよい』と記載されていたとのこと。使者はそれを読み上げ、王妃様に死を迫ったそうです。そのため、王妃様は王太子殿下を連れて逃亡されたと」

宰相の言葉に、王は静かに耳を傾けていた。宰相の語る内容は、執務室の誰も知らないことであったため、非常に驚いていた。しかし、それ以上に、王が無反応であることに戸惑っていた。

あれほど寵愛している王妃に死を迫ったというのに、王の使者に対する怒りが感じられないためだ。王は普段あまり表情を変えないが、王妃のこととなると激昂《げっこう》しやすい。近くで見続けている者達には、僅かの表情や声色の変化でもあれば王の機嫌を察せられるのだが。今の王は、まるで王妃に関心がないかのように無表情だった。

「宰相、そちはそれを知って、余が王妃のもとに密かに使者を送ったと考えたか」

「……そのように、愚考いたしました」

「王太子はどうしている」

「王妃様のもとにおられるようです」

「王太子を王宮に戻らせよ」

「はい、陛下」

「まだ何かあるのか、宰相？」

「いえ……何でもございません」

宰相は『王妃様は？』という言葉をのみ込んだ。王妃が王宮を離れて七日。たった七日である。以前に王妃が外出した時は、毎日王妃の様子を報告させ、なぜアレは手紙を送ろうと思わないのかと愚痴り、不貞腐《ふてくさ》れたりなど、王は王妃への寵愛を隠さなかった。そこに近くにいる者だけが感じられる王の人間らしさを見ることができた。ところが、今回は、執務室に王妃の様子を報告に来る者はいない。王が王妃のことを尋ねることもない。一日に何度も王妃の名を口にしていたというのに、執務室で王妃の話題となることが全くないのだ。以前であれば、仲たがいしたとしても、執務室では不満を漏らしたはずなのである。それなのに、なぜ王妃のことに触れないのか。

王の態度に疑問は抱いていたが、何かしらお考えがあるのだろうと誰もが口にせずにいた。しかし、王の使者が王妃に死を迫ったというのにこの落ち着いた様子では、明らかに今までの王とは違うと認めざるを得なかった。

王の心が王妃から離れたと、一部の貴族達は喜ぶだろう。王の妃がナファフィステア一人となり、二年近く経つ。王妃が妊娠中も、出産後も、王の執心は王妃ナファフィステアにあった。それが、今になって、突然、王は王妃への興味を失ったのか。喧嘩ではなく、全く関心がなくなっている。妃を増やしたい宰相には絶好の機会であるのだが。あれほど執着していたというのに、こうも唐突に興味を失ってしまうものだろうか。一体、王妃は王に何をしたのか。直接王妃に問いただしたかったが、現在、逃亡中である。王に尋ねるのは躊躇《ためら》われた。王が王妃に関心がない態度なのは、他の者達にそれ以上話題にするなと無言で示しているのだ。軽率に口にはできない。

宰相は王が執務室で気を緩める時間がひどく少なくなったと感じていた。王妃と王太子がそばを離れたためだと思っていたが、それだけではないのかもしれない。王は執務室では油断できないと考えているのではないか。王妃に送られた偽の使者についても、あの変化のなさは、王は何か知っていたのではないか。何を？　どこまで？　何のために？　口にしないのは、この場にいる誰かを疑っているせいでは？　疑いだせばキリがない。王は何を考えておられるのか……。

　宰相はこの件についての指示を書き記し、控えていた事務官吏に手渡した。その時、執務室内の落ち着きのない空気に気がついた。宰相自身でさえ戸惑ったのだ。あれほど王妃に執着していた王の変わりように、他の者が戸惑わないはずがない。宰相は室内をゆっくりと見回した。その無言の視線を受け、事務官吏達は姿勢を正す。

　完全ではないにしろやや鎮まったのを見て、宰相は次の案件を事務官吏に促した。王妃の件にばかりに時間を割いてはいられない。王の裁可を待つ事案は多いのだ。執務室では、いつもと同じく様々な案件が取り上げられ処理されていった。


　宰相の指示は、偽使者に関しては騎士団へ伝えられ、王妃については王妃付き事務室へ出された。

「宰相閣下より通達が来ました、陛下の使者と名乗った男は偽物と判明。王太子殿下を王宮にお連れするようにとのことです」

　報告を聞いて、ユーロウスは顔を歪めた。

「陛下の使者は偽物だった……と聞いても、すっきりしない」

「そうですね。宰相閣下の指示も、歯切れが悪いですし。王妃様にはどうお伝えしましょうか、ユーロウス主席？」

　王妃が王宮を発ってから、王の様子が変わったのは誰もが感じていた。王妃と王太子の動向について、全く問わないからである。

王は時間が空けば王妃や王太子に会いたがり、日に何度もユーロウス達に二人の様子を尋ねていた。それだけでなく、王は妃の頃からずっと王妃の行動を秘かに監視させており、ユーロウス達もその監視者が何を報告しているのか気になっていた。王妃の監視は、ユーロウス達の報告に対する検証となるからだ。

ところが、今回の王妃の神殿行きにそれらしい者はいなかったと、旅途中にソンゲルから連絡を受けている。王妃は日頃から必ず騎士達とともに行動し、そばには常に女官がおり、王妃付き事務官吏に尋ねれば様子はわかる。ようやく王妃付きの者達を信用するようになり、王自ら王妃を監視するのをやめたとしてもおかしくはない。しかし、王妃がいなくなってからの七日間、王の態度は、まるで王妃にも王太子にも関心がないかのようだった。

王には何かしらお考えがあるに違いない、そう思いながらユーロウス達は過ごしてきた。王妃の数々の無礼を寛容に許し、寵愛してきた王である。王妃への執着は並々ならぬものがあった。だが、王妃が何かやらかし、とうとう王を本気で怒らせた可能性もあり、ソンゲルからの陛下が死を命じたとの報告では、それが的中したかと思われたが。

使者は偽物だったと判明したにもかかわらず、王妃が死ぬかもしれなかった件については何も触れていない。誰かが王妃の命を狙っているというのに、王太子を王宮に戻せという指示だけ、とは。

王が王妃に興味を失ったのは、間違いない。王が王妃の監視をやめたのも、そのため。

「偽使者が捕まり、王妃様のお命を狙う者が判明するまで、王妃様には失踪していただきましょう」

「失踪先はどうします？　王妃様は目立ちますよ」

「上等な鬘屋を紹介するので、そこは上手くやるように」

「主席は何を？」

「私は今から長期休暇です。この休暇申請書、出しておいてください」

「長期休暇……ですね。了解しました」

「王妃様によろしくお伝えください、主席」

「ご無事で、ユーロウス主席」

同僚達に見送られ、ユーロウスは王宮を出た。長期休暇という名の別行動のためである。

その四日後、王妃達一行が王都の借家に落ち着いた頃を見計らい、ユーロウスは王妃のもとを訪ねた。

◇　◇　◇　◇　◇　◇

「ティアお嬢様、ヘイグ様が呼んでらっしゃいます」

女中のアンが私を呼びに来た。王都の邸は金持ち用でそこそこいい邸のはずだけど、広い空間に慣れてしまった私には、かなり狭く感じる。玄関フロアとか、廊下とか、庭がほぼないとか。とはいっても十部屋は余裕であるので、私もずいぶんと贅沢《ぜいたく》な生活に慣れてしまったものだと思う。

ここでの私はティアという名前の親を亡くした可哀そうな娘で、小さな弟と一緒に小金持ちの叔《お》父《じ》へイグに引き取られ王都にやってきたという設定だ。息子と姉弟という設定は悔しいけど、私の子供にするのは誰が見てもおかしいので我慢するしかない。

叔父役は騎士ヤンジーが演じる。ボルグ達はどうやってもガラの悪い用心棒になってしまうし、下手に身分のある出自の者だと、実家に関わる可能性があって足がつきやすい。その点、ヤンジーは地方出身だし、見かけもこざっぱりして、こうした役割を十分に心得ていて適役なのだ。

「わかったわ。すぐ行く」

私は部屋を出て、隣をのぞく。乳母がヴィルを寝かしつけているところだった。これは、声をかけない方がいい。起こさないように静かに階段を降り、居間に向かった。

居間にはヤンジーだけでなく、ユーロウスがいた。久しぶりと声をかけようとして、彼の設定がわからないことに気づく。子供の私が大人の客に親しげな声をかけるのも変。面倒くさいなと思っていると、ユーロウスの表情がくしゃりと歪む。

私の無事がわかって嬉しい？　状況わからなかっただろうし、心配させちゃったかなー、なんて神妙なことを考えたのもつかの間。

「ぶほっ、お、……おじょ……お嬢…………ぶくくくくくぅわあっはははははは」

ユーロウスはこらえきれず、文字通り腹を抱えて笑い出した。悶絶《もんぜつ》というほど豪快に。

「ティアお嬢様、こちらは私の知人で…………」

ヤンジーもやまない笑いに呆れて声を途切らせる。

私はダンダンダンと大股で室内に入ると、腕を組んでユーロウスを見上げた。

「ユーロウス」

「も、申し訳ございません。あまりに……あまりにっ、お似合いっ」

ユーロウスの反応は悔しいけれど、これが正常な反応だ。それは私も認める。

過剰フリルのドレスは、市井《しせい》の金持ちお嬢様を表現するには必須のアイテムだ。金持ちの家では、このフリルを競うように増やしていて、フリフリの量で金持ち度合いがわかるといわれるほど、大流行しているという。

手足が長く、見目麗しい女の子が、ふんわり柔らかフリルに包まれている姿は可愛いだろう。美形の多いこの国では、天使のように美しい子もいるに違いない。実際、男の子であるヴィルにも似合うと思う。

しかし、である。

私はこの国の女子のように、見目麗しくもなければ、手足も長くないし、首も短い。彼女達に比べれば、肩幅が少し小さく、顔の横幅が少し大きいとなれば、正面から見た体格の比率が断然違って見えるわけで。要するに、私には全くもって似合わない。

この邸に来て、初めて鏡で自分のフリフリドレス姿を見た時、あんたマジで頭大丈夫?、と言いたいほどに痛い姿だった。三十路《みそじ》を前にした私に、これはキツイ。

だが、下手にデザインをいじって貴族女子風にすると、私の家柄を探られかねない。貴族とお近づきになりたい人は多いのだ。だからこそ、フリルで裕福さを表現して、庶民の金持ちを装わなければならない。そうすれば、外を歩く時に私に護衛が付いていたり、邸で少々高価な虫除《よ》け香を焚《た》いても、金持ちでも身分は低い子と思われるだけで済む。

そうして、リリアが熟考の上で選んだドレスを、似合わないのを承知で着ているというのに、ユーロウスときたら。ズバッと容赦なく心を折りにくるとは。

ユーロウス、笑いすぎ。少しは遠慮して！

ひとしきり笑った後、ユーロウスは私の前に跪き、片手を掲げて許しを請うポーズをとった。

「申し訳ございません。お嬢様のお姿を拝見し、喜びの感情が内に溢れ、止められませんでした。これもティアお嬢様の魅力溢れる愛くるしいお姿ゆえ。どうぞお許しください」

「美辞麗句は不要です」

「いえいえ、心の奥底からそう思っております。ヴィル様もお元気でございますか？」

「ええ、とても元気よ。ちょうど寝たところだから、会わせてあげられなくて残念だけど。ところで、私の状況は聞いているわね？　いろいろ困ってるってことも」

私がドアの方を見ると、ちょうどお茶を持ってリリアが入ってくるところだった。さっそく彼女がユーロウスに睨みを利かせる。部屋の外にもユーロウスの笑い声が聞こえたのだろう。美人の冷たい視線はほんとに冷たいから、いい気味だ。

「はい、ソンゲルから話は聞いています。その件ですが、お嬢様に剣を向けようとした男は、真っ赤な偽者です。あの者の言葉は全てが嘘ですので、ご安心ください」

「偽者？　じゃあ、あの命令書も偽物ってこと？」

「はい。あの方はお嬢様に遣いは出しておりません。偽の使者はお嬢様の前で文書を開いて見せたようですが、警備騎士には見せなかったそうですので使者の役を理解していなかったのでしょう。現在、その偽者は行方をくらませているので、捜索中です。しばらくお嬢様はこちらで隠れてお過ごしになるのがよいかと存じます」

「そう……なんだ。全部、偽物だったの……。よかったわ」

なーんだ、偽物だったのか。私が罪人だとか、盗人だとか、死んで償えとか言ってた、あれは全て嘘なんだ。私は思考が上手く働かなくて、ぼーっとしてしまった。

陛下が私に死を望んだわけじゃない。私を庇《かば》った騎士達も、リリアも、咎められることはない。何もかも、偽物だったんだ。よかった。本当に、よかった。

私は大げさに騒ぎすぎたのかもしれないと反省した。でも、あの場でボルグ達が私を護ってくれなければ殺されていたのは事実だ。彼等は使者の行動を不審に思ってそうだったから、偽者かもと疑っていたのかもしれない。

ボルグ達が見て本物と間違えるような命令書を偽造するには相当の技術や情報が必要なはずで、一人で全てを計画・実行したとは思えない。使者は単なる実行者でしかなくて、私の暗殺を計画した人物は他にいる。王妃となった私を殺そうとするとは、発覚すればタダでは済まないのに。

「まだ、私に死んでほしい人がいるのね。私がいなくなっても、陛……あー、あの方に選ばれるかどうかは別でしょうに」

「いなくなれば自分に回ってくると都合のいい夢を見る人は、存外多いのですよ、お嬢様」

「懲りないのね。ところで、ユーロウス。ものは相談なんだけどー」

私はガサゴソとドレスの中にこっそり隠し持っていた宝飾品を取り出した。

そして、ちょいちょいとユーロウスに耳を貸せジェスチャーで頭を下げさせると。

「この宝飾品を現金に換えてきて」

「…………何故でしょうか？」

「使うために決まってるでしょう。いい？　このお邸は借りてるんでしょ？　賃貸料金もかかるし、食費だって必要だし、皆もお給金が必要なの」

「お嬢様がご心配するには及びません。それについては、私が」

「お金が必要なのよ。換えてきて。それだけだと、ここで生活するには足りない？　まだ出せるわよ」

もう一つ取り出そうと、ドレスの中を探り始めた。

「いえいえ、こちらで十分でございます。大変質の良いものですので。そうではなく」

「あら、もしかして生活費だけだと余裕？　余るかしら？」

「はい、もちろん」

「じゃあ、余った分は投資に回すわ。今度、投資場に連れて行ってちょうだい。私では投資できないでしょうから、協力してほしいのよ」

「…………」

「ちゃんとヤンジーも一緒に行ってもらうわ。だから大丈夫でしょう？」

「そういう問題では……」

「ヴィルのためにも、私がしっかり稼がないと。じゃあ、頼んだわよ。私の暗殺者情報も、わかったら連絡してくれるわよね？」

「いえ、………はい。承知いたしました」

ユーロウスはブツブツ言いながら引き上げていった。

それにしても、陛下が私を殺したがっているのではないとわかったのは、大きな収穫だった。

「何にしても、偽物でよかったわー。皆が罪に問われないか、ほんとに心配だったから。でも、次にユーロウスが来たら、ヤンジーも一緒に出かけてね」

私は部屋に残ったヤンジーに声をかけた。

「あまり外には出ない方がいいのではありませんか？」

「私もそう思います、ティアお嬢様。お金のことはユーロウスが何とでもしますので、ヴィル様とご一緒にお邸にお留まりください」

ヤンジーだけでなく、リリアも話に入ってきた。

「んー、でも、いい機会だから、一般の暮らしを知りたいのよ。セグジュ先生から話は聞いていたし、前の旅で少しは見たけど、それって貴族に接する人達だけじゃない？　そうじゃなくて、この国の人達のほんとの生活をね」

「庶民の暮らしを知るために、投資場に行く必要はございません」

「でも、やっぱりお金が」

「そんなことはユーロウスに任せておけばよろしいのです。庶民の暮らしをお知りになりたいのであれば、女性が習う針作業を覚えてみてはいかがでしょう？」

「そういうの、私、苦手」

「では、鳥の捌《さば》き方などはいかがです？」

「針作業にするわ。うん、針を覚えるから、料理はパスで」

「この機会に刃物の使い方を学んでおくのもよいと思いますが」

「刃物はヤンジー達に任せるから、覚えなくていいわ」

「そうですか。残念ですわ。針作業に飽きたら、いつでもおっしゃってください」

リリアは、にこにこと笑顔で私に告げた。私が投資場に出かけるのを、針作業と鳥の捌き方で塞いでくるあたり、さすがというべきか。騎士達やユーロウスはそうでもないのに、陛下とリリア達女官はちょっと過保護だと思う。

んぎゃーと遠くから、子供の泣き声が聞こえた。二階でヴィルが目を覚ましたのだ。

「わかったわ。じゃあ後で針仕事を教えて、リリア。ドレスを少し直したかったし。ヴィルが起きたみたいだから、上行くわね」

「承知いたしました、お嬢様」

私は可愛いヴィルのもとに向かうべく、階段を駆け上った。

王妃編　三．遭遇

小さな灯りの中、身なりの良い二人の男性がテーブルを挟んでいる。

「口は封じたのだろうな？」

男が落ち着きのない様子で、もう一人の男に尋ねた。

「もちろんだ。ラミストンと同じ轍《てつ》は踏まない。失敗した者は速やかに切り捨てねば」

「それならいいが」

「そちらこそ娘を推薦すれば、妃候補になれるのだろうな？　陛下がお会いくださらなければ、どうにもならないのだぞ？」

「陛下は必ずお会いくださる。ホルザーロスが見つけた秘密は、今や我々だけのもの。奴はいい時に死んでくれたものだ」

「蜂起《ほうき》をそそのかしておいて、よく言う」

「王家と血のつながりのない王族家のくせに、大きな顔をするからだ。さて、生意気な王の従弟は、どのように潰してやろうか」

「あっさり殺させては面白くない。あの若造は、這いつくばらせ惨めに懇願させねば、腹の虫が治まらない」

「いい駒がある。あの若造の父を使えば、楽しめるのではないか？　あの男はそそのかし易《やす》い」

「それはいい考えだ。友人エイロンには、ずいぶんと金をかけた。その分、役に立ってもらおう」

◇　◇　◇　◇　◇　◇

私はドレスを作ってもらうため、店に向かってヤンジーと一緒に通りを歩いているところ。小金持ちなお嬢様は、新しいドレスを買うなら店に出向くものよ。そうリリアを説得し、邸を出ることに成功したのだ。

私と一緒にいるのはヤンジーだけではない。他人のふりをしたボルグとクオート達が、さりげなく私の前後を守っている。

ウルガンはヴィルの護衛のために邸に残った。リリアも付いてきたかったんだろうけど、女中頭という役なので、私に付いて邸を出るのはおかしい。騎士達だけだと、私が小金持ちお嬢様として多少おかしな言動をしても、気づかなかったり、気づいても止めない可能性が大だから、リリアは私を邸から出したくなかったのだ。

しかし、世の中の人は、それほど他人に興味はない。私が多少変なことをしたところで、大して気にはしないもの。

さすがに黒瞳を見られるのはまずいので、しっかり金髪鬘の前髪を下ろして隠している。眉には金毛を張り付けてるけど、強い風が吹くと飛んでしまいそう。眉が飛ぶとか……笑えるから、絶対に見られないようにしなければ。

私は前髪を触りながら歩いていると、うっかり何かに躓《つまず》いてしまった。ちゃんと見て歩かないから、と反省しても遅い。石畳は案外凸凹《でこぼこ》しているので、そのせいだと思うけど。

左手で前髪を押さえながら、とっさに右手を差し出した。その腕を誰かが摑む。

おかげで転ばずに済んで助かった。ドレスは簡単に洗えないから汚れるととても困るのだ。

「ありがとう」

私は顔を上げて、驚いた。てっきりヤンジーだと思ったのに、助けてくれたのは陛下だった。

ここは王都の路地なので、王様がいてもおかしくない。いや、おかしい。王宮からはだいぶ距離があるし。いやいや、距離の問題ではなくて。どうしてこんなところに国王がいるのか、全然わからない。

「えっと……」

私は今、失踪中だったような気がする。誤魔化すべき、だったような。しかし、こう陛下にがっつり顔を覗き込まれてしまっていては、すでに手遅れだ。どうしよう。

ヤンジーはどこかなと周囲を見回すと、彼も近くで突っ立っていた。反応に困っているようだ。

私と同じく、陛下にどう対応すればいいのかわからないのだ。

「このようなところで、何をしている」

「え、あー、その……ドレスを、私……」

私の口からは単語しか出てこなくて、自分でも呆れるほど狼狽《ろうばい》していた。

陛下はいつものような王様な格好ではない。かなり質素で地味な衣服に身を包んでいるが、こういう衣服は素材がものをいう。陛下の顔や体型などパーツは整っていると思っていたけど、普段は立派な衣服や装飾に惑わされて、正直よくわかっていなかった。質素な庶民の格好をしているのに、全く隠しきれない存在感、威圧感、そして、傲慢でありながら上質な美しさ。血筋が良いとはこういうことか、地味な格好をしてるのに圧倒的に庶民じゃない感。陛下は本物の貴人だった。

それに対して私は、過剰フリルに首が埋もれた痛いドレス姿でみっともない。急に恥ずかしくなってきた。相手はセンスのない陛下だけど、それにしたって、これはあんまりだ。

陛下は、私が体勢を整えるのを待って、腕を離した。

「連れはおらぬのか？」

そして、周囲を見回しながら、私に尋ねた。私のドレスなんて、どうでもよさそうだ。それに、怒ってもいなさそう。私が少人数の騎士しか連れずに王都を歩いてたら、怒るとか不機嫌になりそうなものなのに。

陛下は転びそうになった私を助けてくれた紳士的な行動に終始していて、まるでただの親切な人みたいだ。迫力はあるけど高圧的ではなくて、それが変な感じ。

陛下も普通の人を装ってるから、こんな態度なの？　失踪中っていうのは表向きの話で、陛下は事実を知っているのかな。ユーロウスも、それならそうと言っておいてくれないと困る。

「あー、ヤンジー」

私は突っ立っているヤンジーに声をかけた。すると、彼はぎこちなく歩み寄ってくる。ヤンジーの後ろにはクオートがいて、距離をあけたところには、陛下の騎士らしき人物が立っていた。その微妙な距離は、互いに牽制し合っているように見える。

陛下付き騎士と、仲悪かったっけ？

「そなた、名は何という？」

「は？」

何言ってるの？　と思ったけど、陛下は私の今の仮名を尋ねているのだろう。私は戸惑いながら答えた。

「あの……私、ティア」

その言い方がものすごく下手くそで、恥ずかしくなった。陛下は余裕で一般庶民を演じているのに、私ときたら。何度も練習したのに、発音はちっともこの国の人と同じにはならなくて、服も似合ってないし。

ふつふつと不満を膨らませる私の頭に、陛下は大きな手をポンと置いて、

「足元をよく見て歩け、ティア。従者からは離れるべきではない」

と言った。

軽くだけど、今、頭を撫でたよね？　子供相手なら全然おかしくない仕草かもしれないけど

……相手は私よ？　わかってる？

前髪が邪魔して、たまたま黒目が見えなかったとか。金髪鬘だから、私だってわからないとか。

フリルのせいで私の体格がわからなくなってるとしても、この顔と身長だ。それに、声や話し方でわかるだろう。こんな下手な変装が、陛下にバレないはずがない。

陛下は、わざと知らないふりをしている？　何のために？　私が失踪中だから？　だから、ここまで本気の知らないふりを？

「イスルが見つかりました、主」

騎士が陛下に呼びかけた。何かを探しに来ていたらしい。

「気を付けて帰るがよい」

陛下はそう言って、私に背を向けた。私達のまわりにいた騎士達（気づけば結構な人数がいた）も、ぞろぞろと陛下とともに去って行く。陛下が怒らない、苛立たない、小言がない、何も言わないで、頭ポン……。

ちょっと待って。どういうこと？

しばらく呆然としていたけど、その後、私はちゃんとドレスを注文し終えた。今のよりはもう少しフリルの少ないやつを選んで、でも、陛下がおかしかったことは消化できず。

邸に戻った後、私は同行した騎士達とリリアを書斎に集めた。

「ねぇ、陛下って、何してたのかな？」

「王付き騎士に聞いたところによると、偽使者は名をイスルといい、王都に潜伏しているというので捜索していたのだそうです。我々はたまたまその現場に遭遇してしまったようで、彼等も驚いていました」

ボルグはスラスラと答える。

「この一帯はドーリンガー卿の管轄区域なので、ここで偽使者が関わってくるとは思っていませんでした」

普段と同じで変わった様子はない。陛下が変だと思ったのは、私だけ？　陛下付き騎士達とヤンジーやボルグが変な空気だったのは双方が遭遇に驚いていたせいで、陛下に対してはおかしいと思わなかった？　私と陛下の会話が聞こえなかったのかもしれない。それでも……。

私はひとまずボルグの話を突っ込んで尋ねた。

「ここの邸の大家ってドーリンガー卿だったの？　イスルって人がいたところも？」

「直接ではありませんが、ドーリンガー卿の管理地ではあります」

「じゃあ、偽使者を使って私を殺そうとしたのは、ドーリンガー卿ってわけ？」

「その可能性はあります。ですが、そうとも言い切れません。王妃様のためにこの邸を用意したのはユーロウス達事務官吏ですので、彼等がここが安全だと判断したことを考えると……」

ボルグも王妃付き事務官吏のことは信用し、高く評価しているらしい。彼等なら、急な事態だからと適当に空いている邸を借りるようなことはしない、と。

偽使者については着々と調べが進んでいるようだ。

「陛下が偽使者を調べるために王都に出てたのね。でも、そのために陛下が王都をウロウロするものなの？　わざわざ変装して？」

「陛下は国民の暮らしぶりをご覧になるために、時々王都にお出ましになられます。今回もその一環ではないでしょうか」

「ふぅん。でも……陛下、おかしくなかった？」

私の言葉に、皆からはギョッとした反応が返ってきた。おかしいと思わなかったってこと？

「だって、まるで私が小さい子供みたいな態度だったわよね。頭をポンって叩いて、私だとわかってないみたいな。演技にしては、真に迫りすぎだと思わない？」

私が言えば言うほど、その場の空気が硬直していくみたいだった。ボルグ達は口を開くどころか、狼狽えて顔が強張《こわば》っている。

そんな彼等の様子に、私は思った。皆は陛下を疑ってはいけないと思っているのかもしれない。陛下に忠誠を誓う騎士達だから、陛下がおかしいという私の言葉に同意できない？　返事もできない？　でも、おかしいと思わなかった？

「陛下は私に、名前を聞いたのよ？　私に……」

私の問いかけに、誰も答えなかった。何も答えられない、それが彼等の答えだ。偽使者のように陛下の命令書だったり代弁者だったりしたならそれを疑うことはできても、陛下が彼等に示した態度は疑ってはならない。彼等にとって、陛下は常に正しい存在であり、絶対なのだ。王のため、国のために、たとえ理由がわからなくても、王命が下れば行動できるよう彼等は訓練されている。

でも、おかしいとは感じているのだ。だから、私に答えられずにいる。そう思っていなければ、彼等がこんなに動揺することもなかっただろう。

はぁぁぁぁ――――……っ、私は肺いっぱいの息を吐いた。

偽使者に命を狙われて、だから王都に潜伏しているんだけど。偽使者の件は陛下が調べているなら任せればいいとして、問題は陛下のあの態度だ。

陛下に会った時、なぜ王宮へ戻らないのかと怒られると思った。なのに、全然そんなことなくて。優しくはあったけど、まるで他人のようだった。偽使者を調べているなら、私とヴィルが命を狙われたと知っているってこと。それなのに、私達を心配しなかった？　何もなかったような顔をしていたのは、どうして？

そうか。私は陛下にどうしてこんなところをウロウロしているのだと怒られたり、無事でよかったと抱きしめられたりしたかったのだ。あんな場所で、変装中だったとしても、陛下に会えて私は安心した。本当は、抱きしめてほしかった。それなのに、他人のふりをされて、違和感しかない。

ボルグ達みたいに、陛下を疑わずにただ従うなんて、私には無理。

「ボルグ、ユーロウスに陛下のことで聞きたいことがあるの。折を見て、またここを訪ねるように伝えてくれる？」

「はっ」

私は書斎に残ることにして、解散した。

書斎には邸の主人が使うための立派な机と椅子が据えられている。私はその大きな背もたれ付きの椅子に背中を預けて、宙を睨んだ。

コトリとカップが机に置かれ、香ばしめのいい香りが鼻を刺激する。

「ありがとう、リリア」

たぶん、精神的に落ち着くようなお茶に違いない。

カップを手にしながら、私は独り言のように今日のことを喋り始めた。

「新しいドレスを注文しに店に向かって歩いてる時、店の少し手前で躓いたのよ。ちょっと引っかかっただけだから、別に転びそうだったわけじゃないのよ？　でも、体勢を崩した瞬間腕を誰かに摑まれて、それが陛下だったの。まさか、そんなところにいると思わないじゃない？　びっくりしたわ。陛下はとっさに私を支えてくれたんだけど、いつの間に近くにいたのかしら。全然気がつかなかったわ」

ごくっとお茶を口にすると、ほのかに酸味が広がり鼻に抜ける。これは初めての味だ。

「なかなか美味しいお茶ね」

「いつもの茶材が手に入りませんでしたので、何種類かブレンドしてみたのです」

リリアが笑顔で答えた。いつもなら王妃御用達《ごようたし》の店から購入しているのだろうから、同じものが手に入らないのは当然だ。乳母はヴィルにかかりきりだから、邸の中は全てリリアの采配にかかっているのに、リリアの手足となってくれる女官はいない。邸に到着したその日から、リリアは一人で、雇った女中達を束ねて邸内を動かしているのだ。本当に優秀で感心する。

「ありがとう、リリア」

「お口に合ってようございました」

ブレンドのことだけじゃなかったんだけど、タイミング的にはそうなるか。改めて説明を加えるのもなんだか無粋な気がしたので、感謝は次の機会にしよう。

お茶で落ち着きながら、陛下と会った時のことを思い返す。知らないふりをした陛下。でも、頭をポンって、それは恥ずかしいけど嬉しかった、かな。陛下はどうしてそんなことをしたのか。

「ユーロウスに相談しようと思ったけど、陛下のことは、直接、陛下に訊いた方が早いわね」

「それでは、王宮にお戻りに？」

「んー、王宮以外で陛下に会えないかな？　今日と同じように、陛下が出かける先に行けば、遭遇はできるんだし。ユーロウスなら、陛下が外出する予定がわかるわよね？」

「そのように簡単に陛下にお会いできるとは、とても思えません」

「陛下は躓いた私を支えてくれたのよ？　たまたまだったとしても、陛下に誰にも近づけないってことはないでしょ。ユーロウスには早く陛下の外出予定を聞き出してもらいましょう」

私はボルグを呼んで、ユーロウスに追加の伝言を頼んだ。王都で陛下に会いたいので、接触できそうな日時と場所を教えてほしいと。

◇　◇　◇　◇　◇　◇

王と騎士達は、調べを終えて王宮に戻った。

「イスルの遺体は死後二日ほどと見られ、死因は服毒によるもの。毒は特定できておりません。遺体のそばに、王妃を殺して名をあげたかったと書き残されており、争った跡もないため、自殺と思われます」

報告する騎士に、王アルフレドが尋ねる。

「命令書は見つかったのか？」

「発見できておりません。ですが、暖炉に残った燃えカスから、おそらく燃やしたのだろうと推測いたします」

「他には？」

「イスルのいた部屋の天井から使者の印が発見されました。どのような経緯でイスルに渡ったのかはまだわかっておらず、引き続き調査中です」

「ご苦労だった。下がってよい」

報告を終えた騎士が退出し、部屋に残ったのはアルフレドと王付き騎士二名。

「そなたらも下がって休むがよい」

アルフレドは二人にもそう告げた。一人になりたかったのだ。最近の周囲の者達の物言いたげな視線が煩わしく、気が休まらないからである。

いつからか、時折、集中を欠くことが頻発し、苛立つことが多くなった。そのせいか、宰相をはじめ事務官吏や女官までもが、戸惑ったような反応を示すことが何度もあり、周囲の者達に、王への不信が静かに広がっていくのを感じていた。

彼等の不満は、執政に対するものではない。それどころか、彼等が抱えているのは不満ですらないのではないか。戸惑い、困惑、捉えどころのない不安な目がアルフレドに向けられる。それは、王に近い者ほど強い。

アルフレドはただでさえ苛立つ感情を持て余しており、王宮のどこにも心休まる場所がなかった。不信を募らせるとわかっていても、一人になり、煩わしい視線から解放されたかった。それほど疲れていたのである。

「陛下……王妃様をどうされるおつもりなのでしょうか？　あのような場所に暮らすのは、王妃付き騎士達が付いているとはいえ非常に危険です。偽使者の狙いは、王妃様のお命だったのですから。それに、陛下の使者と偽った者と何の関わりもないとはいえ、イスルが見つかった部屋の近くにお住まいになるのは、後々、禍根と」

騎士ラシュエルは控えめに話し始めたが、その声は次第に熱を帯びていく。王の叱責《しっせき》を覚悟してようやく抱えていた疑問を口にしたことで、抑えていた感情が噴き出してしまったのだろう。

どんな危機にも冷静に対処すると評判の王付き騎士にしては、たかが王妃の処遇にこれほど熱するとは珍しい。アルフレドが忠実な臣下に答えようとした、その前に、彼の同僚であるカウンゼルが答えた。

「陛下はお疲れでいらっしゃる。そのような些細なことで、陛下を煩わせるな」

「些細なこと？」

ラシュエルはカウンゼルに奇妙なものを見るような目を向けた。その目は、アルフレドに向けられる煩わしさと同じもののように見えた。今、それが向けられているのは、カウンゼルだが。

そして、ラシュエルの反応に、カウンゼルもまた不愉快さを露にした。

カウンゼルとラシュエルの姿が、アルフレドに、まるで己と周囲の関係を思わせる。

「王妃様のお命が、些細なことだとでもいうのか？　王太子殿下をお産みになり、陛下をお支えするただ一人の妃だぞ」

「陛下のご寵愛を失った王妃など、些細な存在だ。陛下のお疲れを癒すどころか、お手を煩わせるばかりでは、そう判断するのは当然だろう」

「……陛下のご寵愛を失った、王妃？」

ラシュエルが目を見開き、呆然と反芻《はんすう》する。

「申し訳ございません、陛下」

カウンゼルもラシュエルに引きずられ、感情的になってしまったようだった。アルフレドは二人を眺めた。いくら寵愛を失った王妃とはいえ、敬称をつけずに蔑むのは褒められた行為ではない。諫《いさ》めなければならないが、なぜかそうする気にはなれなかった。

アルフレドが迷っている間に、ラシュエルが、

「王妃付き騎士団と緊密に連携して王妃様に心を配り、こうして陛下に進言する役は、お前だったのに。一体、どうしてしまったんだ、カウンゼル？」

と、悲愴な様子でカウンゼルに訴えた。

彼が王に咎められるのを承知で疑問を口にしたのは、このためだったのだ。

ラシュエルは友人の異変、そして遠回しにアルフレドの異変を訴えようとしている。だが、アルフレドには、それが何かがわからなかった。彼の言いたいことは理解できるというのに。

「ラシュエル、私への不満なら後で聞く。これ以上、我々の意見の食い違いに、陛下の貴重なお時間を費やすべきではない」

カウンゼルの言葉に、ラシュエルは渋々頷いた。そして、アルフレドに深く謝罪を表した。

「陛下、お騒がせして申し訳ございませんでした」

「構わぬ」

二人に下がってよいという手振りのために上げた己の左手が、キラリと光った。アルフレドがその手を見ると、薬指に金色の指輪が嵌《はま》っているのに気づいた。

宝石がついているわけでもなく、凝った装飾が施されているわけでもない。何の仕掛けもない、ただの金の輪だ。なぜこんな貧相なものを身につけているのか。

アルフレドがそれに目を落としていると、

「そういえば、今日、王妃様は指輪をつけてらっしゃいませんでしたね」

と、退出しようとしていたラシュエルが言った。

今日？　アルフレドは顔を上げた。

「お前、王妃様を見たのか？　さっきも、王妃様の居所を知っているような口ぶりだったが」

「見たのかって……カウンゼルも見ただろう。陛下が王妃様とお話しされているのを」

「陛下が、王妃様、と？」

カウンゼルは全く理解できないという様子で、愕然《がくぜん》としている。それは、アルフレドも全く同じだった。カウンゼルの心境としては、何を言っているんだと、ラシュエルの発言を否定し、彼の正気を疑っているに違いない。

なぜ彼の話に耳を傾けられないのか、なぜ目を背けようとするのかという意識もあるというのに、その意識はほどなく消える。アルフレドには、何かが内からゆっくりと壊れていくような感覚が絶えずあった。しかし、とりとめのないその感覚は明確な形にはできないため、気のせいだと気づかないふりをするしかなかった。そうしなければ、沼に沈んでいくような暗い恐怖に囚われてしまうからだ。何故なのかと考えてはいけない。

「何を馬鹿なことを……。退出しよう、ラシュエル」

「カウンゼル？」

「さぁ、ラシュエル」

アルフレドには、カウンゼルの心境が手に取るようにわかった。このまま、二人が部屋を出れば、息苦しいこの不愉快な感情から解放される。遠ざけ、忘れてしまえる。

そうして、どうなるかといえば、ラシュエルもまた煩わしい視線を向ける一人となるのだ。苦悩しながら物言いたげな目をして。

なぜ、彼等は苦悩するのか。

「ラシュエル、余が王妃と話したと言ったか？」

「はい」

「余は王妃と会った覚えはない」

「しかし……」

「ラシュエル、もういいだろう？」

カウンゼルがラシュエルを連れて出ようとする。

「余は、いつ王妃と話したのか？　話してみよ」

「イスルを発見する少し前です。道で転びそうになった王妃様を、とっさに支えておられたではありませんか。王妃様は驚きすぎたのか、いつも以上におかしな言葉になってらっしゃいましたが」

ラシュエルの声を聞きながら、アルフレドは彼の語る場面を思い返した。

イスルの居場所を突き止めたと連絡が入り、まとわりつく煩わしさから少しでも解放されたいとラシュエル達とともにその場所へ向かった。そして、馬を下りて路地を歩いているところで、髪を気にしながら歩く少女に遭遇した。前髪をしきりに引っ張って、少しも前を見ない様子が、危なっかしく目が離せなかった。案の定、アルフレドが危惧した通り躓いてしまい、とっさに手を伸ばしその娘を支えた。

ラシュエルの話からは、その少女が王妃だと言っているようにしか聞こえない。

「待て、ラシュエル！　それでは、子供が王妃様だと言っているように聞こえるぞ」

「そう言っている」

「バカなことを言うな。王妃様が子供のはずがないだろう。王太子殿下をお産みになった方だ」

「カウンゼルこそ何をおかしなことを。王妃様は前から子供のように小さな体格をしておられる。だから、殿下を出産なさる時に不穏な噂が流れたのを忘れたのか？　それに、王妃様はよく陛下がロリコンだと言って、あ………ゴホッゴホッ」

ラシュエルとカウンゼルは王妃について話している。

アルフレドは己の思考を途切らせないように、彼女の姿をできるかぎり鮮明に頭に思い浮かべた。ティアと名乗ったあの少女は、とても背が低く、摑んだ腕は折れそうなほど細かった。驚いてアルフレドを見上げたのは、鼻も低く、どこかのっぺりとした異国の娘。とても美しいと形容できる容姿ではない。だが、見たこともない黒い瞳は、非常に強く印象に残った。

あれが、王妃だというのか。

「王妃様は、子供みたいな体格で黒髪黒目の女性だと国中に知れ渡っている。間違いようがないだろう」

「そんな嘘を……」

カウンゼルは呻くように言葉を絞り出したが、続かない。

アルフレドも彼と同じに強い衝撃を受けていた。あの場にいたのは、ただの子供ではなく王妃だった。王妃が黒髪黒目と知っている。少女の目が黒く珍しいと思った。それでも、アルフレドはその娘が王妃だとは思わなかったのだ。

思い返せば、アルフレドが子供と接触している時、王付き騎士達はそれぞれに動いた。それは娘を守るように位置していた者達、おそらく王妃付き騎士達に合わせていたに違いない。彼等を警戒するためではなく、彼等と共闘するために。

「余は、王妃に関して多くを忘れているようだ。カウンゼル、そなたはどうか？」

アルフレドは、己が王妃を忘れているのだということを認めた。目を背けようとしていたのは、王妃がいると知っているのに、顔も姿も忘れたという事実だったのだ。いつ忘れたのか、なぜ頭から消えたのか、どこまで忘れているのか。何がきっかけであったのか。己だけでなくカウンゼル、他にも……。事実を認めても、また別の疑問にぶつかり、何かが解決するわけではない。

「私は……王妃様を、存じているはずですが……」

「『王の寵愛を失った王妃』と覚えているのであろう?」

「はい」

「余もそう頭に浮かんだ」

「陛下も?」

「なぜこうした事態となったのかを、早急に究明したい。ラシュエル、王妃に対して同じ文言を口にする者が他にいないか探せ。そして、共通点を見つけるのだ。そこに原因があるに違いない」

「はっ」

アルフレドはラシュエルを原因の究明に当たらせることにした。

そうして二人を退出させ、一人になったアルフレドは、再び左手の指輪に目を落とす。

簡素なこの指輪は、昼に会った娘には合いそうだ。ラシュエルは、今日はつけていなかったと言っていた。これと対になった指輪を、あの娘がつけているのを見たことがあるのだろう。

今は寵愛を失っているとしても、王妃の他に妃がいない以上、王が閨《ねや》に呼ぶのはあの娘しかいなかったことになる。対の指輪をつけてやるほどには、気に入っていたのだろう。だが……。

「なぜ、あれなのだ……」

アルフレドの呟きには、落胆が滲んでいた。

数日後、アルフレドは王都を歩いていた。街の様子を知るために、こうして定期的に見回る日を設けているのだ。前回と変わらず、荷を乗せた馬車が通りを走り、行き交う人々も急いでいる人やゆったりと歩いている人、話している人など様々で活気がある。

しかし、アルフレドの内心は、それほど明るくはなかった。王妃を忘れていることが判明したが、だからといって思い出せるわけではない。そればかりか、翌日には忘れていることすら忘れてしまい、以前と同じ状態に戻ってしまうのである。

ラシュエルの必死の説得で、ようやく耳を傾け事態を理解するというのを繰り返しているが、いずれラシュエルの説得に応じなくなるに違いない。アルフレドの王妃への興味は薄くなる一方で、ラシュエルが王妃のことを話せば話すほど、ラシュエルを無意識に遠ざけようとしてしまう。

王妃のことを忘れているのは、アルフレドのすぐそばで警護する四人の騎士のうち、ラシュエルを除く三人全てだった。ラシュエルが王妃を思い出させようとすれば、三人の同僚にも否定され続けることとなり、精神的負担は少なくない。

ラシュエルの声に耳を傾けなくなった時、失った記憶を取り戻す術《すべ》が断たれてしまうだろう。たとえ王妃の記憶を失ったままであっても、政務に支障はない。王に向けられる煩わしい視線も、いずれなくなるだろう。諦めに変わるのか、落胆に変わるのか。頭の中の靄《もや》は晴れないまま、居座り続ける。

わかっているのに止められない。明日の朝にはこうして悩んだことすらも、覚えてはいないのだ。

アルフレドは己が身がじわじわと何かに蝕《むしば》まれていく恐ろしさを感じていた。

「ちょっとそこのお兄さんっ、こっちよ、こっち」

アルフレドが足を止め、声のした方に顔を向けると、少女が元気に手を振っていた。

「ご機嫌いかが？」

そう言いながら駆け寄ってくる。

そばにいたダリウスが少女を制しようと動くのを、

「構わぬ」

アルフレドは止めた。

少女の顔には見覚えがある。以前にも王都で会った娘で、王宮に戻ってからラシュエルが話題に出したため印象に残っているのだろう。それが何の話であったかは忘れたが、確か、名をティアといった。重そうな大きな頭が特徴的な、変わった容姿をしている。世辞でも美しいとは言えない。そんな娘に、なぜ近づくことを許しているのか。疑問は浮かんだが、彼女の声がそれを遮《さえぎ》った。

「時間ない？　聞きたいことがあるのよ」

躊躇なく話しかけてくる娘に、アルフレドは戸惑った。前に会った時、これほど馴れ馴れしくはなかった。こちらの身分が高いと察して、何かしら強請《ねだ》ろうとしているのか。

「時間はない」

アルフレドは冷たく言い捨て、歩き出した。

「あらそう。なら、歩きながら話すわ」

娘もアルフレドの隣に並んで歩き始めた。彼女の場合、歩くというより急ぎ足で、ちょこまかと忙しかったが。

「私はティアでいいけど、陛下のことは何て呼べばいい？」

彼女の『陛下』という言葉に、ダリウスが緊張したのがわかった。

アルフレドは彼女が王と知りつつ近づいてきたことを警戒していたが、少し離れている騎士達はダリウスのような緊張感がないことに気づく。距離はあるものの、彼女の声が聞こえなかったはずはないのだが。

「何も言わないなら、好きに呼ぶわよ？」

「……」

「ねぇ、ロリコン。私の」

「待て！」

「何？　時間ないんでしょ？　ロリコンは、」

「待てと言っておるであろう！」

「何よ。私の話を聞かないつもり？　そうはいかないわよ」

アルフレドは速足のせいで息を弾ませ喋る娘に、苛立ちも感じたが、興味も惹かれた。

「ロリコン（※幼女を好む変質者を意味する）を、我が名のように呼ぶな」

「呼び名くらい何でもいいでしょ」

「よくはない。アルと呼べ」

　彼女に合わせるように歩く速度を落とした。せかせかと歩きながら、小さな彼女がアルフレドを見るには真上まで顔を上向かせなければならず、上を見たり前を見たりと忙しなく動く彼女があまりにも危なっかしいからである。

「嫌なら、最初からそう言えばいいのに」

　そう言いながら、彼女はアルフレドの左腕に手をかけた。その動きには、何のためらいも緊張もない。意識しての行動ではないようで、彼女は見上げては何彼《なにか》と喋り続けていた。

　特にどうということのない仕草だが、アルフレドに対して、そのような振る舞いができる者はいない。心を許しているような親しげな仕草が、アルフレドの気を柔らげる。

　彼女は美しくはないが特異な愛嬌《あいきょう》があり、慕われて嫌な気はしない。

「だーかーらーっ、アルってば、聞いてる？」

「聞いておる」

「絶対に聞いてなかったでしょ。この前、私のことがわからないふりをしたのはどうしてって訊いてるのっ！　それに、ユーロウスからヴィルは戻らせるようにって聞いたけど……」

「どうした？」

「ダリウスが嫌そうな顔をしてるわ。アル、何かしたの？」

「余ではない、そなたのせいだ」

「あぁ、時間がないのね。はいはい。じゃあ、早く答えてよ。私に知らないふりをした理由を」

彼女に急かされ、アルフレドは彼女の手がかかった腕に目を落とした。己の左手にある指輪が光り、そこでやっと、今朝のラシュエルとの会話を思い出す。ティアが王妃であるという落胆の結論に至った。今アルフレドに答えを迫っている娘が、その王妃なのだと気づく。

そこまで酷《ひど》くはないと今朝の己に反論しつつ、娘の黒い目を見下ろした。

「元気なさそうだけど、アルはもしかして病気なの？」

「そうではない」

王が王妃に関わることを覚えていないと知っている者は少ない。不信がりながらも、王宮の者達には王妃が何らかの理由により寵愛を失ったという認識が広がり始めていた。

この娘には何と答えるべきか。新しく妃を娶り、王妃をこのまま王宮から去らせようとしていたためだとでも言うか、本当に知らなかったと告げるか、アルフレドは迷った。

迷う必要などなく、本当のことを告げるべきではない。そのような重大なことを漏らしてはならない。そうわかっているはずなのだが、アルフレドには彼女に事実を告げたいという衝動が湧き、止められなかった。

「知らないふりをしたのではない。そなたを忘れた、それだけのことだ」

アルフレドは彼女のことを忘れたと告げた時、彼女がどういう反応を示すのかに興味があったのだ。愕然として震えるか、それとも、泣き喚くのか、地位を失うことを恐怖し狼狽えるのか。小さな彼女が、それらのうちのどのような姿を晒すのかと、アルフレドは期待し興奮した。そして、そんな己の感情をひどく奇妙に感じてもいた。

「私を、忘れた？」

黒い瞳がアルフレドを見上げる。その表情がどう変わるのか、見逃さないようにアルフレドは足を止めた。

「どんな風に？　私が自分の妻だってわからないってこと？　えーっと、私のことが頭からすっぽり抜け落ちたって感じ？」

彼女の表情は、驚いているとはわかるものの、そこに激情を見ることはできない。のっぺりとした異国の顔立ちのせいで、笑ったり怒ったりしていない時の感情は読みにくいのだ。だとしても、目に見える驚きが小さすぎる。しかし、

「それって、私だけなの？」

「そうだ」

「ふぅん」

彼女は態度を変えることなくそう言っただけだった。狼狽えもしなければ、声を荒らげもしない。期待したどの反応も見られなかった。この冷静さは一体何なのだ。何を考えているのだ。

アルフレドがすべきではないとわかっていながら真実を告げたのは、こんな面白くない反応を見るためではない。

「そなた、意味がわかっているのか？」

「わかってるわよ。私のことを忘れたんでしょ？」

「王の寵を失うことになるのだぞ。忘れられた王妃では、いつまでその地位にいられるかわからぬぞ」

「アル、最近、頭を打ったりした？」

「余の話を聞いておるのか！」

「聞いてるわ。頭に強い衝撃を受けると、記憶の一部を忘れることがあるって」

「そなた、もっと他に何か言うことはないのかっ」

「あー……お大事に？」

カッとなったアルフレドは左腕を引き、乗っていた彼女の手を振り払った。

たいした力でもないのに、小さな身体はあっけなくバランスを崩し、後ろに転んだ。慌てて彼女の騎士が駆け寄ってくる。彼女は心配そうな騎士に大丈夫よと言いながら立ち上がり、ドレスについた土を払った。

こんなことがしたかったわけではない。アルフレドの期待する反応を示さない彼女が悪いのだ。そう彼女を非難しながら、騎士に笑いかける彼女に、そばで彼女に触れる騎士に、憎しみが湧く。

アルフレドは感情のまま口を開いた。

だが、声は出なかった。

アルフレドは彼女の名前を呼ぼうとした。ティアという名ではなく、別の名だ。喉まで出かかって、口は動こうとしているのに、音にはならない。彼女の名を頭に思い浮かべているはずなのに、それははっきりとした文字にならない。読めないまま消えてしまう。だから、呼べない。

きっと、今までにも、幾度もこうして怒りにまかせて呼んだに違いない。反射的にそう動いてしまうほど、何度も何度も。それなのに、声にならない。思い出せない。己の中に確かにあったはずのものが、今はない。いつの間にか消えてしまった、彼女の名。たとえ今、彼女の名を知ったところで、明日の朝までには消えてしまうのだろう。それが王妃の名前である限り。

アルフレドはしばらく呆然と立ち尽くした。

「アル、来て」

小さな手がアルフレドの手を摑み、腕を引いた。どこへ連れて行こうというのか。

アルフレドが動こうとしなければ、彼女にはどうにもできない。だが、足は、彼女の誘いを受け入れようと動いた。

「ヤンジー、ボルグ、戻るわ」

彼女の指示に騎士達が従う。王付き騎士達もアルフレドとともに移動を始めた。

彼女は必死な顔で引っ張っているが、歩みは遅い。

騎士達が情報を交わし合っているのが見える。おそらく彼女の騎士はこれから行こうとしている場所を王付き騎士に伝え、何人かを先に案内しようとしているのだろう。

アルフレドは、やや硬い表情のダリウスとカウンゼルに軽く頷いて見せた。二人ともアルフレドと同様に、王妃を忘れている。朝の時点でラシュエルとの会話でそれを知ったが、アルフレドの手を引いているのが王妃だとわかっているだろうか。わかっていたとしても、王妃に関わりたくないと思ってしまう。王妃のことを考えるのは、ひどく疲れるのだ。

アルフレドは彼等の様子を見ていると、気持ちが静まってきた。

彼女は頭を打たなかったかと尋ねた。頭に強い衝撃を受け、一時的に記憶の欠落を起こす現象ではないかと考えたのだろう。しかし、アルフレドと騎士三人、少なくとも四人が同時に、しかも同じ症状であるため、それが原因とは考えにくい。

第一、ラシュエルに王妃のことを忘れていると何度も知らされるのに、朝になれば忘れてしまうのはおかしい。おかしいのは、わかっているのだが。

アルフレドは、彼女に手を引かれるまま、貧相な邸に足を踏み入れた。

外観から察する通り、邸は中も狭い。先に着いていた王付き騎士が部屋へと案内する。そこは小さな中庭に面した居間で、狭いが趣のある造りとなっていた。

部屋にはアルフレドと彼女、そして、王付き騎士であるダリウスとカウンゼル、王妃付き騎士二人の計六人がおり、緊張した空気のせいもあってひどく狭苦しい。

彼女はアルフレドから手を離し、自分の頭から金の毛束を剝《は》ぎ取った。

「いたたっ」

声を漏らしながら髪を解き、顔につけていたらしい金毛を毟《むし》り取る。

そして、アルフレドを見上げてきた。

真っ黒な髪、黒い眉、黒い瞳。

アルフレドは王妃が珍しい容姿をしていると知っていた。黒毛黒目とも知っていたが、それは言葉だけの上っ面でしかなかったのだと理解した。

言葉からは、黒い毛をもつ動物のような粗野なものと考えていたのだ。醜《みにく》い、汚れた存在であるかのように。しかし、彼女の肩にかかってたわむ艶やかな黒髪に、粗野さなど微塵もない。

「ダリウス、カウンゼル、二人とも、私のことを忘れているみたいね？」

彼女は驚いている二人に話しかけた。

「ティアと名乗っているけど、私は王妃ナファフィステアです。陛下と二人にしてくれない？」

王妃だと言われ、そうと頭では理解できても、受け入れがたいのだろう。返事を躊躇う二人に、アルフレドは命じた。

「呼ぶまで下がっておれ」

「はっ」

彼女が手にしていた金毛を棚にしまっている間に、騎士達は部屋を出て行った。

静かに扉が閉じられ、室内には二人が残された。物々しい空気は薄れたものの、沈黙が緊張を緩めさせない。

アルフレドは、彼女が何を切り出すのかと身構えた。

「アル、そこに座って」

振り返った彼女は、面白そうに笑った顔でソファを指し示した。

この状況の、一体何が面白いというのか。アルフレドが知らないことを知っているのだという優位性のためか、王の弱みを握ったとでも思っているのか。

アルフレドは動かず、彼女を黙って見返した。そんな王の視線など全く気にかけることなく、彼女はソファに歩み寄り、腰を下ろした。王に一言の許可もなしに。

この娘は、王を馬鹿にしているのか？　蔑んでいるのか？

苛立ちを感じたアルフレドだったが、

「何してるのよ、アル。そんなに離れていたら、内緒話ができないでしょ？」

と言って、彼女は自分の横の座面を叩いた。

彼女は、それほど深く考えていないに違いない。王に忘れたと告げられたにもかかわらず、内緒話をしようと誘うのは、事態が理解できていないために違いない。甘えた声で擦り寄れば、どうにでもなると思っているのだ。彼女は王の寵愛を一身に受ける王妃の座にあるために。

そうとわかれば、彼女への対処は難しくない。彼女に王の寵はないと、どこかの時点で切り捨てればいいだけだ。

アルフレドは彼女の横に腰を下ろした。

「そんなに離れて座らなくてもいいのに」

「ダリウスやカウンゼルに聞かれて困ることはない」

「そういう意味じゃないわ。アルがこの髪を触りたいかと思って。好きでしょ？」

彼女は右手で自分の髪をひとふさつまみ、ヒラヒラと振って見せた。

確かに触りたいとは思ったが、それが彼女の作戦だとアルフレドは反応を返さず無視する。

「アルは私を忘れていると言ったけど、それはダリウスとカウンゼルも同じなのね」

彼女は髪を離し、話し始めた。

「それなら、頭を打ったとか、私に対する過剰なストレスが原因ってわけじゃなさそう」

「そなた、王のストレスになっている自覚があるのか」

「そういう理由もあるかもって思っただけで、私が陛下のストレスだとは言ってません！」

彼女はムッと口を尖らせ、腕を組んだ。王妃としてどころか、身分の高い女性として不作法な姿勢である。まして、王の前でとは、本当に何も考えていなさそうだった。

しかし、王に色仕掛けをしようとする様子はなく、話をしようとしている。先ほどは、ダリウスとカウンゼルの態度から、二人がアルフレドと同じだと見抜いた。何も考えていないはずがない。

小さな子供だというのに薄気味悪い娘だ。そう思いながらも、彼女の黒い髪は興味深く、アルフレドはそこから目が離せない。髪も眉も、睫毛《まつげ》も黒いのなら、全身の毛が黒いのだろうか。

「何人も私のことを忘れているなんて、そういう病気でも流行ってるの？　同じ症状の人が、王宮で増えてるとか？」

「増えてはいない。同じように覚えておらぬのは、余の身辺を警護している三人だけだ」

「いつ忘れたの？」

「知らぬ」

「え、そうなの？　思い出せなくて、おかしいって気づいたんじゃないの？」

「数日前にラシュエルに指摘されて発覚したが、王妃がどんな娘であるかを覚えてなくとも、支障はなかったのだ。いつ忘れたかなど、覚えているはずがない」

「指摘されるまで、忘れてるとわからなかった？　私を忘れたのに、王妃がいるとは覚えていたの？　え？　それ、どういう忘れ方なの？　私は王宮にいなかったけど、私とヴィルの所在や状況の報告は受けていたでしょう？　全然、私の話題が出なかったわけじゃないわよね？」

彼女はひどく驚いているようだった。しかし、アルフレドにはその驚きが理解できなかった。彼女を忘れたのは、ごく自然なことだと思っているからだ。

王妃が存在することを疑ったことはない。彼女が口にしたヴィルというのが、息子の名であることもわかる。オレンジ色の髪と濃い青の瞳を持つヴィルフレド、まだ歩くこともできない赤子だ。王位を継ぐ大事な息子。だが、なぜ今の今までその姿を思い浮かべなかったのか。

彼女の言うように、王妃と王太子の報告はあり、耳にもしていたのである。

「王妃に関わる事柄は、それほど難しい判断を必要としない。王の寵愛を失った王妃というだけで、事は足りる」

「王の寵愛を失った王妃ってだけで、判断するの？　おかしくない？　もしかして、『催眠術』をかけられている、とか？」

「『催眠術』とは何だ？」

「それは、んー、困ったわ。何て説明すればいいか……。『暗示』にあたる語も思いつかないし、『刷り込み』とかもっと説明できないし」

「何をわけのわからぬことを言っておるのだ。余にわかるように言え」

「だから……えー……、たとえば、この傷のついた木のテーブルが、赤い立派なテーブルだって信じさせる技。そう他人に信じ込ませることができる術のことよ！　そうそう、そういう術ね」

ソファの前に置かれたテーブルに手を乗せ、彼女は言った。

「このテーブルが、赤く立派なテーブルだと信じ込ませる術？」

どう見ても赤くも立派でもないテーブルを、そうと信じ込ませようとするなら、目を潰せばよい。

アルフレドは話にならないと切り捨てようとしたが。

彼女は、誰かがアルフレドに術をかけ、王妃を忘れるよう信じ込ませた、と言っている。忌々しいが、こうした発言をアルフレドの前で口にする者はいない。王が誰かに操られているかもしれないなどと疑うはずがない。そう思っても王に向かってそう言える者は、ごく少数なのである。

「そなたは、そうした術を知っているのか？」

「術の話は聞いたことあるけど、方法は知らないわ。でも、人は信じ込むとすごいのよ？　お医者様がこの薬を飲めば病気が治るからって薬じゃなくただの水を渡しても、信じた人が飲めば治っちゃうことがあるくらいなんだから」

「医者の言葉を信じて飲めば、病が治る？　それは、まるで……のよう……」

言葉が途切れた。口にしようとした単語は、彼女のことではなかったはずだ。王妃に関して以外にも、忘れていることがあるのか。

「何？　何て言ったの？」

「そなたの話は……のようだと……」

言葉が音にならず口ごもるアルフレドの顔を、彼女が覗き込んでくる。喉まで出かかっている音があった。だが、頭では知っているとわかっているのに、声にできない。己への苛立ちに、みっともない姿を彼女に晒す悔しさに、アルフレドは強く歯を噛み締めた。

「アル？」

その視線が煩わしく、宙を睨んだ。

すると、彼女はごそごそとアルフレドの左脇に潜《もぐ》り込み、手を掴むと自分の頭に触れさせた。そして、

「…………ごめんなさい。軽く言っちゃって」

と、項垂《うなだ》れ、消沈した様子で呟いた。

アルフレドは寄り添う柔らかな温《ぬく》もりを感じながら、萎《しお》れたままの彼女の黒い頭を見下ろした。手に触れた黒髪に指を潜《くぐ》らせ、思ったほど硬くはないのだなとの感想をいだく。

黙ったまま、ゆっくりと呼吸を繰り返した。沈黙は重くも軽くもなく、部屋では時間だけが過ぎていく。扉の外にいるだろう騎士達は、物音一つ立てない。

アルフレドは、彼女が何も言わないことを不思議に思った。だが、何も聞きたくなかった。何も考えたくなかったのかもしれない。

耳を澄まし、石畳を走る馬車の音を聞きながら黒髪の感触を手に、少しだけ目を閉じた。

王妃編　四．逢引《あいびき》

私は疲れた顔をしている陛下にあれこれと訊くことができなくて、結局、あまり話をしないまま、陛下は戻ることになった。

帰る時には、ほとんどいつもと変わらない表情で迫力もあったから、いつもの陛下に見えた。

「アル、また来て。次は、ヴィルにも会ってほしいから」

「そうだな」

玄関先で見送る私の頭に、陛下はぽんと大きな手を乗せた。そして、顔を覗き込んでくる。

整った顔にガラス玉のような薄青い目がアップになり、ドギマギする。我ながらそんなに慌てなくてもと思うほど、普通の顔を作るのに必死で。そんな私に、陛下は、

「眉がずれているぞ」

と、鼻先で嗤いた。すぐに身を離したけど、その声にはからかいが滲んでいる。私が慌ててるのを面白がってるのだ。

「それはどうもありがとうっ」

私は鬘の前髪を引っ張り下ろして、誤魔化すように返した。悩んでいるかと思ったのに、全然元

気そうで、陛下の余裕がなんか悔しい。

「戻るぞ」

陛下と騎士達は邸を後にした。

顔を寄せられた時に、キスをされるのかと期待した自分が恥ずかしくて、私はヴィルのいる二階へと階段を駆け上がった。

「ヴィル、お母様よっ、起きてる？」

「だー」

部屋のドアを開けると、ヴィルは乳母とともに敷物の上に座っていた。私に気づいたヴィルは、ダダダッと這い始める。速い速い。私は敷物に駆け寄った。

「ティアお嬢様」

そばにいた乳母が、私を諫めるように呼びかけたのにハッとした。いけない、うっかりお母様と言ってしまった。私の設定は、ヴィルのお姉様なのに。陛下に会ったせいで、気が緩んでしまったのだろう。気を付けなければ。

「速くなったわねぇ、ヴィル」

私は乳母にごめんという反省の表情を返し、敷物の上に膝をついた。

すると、ヴィルは子供用クッションを掴んで、私の膝に打ち付け始めた。駆け寄る我が子を抱きしめるはずだったのに。何というか、腕を振り回したいお年頃のようで、大人しくはしていない。元気なのは嬉しいけど、叩かれる母はちょっと悲しい。

陛下に、元気なヴィルを会わせればよかった。私を忘れていて、私の黒髪にも衝撃を受けて、陛下はすごく疲れているようだったから、言い出せなかった。それほど、辛そうだったのだ。

陛下に余裕がないと感じたのは、初めてかもしれない。たぶん今日だけじゃなくて、忘れているということが陛下の精神を疲弊させているんだろう。記憶喪失になった時は、気に病むのはよくないというから、できるだけ軽やかにとっさに考えたのだけれど。

でも、陛下は事故で記憶を失ったわけじゃない。カウンゼル達も同じように私を忘れるなんて、事故ではあり得ない。だいたい、王妃がいるとは覚えているのに、黒髪に驚くっておかしすぎる。

誰かが陛下に私を忘れさせようとしているのだ。どうやったのかその方法はわからないけど、誰かの仕業と考えるのが妥当だろう。ちょうど、私に死ねという命令書を持って偽の使者を遣わした人物がいるのだから。

「ティアお嬢様っ」

「うっ」

乳母の焦った声とともに、カーテンや布を留めるタッセルが私の顔面を直撃した。ふさっとして見えるけど、大部分が糸をきつく編んだ綱みたいだし飾りに石がついているので、当たるととても痛い。クッションよりタッセルの方が鞭《むち》っぽくて打ち応えがあるのか。でも、実に痛い。

「ヴィル、だめでしょ、そんなものを振り回しちゃ」

私は顔の痛みをこらえながら言ったけれど、ヴィルは癇癪《かんしゃく》を起して喚き始めてしまった。夕方はいつもご機嫌斜めだから仕方がない。

私は夜までヴィルと一緒に時間を過ごした。

夕食を終えてヴィルが寝付いた後、私は書斎でボルグから話を聞くことにした。

「ボルグ、カウンゼルと話した？」

「はい」

返事をするボルグは、とても渋い顔だった。

カウンゼルは王付き騎士だけど、私が妃だった頃からボルグ達と私の身辺警護に当たったり、ボルグを筆頭とした妃付き警備隊の創設にも尽力した。貴族出でありながら、庶民出のボルグ達の実力を認め、それに見合った処遇に引き上げることに力を注いできた。いわば、上司のような存在だ。

彼が私を忘れただけでなく、彼等の前で王妃を軽視する言動をとっていたら、ボルグ達にはどれほどショックだっただろう。

「わかったと思うけど、王付き騎士のカウンゼル、ダリウス、ナイロフトの三人は私のことを忘れているわ」

「はい」

「同じ王付き騎士でもラシュエルは覚えているみたいね。一応、私のことを忘れていても、彼等の任務に支障はないようだけど、今後もそうとは限らない。ボルグはカウンゼルを通じて王付き騎士と連携していたでしょう？　今はどうなってるの？」

「互いに面識はありますので敵対行為に及ぶことはありませんが、カウンゼルがあの様子ですので、意思の疎通が難しい状態です。このまま距離を置かれるようであれば、我が隊の士気にも関係するかと」

「代わりにラシュエルの隊と連携することはできないの？」

「信頼はそれほど簡単に得られるものではありません。カウンゼルの考えは彼の部下に浸透しておりますが、他の隊となると同じようには難しいでしょう」

王宮警護騎士団は陛下の命を護るのが最重要であり、それに比べると、王妃の命の重要性は吹いて飛んでしまうほど軽い。中には、王妃付き騎士団が存在していること自体、不満に思っている者も少なくない。カウンゼルは非常に稀《まれ》な存在だったのだ。変わり者ともいう。

けれど、王と王付き騎士のトップ達が王妃を軽視すれば、それは王妃付き騎士達も軽視されることになるわけで。カウンゼルの隊でも、彼の変化に戸惑っている部下達もいずれそれに倣《なら》い、ボルグ達と疎遠になる。

「わかったわ。じゃあ、私達はしばらく失踪を続けましょう」

「………失踪を継続するより、王宮に戻られる方が安全ではございませんか？　ここは、王宮に比べると警備が手薄です」

「私を殺すために偽の使者を仕立てた人物が、カウンゼル達に私を忘れさせたのだとしたら、王宮に戻っても危ないと思わない？」

「カウンゼルは何かの病なのではなく？　あれは誰かの仕業なのですか！」

ボルグの態度が一変した。病と誰かのせいでは大きな差だ。そんなことをした誰かがいるなら、放ってはおけない。

「かもしれないって、私が思っているだけ。でも、私は、カウンゼル達が私を忘れた原因を探りたいの。そのためにも、王宮では動きづらいのよ。協力してくれない？」

「はっ。何なりと」

私はボルグに説明するために、ヴィルと過ごす間にぼんやり考えていたことを思い起こす。

私が陛下にたとえでプラセボ効果の話をした時、陛下はピンときて〝何か〟みたいだと言おうとした。『医者の言葉を信じて飲めば、病が治る？　それは、まるで……』陛下はそう言って、言葉を詰まらせた。

あの時は、陛下がど忘れして言葉が出ないのを私が急かしたから、イラッとして不機嫌になったと思った。けど、後で思い返してみると、言葉を詰まらせた陛下は、苦しそうな顔をしていた。陛下は私を忘れて、思い出せないことに苦しんでいる状態で。出なかった言葉は、私に関わることだったんじゃないの？

でも、それが私の名前では文脈的におかしい。何の言葉ならピッタリくるだろう。私、黒髪、王妃……。

そういえば、エテル・オト神殿に祀られている聖王妃は、多くの人の病を癒したという。聖王妃は、病が治ると患者に信じ込ませる方法を、知っていたんじゃないだろうか。陛下はこの聖王妃のようだと言いたかった？　言えなかった言葉は、聖王妃？

聖王妃は私に関わりがなさそうだけど、陛下が私に行けと指示したフォル・オト神殿はエテル・

オト神殿と同系列だし、陛下はその指示を出す前日にエテル・オト神殿を訪ねている。そして、陛下からの指示文書にナファフィステアの名は書かれていなかった。偽の使者が私に見せた命令書にも、私の名前を書いていなかったと思う。偽の使者はナファフィステアとは一度も言わなかったからだ。

私へフォル・オト神殿行きの文書を書いた時には、陛下はもう私を忘れていた？

そう思いついた途端、私は、神殿旅行をプレゼントしてくれたと浮かれて、陛下に会いに行かなかったことを、ものすごく後悔した。

あの日、私が王宮に留まっていれば。陛下に直接会ってお礼を言っていれば、もっと早く陛下の異変に気づいていたかもしれない。

でも、過去は変えようがない。これからどうするかだ。

「ボルグ、陛下が私の名を口にしなくなったのはいつからか、ユーロウスに訊いてみて？　私達が王宮を出る前日に、陛下はエテル・オト神殿を訪ねたはず。その後からじゃないかと思うのよ」

「陛下が王妃様のお名を……、承知しました。陛下がエテル・オト神殿を訪れた時の様子については、我々も情報を集めます。同行した騎士しか知り得ないことがありますので」

「そうね。お願い」

◇　◇　◇　◇　◇　◇

王宮に戻ったアルフレドは、騎士や事務官吏達の報告もそこそこに自室へと戻った。そして、紙に文字を書き連ねる。考えてまとめた文章ではない。思いつくままの言葉を、そこに書き記していく。

誰かが己の頭から何かを失わせようとしている。誰かが王を操ろうとしている。信じ込ませる術があればできる。ティアは目を潰す以外にも術があると言った。忘れているのは、ティアだけではない。王妃がいると思っており、稀有《けう》な容姿であると理解している。ティアの姿に驚いた。衝撃的な姿だった。しかし、もう思い出せない。なぜその姿を覚えていられないのか。ティアはいつ忘れたのかと問うた。彼女は。

アルフレドの手が止まった。書くことがなくなったのではない。書くことで何かを発散したかったわけでもない。書こうとすると、その内容が何だったのかわからなくなる。文字にできなくなったからだ。

王妃が王の寵愛を失ったとなれば、都合がいいのは誰か。

アルフレドは最後にそう付け加えて、ペンを置いた。これで、何度でも思い出せる。

「毎夜、必要なことを書き置くことにする。この部屋ではいつでも書けるよう、常に準備を整えておけ。また、朝には読み返す。起きた時に余に差し出せ」

部屋付きの女官に命じた。

「承知いたしました」

女官は静かに答えた。王の部屋付き女官達は、長く仕えている者も多いせいか、本宮の女官達に比べると非常に落ち着いている。そのため、アルフレドにとって、王宮奥の自室は気を静めることができる場所だ。

執務室は、宰相や側近達、事務官吏達が見せる猜疑《さいぎ》の混じった目がアルフレドを苛立たせる。王宮内の廊下や通りかかる部屋では、王の目に留まるよう着飾った美しい娘が、思わせぶりな視線を向けてくる。娘の視線も、声も、そばにいる侍女とクスクスと笑う姿も、全てが煩わしい。

アルフレドが心休まるのは、騎士達と鍛錬に勤《いそ》しむ時間と自室で過ごす時間くらいだった。

「王が新たな妃を欲して、貴族家に美しい娘や妻を差し出させているそうだ。知っていたか？」

アルフレドは自室の椅子に背中を預け、古参の女官に話しかけた。王太子の頃から付いている女官は、いつもと変わらぬ穏やかな様子で応える。

「恐れながら、そのような戯事《ざれごと》をどちらで？」

「街だ」

「左様でございましたか。王太子殿下がお生まれになった後も、変わらず国王陛下ご夫妻が仲睦まじいので、街人達は刺激的な話題を求めているのでしょう。それだけ平和だということ。人々が不埒《ふらち》な噂に興じることをお許しくださいませ」

「民衆は刺激を求めるか。いくつかの貴族家がその刺激となりたがっているのは間違いない。だが、誰かの術中に嵌るのは気に入らぬ」

アルフレドは己が書いた文字を眺めながら呟いた。

そして、しばらく考えた後、カウンゼルを呼び、指示を与えた。

「ティアを愛妾にする。余が密かに通えるよう警護の態勢を整えよ」

「はっ」


王に愛妾ができたことは、すぐさま王宮内に広まった。王がそう告げたのではなく、宰相が「陛下がようやく理解してくださった」と漏らしたためである。

その上で、王の執務や謁見《えっけん》等の時間配分が見直され、その理由が王が出かけるためと判明したことで、様々な憶測を呼んだ。妃を増やしたがっていた宰相が、王の外出を喜んでいること。出かける先や目的が明かされないこと。王付き騎士達がよく王都を回るようになったこと。それらと宰相の言葉を鑑みれば、王宮の外に王の愛妾ができたと推測するのは難しくない。

数日のうちに、王宮は慌ただしくなった。妃候補として美しい娘達を送り込むため、貴族達が王宮を訪れ、王に面会を願い出る者が続出したのである。

王妃は王宮を出たまま戻っておらず、王はその間に愛妾を作った。王妃が妊娠しても出産しても他の娘に全く興味を示さなかった王が、ようやく他に目を向けたのだ。妃を増やしたい者、後宮を再開させたい者達が我先にと行動を起こすのは当然だった。

王宮が騒がしくなったため、アルフレドが王妃を忘れたことで生じる違和感はすっかり掻き消されていた。それほど、王の愛妾は大きな衝撃を与えたのである。

「これほど貴族家に素早い行動がとれるとはな」

アルフレドは王都の通りを歩きながら呟いた。行き先は愛妾ティアの邸である。

「陛下のお取り立てにより新たに上位貴族家となった家々が、ようやく行動を起こせるようになったのでしょう。ホルザーロス家が消滅したことで、王族家は影響力を失いましたので、今や旧家は少数派です」

斜め前で警護しているラシュエルが、アルフレドを邸へと案内しながら答える。

「カウンゼルは王妃付き騎士達と上手くやれているか？」

「はい。毎朝忘れていると気づくたびにショックを受けると本人は言っておりましたが、職務に支障はありません。ただ、王妃付き騎士は独自に原因を探ろうと動いているようです」

「そうか」

アルフレドは他に言いようがなかった。

毎朝、書き置いた紙を読み返し、現在の状況は理解している。しかし、書いた時の感情は少しも残っておらず、書き殴ったような乱れた文字に、その時の己を想像するしかない。そして、想像しても、感情が湧き起こるわけではない。興奮を滲ませるそれに、何故それほど感情的になっていたのかと戸惑うばかりである。

ティアという娘を愛妾にしたのは正しい判断だった。それは間違いない。王の異変を悟らせないことに成功しているからだ。しかし、アルフレドは、その愛妾をほとんど覚えていない。そんな娘とどう接するべきか、決められず頭を悩ませていた。そのため、足取りも重い。ともすれば、王宮に取って返したくなるくらいには気が乗らなかった。

後宮があった頃にも、妃のもとへ向かわなければならず気が重かったのを思い出す。今は王妃も王太子もおり、あの頃ほどに切羽詰まった感覚はないが、億劫《おっくう》であることには変わりがない。しかし、王宮に戻っても、貴族家達が娘を薦めようと待ち受けている。

アルフレドは溜息を噛み殺しながら、足を進めた。

「いらっしゃい、アル」

ふさふさの布に埋もれた顔の大きな少女が、アルフレドを出迎えた。結婚年齢前の小さな娘だが、邸の女主人のように振る舞っている。おそらくこれが愛妾のティアだ。そういえば、美しくはない少女だったとようやく思い出す。

「さぁ、入って。今日はヴィルに会ってほしいの。リリア、ヴィルを連れてきて」

「承知いたしました」

アルフレドは、小さな娘が張りきって大人の真似《まね》事をしようとするのを面白く見下ろしながら、娘の後に続く。そうしながら、この娘を愛妾にした意味がわかり、安堵していた。

愛妾を作ったのは世間の目をくらませるためであり、この子供は本物の愛妾ではないのだ。この小娘相手に、子作りに励まなければならないわけではない。貴族家の血筋などを考えれば愛妾を選ぶのも簡単ではなく、そうした点でティアという街娘は都合がよかったのだろう。ここではただ時間を過ごすだけでよいのだ。

アルフレドは狭い部屋に通された。狭いとはいっても客をもてなす居間であり、邸の中では広い部屋にあたる。愛妾にこのような邸しか用意できなかったのかと、アルフレドは室内を見回しながら不満に思った。ラシュエルはカウンゼルの職務に支障はないと言っていたが。

アルフレドが考えている間に、女中が赤子を抱えて入ってきた。そして、小さな娘のティアの腕に抱かせようとする。バタバタと手足を動かす赤子がティアの腕に移ると、今にも落としそうで心臓に悪い。

「あぅうあー」

「ヴィル、ちょっと大人しくしてて。動いたら落ちちゃうでしょ」

アルフレドは慌ててティアのそばに歩み寄った。さっさと赤子を女中の手に戻さなければ危ない。

しかし、女中は礼をして下がり、扉が閉められた。この赤子も一緒にいるというのか。

「ほーら、ヴィル。お父様よ。久しぶりよね。覚えてる？　お父様に抱いてもらいましょうね」

アルフレドは赤子を差し出してくるティアをまじまじと見下ろした。

お父様、ヴィル、非常に赤みがかった金髪に濃青の瞳の赤子。そこで、やっと眼下の赤子が息子であると認識した。

我が子を忘れるのか。そのショックに、アルフレドは言葉を失う。

「何をしてるのよ、アルフレド？」

「んあーあー」

アルフレドは娘から我が子を抱き上げた。小さな身体に大きすぎる頭がぐらりと揺れ、慌てて支える手に力を込める。アルフレドを見て笑みを形作る口元が、ティアによく似て見えた。どうしてなのかと思う目の前で、彼女が鬘を外しポイッとテーブルに放り投げた。

真っ黒な髪が現れ、肩へと零《こぼ》れ落ちる。そして、彼女の顔をくっきりと縁どった。

「あら？　また私を忘れていたの？」

ティアは、驚くほどあっさりと言い放った。冴《さ》えない容姿の子供だからだと思っていたが、朝読んだ紙に書かれていた、ティアが衝撃的な容姿というのは、これだったのだ。

「そうだ」

アルフレドは投げやり気味に答えた。息子を腕に抱えたまま腰を下ろすと、ソファがギシッと軋《きし》む。

黒髪黒目の小柄な娘、目の前にいるティアが王妃だ。息子のヴィルフレドが彼女に似ているのも当然である。彼女にとっても息子なのだから。結婚年齢前の子供だから愛妾なのではない。王妃だから愛妾にして、ここに通う理由を作ったのだ。

己の勘違いがあまりにも情けなく、アルフレドは大きく息を吐いた。彼女が『また』と言ったことを考えれば、前回会った時に、彼女に忘れていることを告げたか、今のように驚いて気づかれたかしたのだろう。己が忘れていることを彼女は覚えているという多少の居心地の悪さはあったが、王に忘れられた王妃本人のあまりにあっさりした態度も衝撃で、それどころではない。

王に『また』忘れられても、この娘はこの態度なのか。初めてそうと知った彼女は、どんな様子だったのだろうか。さすがに今と同じ態度ではなかっただろうが、嘆き悲しみ喚き立てたとは思えなかった。

取り乱されれば煩わしいと思っているにもかかわらず、そうしない彼女に、怒りを覚える。なぜ王に思い出してほしいと嘆願しないのか。なぜ寂しかったと媚《こび》の一つも示そうとしないのか。彼女にとって王はそれほど些末なものでしかないのか。王はそれほど頼りにならない存在か。

一瞬のうちにアルフレドの中に湧いた激しい感情は、彼女への期待と願望に他ならない。彼女には縋《すが》りつかれ嘆願されたいのだ。覚えておらず、会ったばかりの娘でしかない彼女に、これほど感情が乱されることに戸惑いはある。しかし、それらは己を奮い立たせもする。

対して、頭に浮かんだ『王の寵愛を失った王妃』という言葉は、アルフレドにとって、ひどく現実味のないものに思えた。

「ぉおーぅ、ぐぅおー」

腕の中で、息子のヴィルフレドが這い上ろうとアルフレドの衣服を握り締め、足を踏ん張る姿に、自然と頬が緩む。

「前より力が強くなっているの、わかる？」

ティアが嬉しそうにアルフレドの横に腰を下ろした。そして、息子に笑いかける。

「さほど違いは感じないが、強くなっているのか」

アルフレドは息子の顔を忘れていたとはいえ、思い出せないわけではない。王妃の場合は基本的には何も思い出せないので、忘れ方が違うのだろう。

我が子の元気な姿を見て安堵し、ティアが王妃であるというこの状況にも慣れ、余裕が出てきたところで、アルフレドは別のことが気になり始めていた。左腕に身体を密着させているティアのことである。

息子を構うためだが、胸の膨らみも身体の柔らかさも腕に感じてしまう。つまり、その肉感が多少の興奮を誘ってしまうのである。視覚的には、布の塊に頭が乗っている子供であるだけに、興奮を覚えることに抵抗はあるのだが。腕に受ける感触からは、簡単に柔らかな肉体を想像できてしまい、それを止める気はない。

「どうかした？」

ティアがアルフレドの顔を見上げた。

真っ黒な髪が、サラリと彼女の肩を滑り落ちる。見事に黒く、まっすぐだ。この髪が彼女の肌に絡みつく様を思い描くのは容易であり、それは興奮をともなう。それを表に出しはしないが。

「そなた、そのドレスは前のものと同じではないか」

「仕方ないでしょ？　ドレスは高いのよ。そんなことにお金は使えないわ」

「そなたを愛妾とした。ドレスごときで、気に病むことはない。余がドレスを手配しよう」

「アルが？　遠慮しておくわ。自分で買うから」

「そなたが選ぶのでは、今と変わらぬのであろう」

「私だってこのデザインは気に入らないけど、お金持ちの子供のドレスは、こういうのが流行りみたいだから仕方ないのよ。だから、変わったデザインのドレスは買えないし、着れないわ。命を狙われてる身だから、目立ちたくないし。偽の使者の件、まだ解決してないんでしょ？」

「調査中だ。ならば、余がくる時にだけドレスを着替えればよい」

「そこまでしなくても……。でも、ヒラヒラじゃないドレスは着たいわね」

アルフレドは熱心にドレスを勧めたが、実のところ、彼女の首元ないし胸元を緩めさせたいだけである。以前、彼女にロリコン呼ばわりされたため、自重はした。ここであからさまにドレスを脱がしたいと思っているわけではない。ただ、このドレスは布が多すぎて目に楽しくないだけのこと。

「室内専用なら、もっと脱ぎ着するのが楽な服でもいいかも。アルもここでは王様じゃないし、会う時はもっと軽い服でもいい？」

「軽い服？　よいのではないか」

今の服に比べれば、大概がマシだろうと軽く返事をすると、ティアはにやにやと笑った。一体、何がおかしいのか。アルフレドが呆れて見返すと。

「いつもだったら行儀が悪いーとか言うのに」

ティアは楽しそうに言った。

「じゃあ、次はそうするから。文句言わないでね」

「見てみねばわからぬな」

「えー」

「ところで、そなたの騎士らが何やら探ろうとしているようだが」

来る途中でラシュエルが漏らした言葉を思い出し、アルフレドが尋ねた。

その途端、彼女ははたと動きを止めた。ラシュエルが探りを入れているだろうが、ティアには心当たりがあるらしい。騎士達の判断ではなく、彼女の指示で動いているのだ。

「彼等に何を命じたのだ？」

「ちょっと………陛下の物忘れの原因を……」

彼女は目を泳がせながら答えた。彼女にも余計なことをしている自覚はあるのだろう。

「そのようなことを、そなたが考える必要はない。そなたはヴィルフレドと、ここで無事に過ごすことに専念すればよいのだ」

「でも、陛下の物忘れの元凶は、私を殺そうとした人と同じでしょう?」

「ここは王宮ではないのだ。勝手に動くでない」

「陛、じゃなくて、アルは、大丈夫なの? この前は、かなりしんどそうだったけど」

「余に問題はない」

「……そうね。今は元気そうだし」

「余は、そのように……疲れて見えたか?」

「見えたわ」

ティアはきっぱりと断言した。

「そうか」

アルフレドは彼女の言葉をそのまま受け止めた。感情をあまり表に出さず、相手への威圧のために表すことはあるものの、普段は己を抑え隠す。身近にいれば、感情の起伏を感じ取れてもおかしくはない。しかし、この前に限っては、単に隠し切れていなかっただけに思える。

彼女が感じたように、前回ティアと会った頃が、アルフレドが精神的に最も追い詰められていた時期だった。周囲に対しても余裕がなく、煩わしさばかり感じて些細なことにも苛立っていた。

だが、アルフレドに向けられた視線は、不審ではなく、アルフレドの身を案じてのものだったかもしれない。

そう思えるほどには、気力が回復し、精神的にも安定している。今のアルフレドには、たとえ王妃の記憶が戻らなかったとしても、己を失うことはないとの確信があった。アルフレドが恐れたのは、己が己でなくなることだったのだろう。

周囲の反応に違和感を覚え、時折判断に迷い躊躇することに狼狽え、己に対して疑心暗鬼だった状態では、他者にも猜疑的になる。アルフレドは王として国を統べ、絶対者であらねばならない。だから、誰にも隙を見せるわけにはいかないのだ。己を脅《おびや》かすものは何であれ排除しなければならない。だから、王妃を遠ざけ、頭から排除すべきだと考えた。王妃の記憶を失った初期の頃のことだ。

排除しなければならないというのは、恐怖の裏返しである。王妃についての判断を下そうにも、ろくに覚えておらず霞《かすみ》がかかったようにあいまいで、おかしいと疑念を抱くのに深く考えられない。常に不安がつきまとう。わからないはずがない。己はこんなに愚かなはずがない。なぜ迷うのか。何かがおかしい。だが、何がおかしいのか。己が狂っていくのか。何が正しいのか。なぜ。何が。王妃はアルフレドを最も混乱させる、恐れの象徴だった。王妃を排除することで、恐怖を克服しようとしたのだ。

それが変わったのは、王妃が恐怖の原因ではないと判明したためか、彼女を排除したところで何も解決しないとわかったためなのか。それらは、確かにアルフレドの考えを変える要因になった。しかし、アルフレドを動かしたのは、もっと単純な理由だ。

ティアは、アルフレドを強く惹きつけた。その特異な容姿も、唐突な言動も、アルフレドの想像を超えてくる。ティアに会っている時は、彼女の存在を意識し、翻弄《ほんろう》されるため、己に対する恐怖におちおち沈んでいる間などない。彼女のことを考えている時も、感情が高ぶり、恐怖に抗する気力が溢れてくる。

ティアこそが王に忘れられた王妃本人だというのに、また忘れたの?、と笑って流す。王妃としての生活から一変しているはずだというのに、すっかり順応しているようだ。彼女の日常は、そんなことくらいでは揺るがないらしい。王の寵など気にもとめない。呆れるほど、逞しく自由だ。

この女の前では、強い男でありたい。愚かしいほど馬鹿げた理由だが、アルフレドが変わるには十分な理由だった。

「ヴィルが服を食べようとしてるけど、構わないの?」

ティアがアルフレドの腕から身を離し、手で軽く叩いて言った。

「構わぬ」

アルフレドは右手で息子を抱えなおすと、もう片方の腕でティアの身体を抱き寄せた。そして、その頭に顎《あご》を触れさせる。

「アルは私の黒髪が好きよねー」

「そうだ。次に来る時には、鬘を被らずにおれ」

「え、どうして? 跡がついてる?」

「ついてはおらぬが、乱れている」

「はいはい。次は綺麗に結っておくわ」

「結う必要はない。ドレスも替えよ」

「わかりました。ほんっとーに私の髪が好きだわねぇ」

アルフレドはこうして話したことも、いつまで覚えていられるかと少し寂しく思った。寂しいなどという感情を、自らが認めたことに驚く。ここであったことを文字に記しても、思い起こすことはできず、また今朝のように頭を悩ませることになるのだろう。

しかし、全てを覚えてはいられなくても、こうして過ごした時間が、己に精神的な強さを与えることは間違いない。全てが消えるわけではないのだ。

アルフレドはしばらく彼女の黒髪の感触を指で楽しんだ。


「ラシュエル、王妃付き騎士が探っているという件で、詳しい情報は得られたか？」

王宮に戻り、アルフレドはラシュエルに尋ねた。

「いいえ。私では詳しい情報は得られません」

ラシュエルは、ティアの邸で王妃付き騎士の隊長であるボルグと話した内容について語った。

ボルグ達はカウンゼルが王妃を忘れ、王妃は王にとって不必要な存在だと思ってしまうことを、十分に理解していた。そのために、王妃付きの者達と距離を置きたがっていることも。

しかし、王がティアに強い関心を示していることをカウンゼルはわかっている。そして、彼自身がティアに驚き、王妃である彼女を守るボルグ達の能力に感心し、王妃を不必要と切り捨てることに抵抗している。多少の葛藤《かっとう》があるとしても、カウンゼルがボルグ達の信頼を裏切ることはない。だから、貴方が連携役を務める必要はないと、きっぱり断られたのだという。

ラシュエルは、言葉は残念そうだが、嬉しそうな顔をしていた。

「彼等のことはカウンゼルに任せるとしよう。では、王の使者を騙ったイスルの件は、その後どうなっている？」

「イスルに使者の印と命令書が作れたとは考えられませんので、どのような経路で彼の手に渡ったのかを調べていますが、はっきりとは摑めておりません。使者の印は五年前に一時紛失したことがあり、その時に偽造されたものではないかとのことです」

「命令書は灰になっていたのだったな」

「はい。命令書を見た事務官吏のソンゲルは、陛下の字に見えるほど精巧だったと言っておりました。しかし、命令書には王妃様のお名が記されていなかったので、偽造者は王妃様が王宮に入られる前の陛下の文字しか手に入れられなかったのかもしれません」

「数年前から準備していたのかもしれぬな」

「はい」

アルフレドはふうっと息を吐いた。

王妃を殺すためだけに王の偽使者を送り込むとは、よほど焦っているとしか考えられない。これほどの仕掛けができ、かつ、王妃を殺したい者、となれば王族家やそれに近い旧家が一番疑わしい。

王太子が四歳になるまでに、彼等が持つ利権の一部が王妃に移されるからである。これまでの慣例では、その頃まで後宮に残った妃、王妃には領地や利権が貸与される。誰にどの程度というのは王が決定するが、やはり寵の大きさが反映される。

ただし、そうした妃達のための領地や利権は、全てが王妃と妃に渡るわけではない。先代、先々代の王に貸与された後、妃や王妃の実家が代わりに管理し、そのまま留保される場合もある。逆に言えば、留保されない場合、歴代の王に与えられた財産が、現王に取り上げられると感じる者もいるだろう。

例えば前王妃を輩出したドーリンガー家に貸与されている宝石商の営業許可権を返却させるとなった場合、ドーリンガー家や関係する貴族家、宝石商の関係など与える影響は少なくない。そして、奪われた利権が他者へ移ることによって、妬み嫉《そね》みが生じ、互いが牽制し合うようになるのは、王家とっては都合がよい。

王が制御できないほどには、特定の貴族家を肥え太らせてはならないからだ。

「王妃の名は何であったか」

「……陛下……」

ラシュエルは口籠った。王妃の名は臣下がむやみに口にしてよいものではない。

王妃の名を尋ねるべきではないとは、アルフレドにもわかっていた。ラシュエルがそれを知っているとしても、王が王妃の名を忘れていると伝えるべきではない。彼は、王妃を忘れているのはカウンゼル達だけだと、知らぬふりを行動で示してくれているのだ。しかし、

「構わぬ。答えよ」

それでも、アルフレドは彼女の名が知りたかった。

「王妃様のお名は、ナファフィステア様とおっしゃいます」

「ナファフィステア、か」

口にした途端、アルフレドの記憶からその名前は消えていった。王妃の名は、姿と同じで記憶には残せないらしい。

「妃候補を選ぶための夜会を企画させる。その場に娘を出そうとする家を、徹底的に調べさせよ。その中に、王妃の死を望み偽使者を仕掛けた者がいるはずだ」

「はっ」

◇　◇　◇　◇　◇　◇

私はべったりと壁に張り付いた羽のあるトカゲもどきをじっと見つめていた。涼しくなってきたので出現する虫も種類が変わってきたらしい。

「何をなさっておいでです、お嬢様？」

部屋にやっと女中のアンが入ってきたので、私は静かに虫を指さした。

「あぁ、あれですか。害虫を食べてくれるので、とてもいい虫なのですよ」

にっこり笑って説明してくれるけど、説明はいいから早く採って。どこかへ持っていって。大きな声でそれを脅かさないで。うっかり飛んで逃げてしまったら、探すのが大変になるじゃない。

私は首を振って、無言で虫を指で示し続ける。

「ティアお嬢さまは本当に虫がお嫌いですね」

アンが喋っている間にリリアが入ってきて、さっさと処理した。何て素早い。でも、こっちに来ないで。ソレは捨ててきて、と態度で訴える。

「アン、ここはいいから、向こうで洗濯を手伝ってちょうだい」

「わかりました。では、お嬢様、失礼いたします」

庶民の小金持ち家で雇う女中は、かなりフレンドリーだった。貴族家に勤めたことのある女中もいれば、田舎から出てきたばかりの女中もいたりと幅が広い。リリアみたいなエリート女官級の人材が採用できるわけないし、そんな人ばかりだと怪しまれてしまう。

ヤンジー、もとい、小金持ち叔父と引き取った姪甥《めいおい》の姉弟という設定では、アンくらいの女中がちょうどいいのである。

「ありがとう、リリア。速やかにソレ捨ててきて」

「わかっております」

リリアは使用人Aとして働いている騎士クオートを見つけて歩み寄ると、にっこり笑って手を差し出した。

「あの……リリアさん？」

クオートの左手を掴み、リリアは手に持っていただろう虫を彼に握らせた。

「これを、廃棄よろしくお願いいたします」

質素な女中服に身を包んでいても、リリアは下位貴族家の娘でとっても美人。気の毒に、クオートは狼狽えながら部屋を去って行った。

「うちの有望な人材を弄《もてあそ》ばないでください」

クオートが去るのと入れ替わるように、ヤンジーが入ってきた。

リリアはツンとした態度で答える。

「そのようなことはしておりませんわ、ご主人様」

騎士達の中でも細身のヤンジーは、叔父役がよく似合っている。実際にはごっつい筋肉質ではあるんだけど、ちょっと前に女装できたくらいには顔も整っているし、金持ち男っぽい。案外、モテそうだなと思う。

「リリアはヤンジーの妻設定にした方がよかったかもね。金持ち若夫婦にピッタリだし、子供を引き取るのもおかしくないから」

「それでは誰が女中をまとめるのですか？」

「あ、そうだったわ」

「お嬢様、そろそろ出かけましょうか」

ヤンジーが私に声をかけた。これから私はヤンジーとエテル・オト神殿に行くのだ。もちろん護衛のためにボルグと他にも騎士が何人か一緒に来てくれることになっている。

ユーロウスや騎士達の情報から、陛下が私の名を口にしなくなったのは私が王宮を離れた頃で、陛下がエテル・オト神殿を訪れた日にラシュエルが随行してなかったこともわかっている。その日、陛下が訪れた場所は神殿だけではないので、他に立ち寄った場所も怪しいけど、まずはエテル・オト神殿を訪れることにした。陛下に言われて訪れたフォル・オト神殿と同系列だし、神殿は一般庶民がいつ訪れてもおかしくない場所だからだ。

私が出かけると邸に残る王妃付き騎士が減り警護が手薄になるけど、ティアは王の愛妾だから、陛下がこの邸にカウンゼル達を警備に付けている。おかげで、王妃付き騎士が数人ここを離れてもヴィルの警護に不安はない。リリアは不満なようだけど。

「はーい。エテル・オト神殿に行くのは初めてだから、とても楽しみなのよね」

「ティアお嬢様、くれぐれもはぐれないようにお気を付けてください」

「わかってるって。じゃあ、行ってきまーす」

「行ってらっしゃいませ」

私はリリアに見送られて邸を出た。愛妾の扱いになっているとはいっても秘密だから、私はあくまで金持ち娘の設定であることに変わりはない。なので、馬車で神殿に乗りつけたりはせずに、徒歩で向かう。

隣にはヤンジーがいて、前方にはクオートとロンダが用心棒職っぽい格好で歩いている。二人とも庶民出なので全く違和感がない。問題は後方で、ボルグとカウンゼルの部下である女騎士カレンが並んで歩いているんだけど、迫力が半端ない。

カレンは王付きの騎士団に所属しているだけあって貴族家と血のつながりのある出自で、迫力のある美人だ。しかし、騎士として大きな剣を振り回せるだけの筋力がついていて、当然だけど逞しいし実際に強いんだと思う。リリアに比べると一回り大きい気がする。

そんな女性と、ウルガンほど巨体ではないものの、頑強な体格で威圧感のあるボルグが並んでいれば、物騒なカップルにしか見えない。騎士服じゃないせいで悪目立ちしそうだけど、背後の安全は確保できているから、これでいいことにしよう。

そうして私達はぞろぞろと連なって歩き（一応他人のふりをして）、エテル・オト神殿に到着した。

「結構、歩いたわね」

「……そう、かもしれません」

ヤンジーがあいまいに答えた。彼には同意できず、全然短かったという意味だ。

体力の差は大きいので当然と言えば当然だけど、私は息が切れている。できれば休憩したい。

「神殿で休憩するとこ、ない？」

「あると思いますが、人が多いですので、椅子が空いているかは……」

そう言って、ヤンジーは周囲を見回した。

彼の言う通り、神殿の敷地内は人が多く、賑わっていた。神様を祀るところだから、もっと静かだと思ったのに、門も立派だったし、正面にドーンと建っている神殿も豪華で派手派手しい。地味で長閑（閑散としているともいう）だったフォル・オト神殿とは大違いである。

王家の守護神殿であるエテル・オト神殿は、信者も参拝者も多く、寄進にも恵まれているのだろう。要するに、お金持ち神殿なのだ。

それが悪いとは言わないけれど、金があると派手に飾りたがるのはいただけない。神仏を祀るのなら、もっと謙虚であってほしいと思うのは偏見だろうか。

「本当に、人が多いわね」

「我が国で最も有名な神殿ですからね。信者に限らず、王都を訪れた者は一度はここに足を運びたがります」

王都の観光名所みたいなものらしい。神殿に祀られているのは太陽や水、土みたいな自然界の神様が多いので、自分が信仰している神様以外も尊重される。なので、信者以外は立ち入り禁止なんてことはない。

「ヤンジーも王都に来た時、ここに来たの？」

「はい。王宮警護騎士としての配属が決まった時、陛下への忠誠を誓いに」

「へぇー」

王宮警護騎士といっても、その仕事は幅広い。宿舎における食事の仕度から掃除、王宮の改築・修繕なども行う。実際、陛下に命じられ、本宮と王宮奥をつなげる通路の施工をしたのは王宮警護騎士達だ。土木建築技術は戦において非常に大事な技術だし、王宮の警備上当たり前ではあるけど。

王宮警護騎士は、出自の違いによって、職務が分けられていたらしい。

王や貴族達の目に触れる場所での警護は、貴族出の騎士達の役割。王宮警護騎士であっても、庶民出の騎士達は下っ端扱いのため、王の姿を見る機会はなかったという。

庶民が王宮警護騎士になるには、相当の技量を認められなければならない非常に狭き門であったはず。それなのに、いざ職に就いてみれば、その技量を発揮する場が与えられないのでは、さぞかし悔しい思いをしたに違いない。

　ヤンジー達から聞いたわけではなく、貴族達から見下されていた私を警護する彼等に向けられる目とか態度とか、王付き騎士達への態度と、ヤンジー達への態度の違いとか、そういうのから私が勝手に想像した結果である。けど、それほど真実とかけ離れてはいないだろう。

　カウンゼルのように由緒ある貴族家の出でありながら出自を鼻にかけない人物は、それほど多くはないのだ。

「陛下から、直接、私の警護を命じられた時は？　その時は、ここには来なかったの？」

「来ませんでした。私には神も祈りも必要ありませんので」

　騎士達は本気で命を懸けるから、すごいなと思うけど恐いとも思う。祈りでは陛下の命を護れない、そういうことだ。

　ヤンジーが王宮警護騎士になったのは、たぶん高校生くらいの歳《とし》かな。その頃は、出世して認められてと野心もあったろうし、神へ祈りを捧げる若い青年だっただろう。それが、陛下が直々に命じたってだけで、わけのわからない小娘を守るために自分の命を懸けるのだから、本当に恐い。

　陛下の命令は重いのだ。

　困ったことに、我が子はその地位を継がなくてはならない。まだ先の話だけど、その責務を考えると今から気が重い。

「たまには祈ってもいいじゃない？　綺麗な女性と結婚したいってお願いするとか？」

「私に結婚は必要ありません」

「ヤンジーに必要ないのは結婚で、綺麗な女性じゃないんだ？」

「そっ……それは……」

「綺麗な女性は、絶対必要だもんね」

「揶揄わないでください、お嬢様」

「結婚すればいいじゃない。ヤンジー、モテそうだし。そういえば、ボルグやウルガンも結婚してなかったわね。カウンゼルは、貴族家の息子だから婚約者がいるんだっけ」

「我々は命を懸けるのが仕事ですから、結婚は難しいかと……」

「いやいや、そこは結婚しましょうよ。臣下として子供を増やす努力をしないと！　子供が増えないと、国が衰退してしまうのよ」

「はっ、努力いたします」

「ボルグやウルガンは、陛下より年上だったわよね？」

「はい」

「ボルグ達も美女好き？　リリアとか美人が相手でも、デレるところを見たことがないのよね。特に、ボルグは。クオートとロンダはリリアにも美女にも弱いのに」

「…………」

「カレンみたいな美女騎士が好みなのかな。鍛《きた》えてる逞しい系の」

「ボルグ隊長はか弱い女性がお好みだと思います」

「そうなの！　だったら」

私がヤンジーと喋っていると、

「ティアお嬢様、少々お口が過ぎますよ。そうではありませんか、ヘイグ卿？」

後ろから静かだけど圧の強い言葉がかけられた。なんだか背中が寒い。

「はっ、失礼いたしました」

「ふぁいっ。申し訳ありません」

私とヤンジーは背後の殺気に背筋を伸ばす。後ろにボルグとカレンがいるんだった。カレン、恐っ。

そうこうするうちに、私達は神殿の建物に着いた。建物は三階建てのビルどころの大きさじゃないような気がする。王宮とは違って、一階だけの建物のため、すごく高い入り口が建物全体をより大きく見せているのかもしれない。

私達は前の人々に続いて右端の開かれた扉をくぐった。

中ももちろん広くて、天井が高い。正面には巨大な女神の胸像が鎮座している。赤い布に金の装飾があちこちに施され、神殿内は外より更に煌びやかだった。灯りを灯す燭台《しょくだい》は金、柱に描かれた水草が金色で描かれ、金・金・金が溢れて目がチカチカする。

派手すぎて、絶句しかない。

しかし、神殿は派手だけれど、来訪者はいたって普通の人々だった。貧乏そうな人もいれば、身綺麗な金持ちの人もいて、それぞれ女神像に向かって祈りを捧げている。貴族専用のスペースらしきものが設けられていて、身分の違いはそこで分けられているらしい。

「ヤンジー、前に陛下達がここに来た時は、あっち側を歩いたってことよね？」

「いいえ。王族は別の通路を利用します。ここに入る時、建物の正面中央に扉があったのを覚えておられますか？」

「あぁ、そういえば、あったわね」

「あの扉を陛下は通られたはずです」

私は入り口を振り向いた。私が入ってきた扉は大きく開け放たれていて、それより右側に王族専用扉があるべき。だけど、そこには壁しかない。つまり、王族専用扉を通っても、こちら側には抜けられないということ。

「中央の扉を入ると、ここじゃなくて、あの壁の中に入っていくことになるわね。上か、下に向かう階段があるってことかしら」

「おそらく下ですね。上だとしたら、せいぜい人一人分の幅しかない狭いスペースしか確保できませんが、下だと広いスペースがあります。女神像も腹部から下が埋まっているように見えるので、地下があるのでしょう」

そう。この女神像は、床を地面とすると乳房の下あたりまで地上に出し、両手を広げて地面に置いている。地面から這い出ようとする巨人のようにも見えるので、夜は見たくない。

「女神像の豊満な乳房が見どころなのかと思ってたけど、下に降りて王族だけが女神の下半身を拝むとか、考えたら気持ち悪いわね」

「……」

私の感想にヤンジーは無言だった。彼は男性だし、私がふる話題としては、非常に不適切だったかもしれない。反省して一旦口を閉じる。

それはそれとして、ヤンジーが推測したように、この下に地下空間があるとすれば。

「王族専用扉は、王付き騎士も一緒に通れるものなの？」

「もちろん通れるでしょう。陛下をお一人にするとは考えられません」

「それもそうね」

「ですが、階段で地下へとなると、入り口には騎士を残したでしょう」

「逃げ道の確保ってわけね。じゃあ、最終的な目的の場所が、わりと狭い空間だったり特別な部屋だったりしたら、陛下と物忘れした騎士三人だけがそこに入ったかもしれないわよね？」

「はい。その日、ラシュエルはここには来ていませんので、その可能性は十分にあります。それは、ここだけではなく、同日に訪問したアログィ王墓も同じですが」

「アログィ王墓って、王族専用の墓ね。それも見に行きたいわ」

「王墓は王都の外にあり、警備も厳しく、陛下の許可がなくては近づくことができません。かなり離れた場所から眺めることはできますが、訪問されるのは難しいかと」

「そうなのね。……墓って、すごく怪しそうなのに」

ヤンジーと喋っていると、すぐ後ろにボルグとカレンが立った。いつの間にか距離を詰めていたらしい。

「視線をゆっくり前にお戻しください」

ボルグは私がやっと聞こえるくらいの小声で言った。声には緊張感がある。何か警戒しているのだろう。けれど、私達の周りは、来訪者が女神像に向かって祈っていたり、供え物を捧げたりしているだけで平和なものだ。何があるのだろう。

私はゆっくりと女神像の方に身体を向き直らせた。そして、横目でヤンジーを見ながら、祈りを捧げるポーズをしてみる。

「右奥に神官が立っているのがご覧になれますか?」

「ええ、見えるわ」

ボルグの言う右奥に視線を向けると、数人の神官がいるのが見えた。

男性の神官二人と女性の神官一人だ。中でも女性神官は、来訪者の中に怪しい人がいないか見張っているのか、ちょっとキョロキョロしている。神官にしては、かなり落ち着きがない。

と、思っていると、その女性神官と目が合った。

私はそおっと目をそらしたけど、彼女の視線は私をじっと見つめてくる。距離はあるけど、彼女に黒目が見えたのかも。別に悪いことはしてないけど、できれば王妃とバレたくない。そっとしておいてほしい。

私の願い虚《むな》しく、その女性神官が私達の方に向かって歩き出した。ので、ボルグがさりげなく動いて、私と彼女を邪魔するように立ち位置を変える。クオート達もそれに合わせて場所をずらした。近すぎず、遠すぎず。一見、私を護っているとはわからない位置取りだ。

その間も、彼女は足を止めない。まっすぐ私に近づいてくる。その後に男性神官二人も続く。

やっぱり王妃とバレたのかもしれない。何の用があって近づいてくるんだろう。目が合ったのは偶然だし、王妃がこっそり神殿に来ていたとしても、別に咎められるようなことじゃない。陛下は怒るかもしれないけど。

一生懸命気づかないふりをしている私に、女性神官が尋ねてきた。

「あの……何か、お困りでしょうか？」

かなりぎこちない声だった。何も困ってないけど、ここで彼女を無視するのは変だ。私は仕方なく彼女に顔を向けた。でも、視線は合わさないように気を付ける。

すぐ近くで見ると、女性神官は非常に年若い、可愛らしい感じの娘だった。たぶん、十代だろう。この世界の人はすごく老けやすいので、お肌のピチピチさが十代と二十代では全然違う。

彼女の場合、二十代前半のリリアに比べて格段にお肌にハリがある。これでは、彼女に並ぶと私の歳がバレてしまう。十代設定だから許される、フリル増量ドレスを着ているのに。

「私は、疲れています。休みたいと思っています」

動揺のせいで、私の返事も彼女に劣らずぎこちなかった。

失踪生活になってから、女官の調合した特別保湿クリームを塗ってないので肌艶が落ちているはず。お願いだから近くで私を見ないでほしい。

「私の連れが、歩き疲れてしまったみたいだ。休めるところはあるだろうか？」

ヤンジーの私をフォローする声が、頭上から降ってきた。ヤンジー、ナイス！

気を取り直した私は、ちらっと彼女を見た。

そして思ったのは、困っているのは彼女だ、ということ。

「あ、あちらに、い、椅子が、ございますので、よろしかったら」

すごく緊張している。どうしようと焦ってもいて。彼女の後ろにぬぼーっと立っている男性神官の無神経さにイラっとする。私達は彼女につられて神経を尖らせているっていうのに。

「ありがとう。でも、大丈夫？　あなたの方が、具合悪そう」

「私は……大丈夫です」

彼女はスカートのポケットから何かを取り出し、私の右手に押し付けた。

「私が作った香袋《においぶくろ》です。気分が良くなると思うので、これを持っていってください」

五センチくらいの小袋に何か入っている。香袋って、ポプリのようなものだろうか。鼻がスーッとするミントみたいな香りがした。

「あ、うん。ありがとう」

「中にはフィールの葉や、ゴテの実が入っているので、帰ったら確認してみてください」

彼女は物言いたげな目をして、香袋を持つ私の手を両手で包み込んだ。それがまるで彼女にできる精いっぱいのことのようで、私は訳がわからなかったけど、頷いて見せた。

「……うん。確認するわ」

「ありがとうございます」

小さく微笑んで、彼女は神殿の奥へと足早に消えていった。

引き留めたかったけど、彼女は話がしたかったんじゃない。たぶん、この香袋を私に手渡したかったんだ。そして、中を確認してほしいと。フィールの葉とゴテの実って何だろう。

「お嬢様、それは私が」

「いいの。私が持っておくわ。彼女の勧めてくれた椅子で少し休んでから戻りましょう」

私はヤンジーの提案を遮り、香袋をポケットにしまった。ヤンジーだけじゃなく、皆、顔を曇らせたけど、首を振って渡さなかった。

「承知しました」

私達はしばらくしてから邸に戻った。

王妃編　五．秘密

　邸に戻ってから、私は香袋の中身をテーブルの上に出してみた。

　枯れ葉とか木片、木の実のようなものが数種類と、丸めた布きれ。鼻がスーッとするのは、その布きれから香っているようだった。

　布を広げると、五センチ四方くらいの大きさで、中から黒い石片が出てきた。そして布の内側には何かが書かれているけど、文字が小さすぎて私には解読不能だった。

　私はそばにいたリリアに差し出し、訊いてみた。

「これ、何て書いてあるか、わかる？」

「神官長が恐ろしいことを企んでいる、と書かれています」

「えっ、そうなの？」

　リリアは布を指でつまみ上げ、文字を読んだ後、それに鼻を近づけた。

「ところどころ滲んでいますが、そうとしか読めません。それにこの香り、フィールに似ていますが、たぶん、クエンの汁ですね」

「クエン？　フィールじゃないの？　これを渡してくれた女の子が、フィールとゴテが入ってるから確認してって言ってたのよ？」

「フィールは見当たりません。クエンの汁は、水につけると簡単に消えてしまいます。花で遊んだことのある女の子なら知っているでしょうが……。これが誰かに奪われそうになった時、この文を消そうと思っていたのかもしれません。ゴテの実を押しつぶすなり、口で噛むなりすれば、すぐに読めなくできますから」

「それって……」

リリアはゆっくりと布を私の掌に戻した。

私にこの香袋を手渡した時、彼女はすごく緊張していた。この密告がバレないよう、文字を消す仕掛けまでしている。となると、彼女はバレたら殺されるくらいの身の危険を感じていたのではないだろうか。彼女の様子は、ただ事ではなかった。

彼女が密告しようとしている神官長の恐ろしい企《くわだ》てというのは、陛下達の物忘れに何か関わることじゃないの？

私は小さな布に書かれた読めない文字を見つめた。

彼女は拘束されていたわけじゃないから、神殿から逃げようと思えば逃げられたと思うし、私に話しかけた時に暴露することもできたはず。だけど、そうしなかったのは何故だろう？　これを私に託したのは、調べてほしいということなんだろうけど。

「神官長が恐ろしいことを企んでいるって、何なのかしら？　それに、彼女がこれを渡す相手に、私を選んだのも不思議なのよね」

自分でそう言いながら、うんうんと頷いた。参拝者は大勢いて、私達でさえ三組いたのだ。普通の成人男性二人組のクオート達、用心棒カップルのボルグ達、小金持ちの私達。三組の中なら、彼女と同じくらいの年齢だった私を選ぶとしても、近い年齢の女子客なら他に何人もいた。わざわざ怪しい群れにまじった私を選ぶ必要はない。

「お嬢様の目を見て、高貴な方とわかったのではありませんか？　王都の者なら、王妃様の容姿は噂でよく知っているでしょう」

「だって神殿内って暗いのよ？　前髪下ろしていたから、目の色なんて見えないと思うわ」

「いいえ、リリアの言う通り、そう考えたのだと思います。お嬢様に話しかけた時、彼女はとても緊張していたではありませんか」

ヤンジーに言われて、彼女の緊張が私に対するものだと、初めて気がついた。

密告がバレたら困ると怯えていたせいだとばかり思っていたけど、私が王妃だとわかって近づいたのなら、普通の少女が私に話しかけるのに緊張するのは当たり前だ。

「緊張はしていたわね、とても」

彼女は私が神殿に行くとは知らなかったのだから、他の誰かに渡すつもりだったに違いない。神官長の企みを誰かに暴いてほしくて。でも、彼女は私に託した。

今日、私がエテル・オト神殿に行ったのは、陛下達がそこを訪れたことが原因だったかもしれないと考えたからだ。何かヒントがあればと、現地に足を運んだ。

そこで私が得たヒントが、彼女の密告なのだ。神官長の企みを暴けば、陛下の物忘れの秘密に近づけるかもしれない。なら、まずは、その企みを暴かなくては。

「彼女に話を聞かないと、どうにもならないわね」

「では、直接、話してみましょうか?」

ボルグが口を開いた。

「そうね。何かいい案がある?」

「神殿に侵入し、彼女が一人になるのを待って接触します。他に誰も聞いていなければ、知っていることを話すのではないでしょうか」

「そうね。できる?」

「神殿ですので、侵入は難しくありません」

「じゃあ、お願い、やってみて」

「はっ」

今夜からさっそく、ボルグはクオート達数人を連れて神殿に侵入することになった。

いつもなら身軽なヤンジーが活躍できそうな作戦なのに、私の叔父役のためここを動けない。ヤンジーは少し悔しそうに見えた。

残って私の警護をするという重要な役を任されているので、ボルグからはとても信頼されているんだけれども、ヤンジーとしてはボルグ隊長の手足となって動きたいのだろう。彼はボルグ崇拝者なのだ。

それをリリアもわかっているので、ちょっと拗《す》ねぎみのヤンジーの姿に、私はこっそりリリアと笑いあった。

その夜は、香袋の少女の様子や神殿内を探るだけに終わった。彼女の名前はウェス・コルトンといい、神官見習いとして働いている。見習いといっても、神官を目指す者だけでなく、神官の補佐的な仕事をしながら勉強をする者も含む。神殿には学校のような勉強を教える環境があるのだ。

ウェス・コルトンは、昼は神官の補佐として働きながら、夕刻以降には勉強と、毎日とても忙しいらしい。しかし、ボルグが接触できなかったのは、それだけが理由ではなかった。

彼女のそばには、常に二人以上の神官が付いているらしく、一人になる時を見つけるのが難しいという。

そうして夜だけでなく一日様子を見た結果、彼女は監視されているという結論に至った。

「侵入は簡単ですが、彼女は片時も一人になれません。彼女は、あの香袋に入っていた布に文字を書くのも、かなり大変だったでしょう」

「そんなに自由がないの？　じゃあ、休みは？」

「仕事や勉強がない時間は、お嬢様と会った時のように、女神像の部屋で参拝者を眺めています」

「全然……休みじゃないわね」

「時々、参拝者を眺めるふりをして、よく壁の特定の箇所を見つめています。ただの壁ですが、そこに隠し扉があるかもしれません」

隠し扉があるとしたら……。王族専用扉は陛下達だけしか利用できないのだから、神官達は別の扉を使わなくてはならない。その扉だろうか。彼女の話も聞きたいけど、神殿の地下の様子も知りたい。そのどこかで陛下達が物忘れさせられたかもしれないのだから。

「少し手荒な方法で彼女と話す機会を作っても構わないでしょうか？　盗賊が神殿に忍び込んだと装い、接触を図りたいのですが」

「構わないわ。それでいきましょう！」

私はボルグの提案に前のめりで同意した。

暴力はいけないと思うけど、ボルグなら上手くやってくれるに違いない。あまり悠長には構えていられないのだ。陛下が偽使者の件について調べているけど、進んでなさそうだし。

王妃について忘れてしまうので、偽使者の件についても他の件にしても、執務室からの指示が遅れたり、判断が見送られたりしていると、ユーロウスが教えてくれた。だから、陛下の異変が少しずつ隠せなくなっているのだと。

陛下は私のことを忘れているけど、それだけで、他は何も変わらない。普通に過ごしているのに、おかしいと思われるのは、どんな気持ちだろう。何度も忘れていると気づいて、そのたびにイライラして、どうにもできないと思い知らされ続けるのは、きっと辛い。忘れてしまう自分を、恨んでしまいそうだ。あの陛下があれほど疲れた様子だったのだから、表に見えない部分ではどれほど苦しんでいるか。

早く何とかしなければ。何でもいいから、手がかりが欲しい。

私は今夜こそ何かが得られることを期待して、ボルグ達を送り出した。

ちょっと眠いかなと思いつつ、でも、ボルグ達を起きて待っていたいので、居間に居座ることにする。

「お休みになった方がよろしいのではありませんか？」

リリアに苦笑しながら声をかけられ、私は一瞬寝ていたことに気づいた。

「ううん、大丈夫よ。でも……目の覚める飲み物を持ってきて」

「どうぞ」

すでに用意してくれていたらしく、リリアはそっと私の前にカップを差し出した。甘酸っぱい匂いにそそられる。いつもちゃんと美味しいから、すごいと思う。王宮のように食材が揃えられるわけじゃないのに、こうもぴったりなお茶を用意できるなんて、ほとほと感心する。

「すごいわねぇ、リリア」

私はお茶をすすりながら、リリアに漏らした。それを聞いて少しだけ微笑む姿は、まさに良家のお嬢様だ。リリアは実際に貴族のお嬢様だけど、普段はクール美人で隙がないから、言い寄られにくいのではと余計なお世話なことを考えていると。

「ティアお嬢様、お訊きしたいことがあるのですが、よろしいでしょうか？」

リリアが改まった口調で話しかけてきた。二十二歳くらいのリリアは、今が結婚のお年頃だ。この切り出し方は、辞めたいとか……。私は内心ビクビクしながら、頷いた。

「いいわよ。何でも訊いてちょうだい」

「ティアお嬢様は、神殿からの帰りに投資場へ足を運ばれたと聞きました」

はっ、と私は部屋にいたヤンジーに視線を投げた。誰が喋ったの！　内緒にしててって言っておいたのに。

ヤンジーはぷるぷると首を振り、大げさなほどの身振りで否定して見せた。大げさすぎる気がするので怪しい。けど、リリアの耳に入ってしまったものは仕方がない。騎士達が美人に弱いのを忘れていた、私が悪いのだ。

「それは、ほら……いろいろお金が必要じゃない？」

「そのようなことを、お嬢様がお気になさることはございません。愛妾のお手当がございますので、いくらでも用立てるとユーロウスが言っていたではありませんか」

「そ……そうだったかしら」

一応、王の愛妾となったので、そのお手当金からこの邸の費用が賄《まかな》われている。だから、私は実はとても裕福な身の上にあるのだ。それに、そういう細々《こまごま》したことは、事務官吏のユーロウスに任せておけばいい。そんなことは私にもわかっている。

投資場に寄ったのは、私個人の資産を増やしたかったからだ。もちろん老後やいざという時のために、陛下にもらった宝石の一部は財産としてしっかり保存している。けれど、投資場で出資すればリターンが大きく、資産がぐっと増やせるのだ。私が散歩で執務室を訪れた時や、ユーロウスから入手した確実な情報があれば、詐欺物件への投資は避けやすい。

それに、私の利益というだけでなく、市場にお金も回り、景気も良くなる。タンス預金よりはるかに経済効果が高いはず。

何より、投資場で話を聞くのはめちゃくちゃ面白いのだ。実業家や貴族家達が群がる案件よりも、アイディアや研究を熱く語り資金を集めたい小口物件がかなり熱い。いくつか目をつけてて、定期報も送ってもらうように手配済みだ。個人的趣味ともいえる。

しかし、私は決して遊んでいるわけじゃない。

「まあ、何というか……リリアもヤンジーもしっかり役割をこなして立派に働いているでしょう？私は背が低すぎるから普通の仕事はできないし、力も弱すぎて戦うこともできない。だから、その代わりのようなものよ」

私ははっきりと言った。そう、こういう場合はおどおどしてはダメなのだ。私は正しいから、心配しないでと伝えることが大事なのだ。と、胸を張って言ったが。

「お嬢様がいかがわしい場所に出入りなさる方が、あの方のご負担になるのではございませんか？ヴィル様もいらっしゃるのですから」

そう言って、リリアは顔を曇らせた。

ここで、やっと、私はリリアが何を知りたいのかに気づいた。

私が王都ライフに馴染みすぎて、もう王宮へ戻る気はないのではと危惧しているのだ。強引に王宮へ連れ戻そうとしない陛下にも、おそらく不安を抱いている。私が王妃としていられるのか、王太子のヴィルフレドは世継ぎとして認められないなんてことになりはしないか、と。今後の自分より、私や陛下のことをとても心配していたのだ。

「世の中、何があるかわからないから、いざという時にお金はとても役に立つわ」

「そのようなこと、お嬢様は」

「あって損はないわ。もしもあの方が動けなくなって国を追われたら、私があの方とヴィルを養わなくてはいけないのよ？　あの方は、結構お金がかかると思わない？」

夫婦なんだし、そんなに簡単に別れる選択はしないわよ、という意味を込めて大げさに喋ってみたら、リリアもヤンジーも唖然として固まっていた。

「あの方を……お嬢様が……養う……」

ぼそぼそと呟くリリア。さすがに陛下を養うっていうのは、かなり誇張が入ってるってわかってるわよね？　そんなに稼ごうと思ってるわけじゃないから。

ぎくしゃくした動きでリリアは部屋を出て行った。

あのリリアが平静を装えないなんて、そんなに驚くような発言だっただろうか。冗談にもほどがあると理解に苦しんでいるのかも。悩ませてごめんと思いつつ、私はリリアの背中を見送った。

王宮に戻らないのは、陛下が私を忘れているからというのは正直ある。戻れば、さすがに周囲もそれに気づいてしまう。陛下の態度に違和感を覚えている人達がいても、はっきりとはわからないからこそ、何か理由があるのではと憶測するに留まっている。でも、陛下が私を忘れていると知られれば、心配する人も多いだろうけど、それを利用しようと考える人もいて、王宮が混乱するのは避けられない。

それに、陛下が私を見るたびに忘れていることにショックを受けるのは……やっぱり辛そうだから。陛下を悩ませる存在になるのが嫌で、私は王宮に戻らない理由をあれこれ作っているのかもしれない。陛下の物忘れの原因を突き止めたいからとか、偽使者を差し向け私を殺そうとした人物から身を隠すためとか、他の人に陛下が私を忘れてると知られたくないからとか。

私は首元からぐいっと金鎖を引っ張り出した。

鎖に通しているのは、金色の結婚指輪。陛下はお揃いのこの地味な金の指輪を、まだつけている。ロリコンだった陛下が私を忘れたとしても、普通の男性になるわけではない。王都で私に声をかけたのは、根っからのロリコンだったということ。普通のロリコンじゃなくて、私の体型や容姿が好みなのだろう。

あんなに大きな体格で偉そうなのに、私の黒髪が好きなのは相変わらずだし、トゲトゲしい態度をとっていても、いざ触れてしまうと落ち着くのか口調も態度も大人しくなる。私のことを覚えてないせいだと思うけど、力加減や距離感を測りかねてるところとか、ギャップ萌《も》えというか割と陛下って可愛いところがあるなと思ったり。ここでもヴィルの相手をしてくれて、子煩悩っぽいところも意外。

それに、王都で暮らして、陛下はいい王様なのだと肌で感じた。邸で働いてくれてる人達や、通りを歩いている人達の様子や表情、店の活気、投資場の熱も、王様の仕事ぶりが反映された結果だ。もちろん王様を支える人達がいての話だけれど、王様業は簡単ではないのだから、陛下は立派に役目を果たしているのだと思う。

そんな大変な役目をヴィルが継げるのかは、とても心配。陛下はサラブレッドな血統だけど、そこに私の凡庸な血が入ったヴィルは、主に頭脳的に勉強が大変なはず。将来、私を恨まないでね、ヴィルフレド。応援なら精いっぱいするから。

そうして考え事をしているうちに数時間が過ぎ、バタバタと玄関先が騒がしくなった。騎士達が帰ってきたのだろう。

すでに寝静まる時間帯のため、物音がやけに大きく響く。

嫌な感じだ。私は玄関に走った。一緒にいたヤンジーも、無言でついてくる。

「王妃様っ」

玄関に到着した騎士達は、動揺して落ち着きをなくしていた。虚《うつ》ろな表情の少女達が座り込んでいて、ウェス・コルトンがその肩を揺すりながら呼びかけている。そこに、ボルグがいない。

「王妃様っ」

「クオート、何があったの？」

「予定通り、ウェス・コルトンに接触し、話を聞きだしました。神官長は、特殊な粉を焚いて命じることで他人を操る術をもっており、その粉というのが……聖王妃の御遺体から取り出した骨から作ったものだというのです」

「……」

私はとにかく驚いて絶句した。神官長が粉を焚いて他人を操る？　そんな術があれば、陛下の記憶をなくさせることもできるだろうけど。神殿に安置している聖王妃の棺《ひつぎ》を暴いて、遺体から骨を取り出して粉……。

クオートは強張った表情のまま何があったか知っていることを話した。

ウェス・コルトンがボルグ達に訴えた神官長の恐ろしい企みとは、怪しい煙で神殿内の神官を操り、そのために聖王妃の遺体を破壊していることではなく、術に使う粉を作るために人を殺そうとしていることだった。彼女は、同じ神官見習いとして働いていた少女達が殺されてしまうとボルグに強く訴えたのだという。

彼女の言葉を全て信じたわけではなかったが、神殿内の事情をよく知っているため、邸に連れ帰って話を聞きたいと考え、そう伝えた。ところが、ウェス・コルトンは一人だけ逃げることはできない、神官見習いの少女達を助け出さなければその場を離れないと答えた。そのためボルグ達は、急遽、神殿の地下へ少女達を探しに向かった。

神殿は夜間も神官が見回っているとはいえ、武装した者は少なく警備は手薄だ。ボルグ達はウェスの手引きで神殿地下に入り込み、少女達が集められているらしい部屋へと向かった。

その部屋では五人の少女が意思のない抜け殻のような表情で柱に括《くく》りつけられ、柱の横でもうもうと白い煙が立ち上っていた。ボルグ達はすぐに少女達を連れて神殿を出ようとした。しかし、運悪く、地下に降りてきた神官長の一行に出くわしてしまった。

神官長のそばに付いていた神官は、さすがに帯剣しており、少しは戦えるようだが、ボルグ達の力量には遠く及ばない。とはいえ、朦朧《もうろう》としている少女五人を護りながら、神官達にも手傷を最小限に抑えるのは、さすがに簡単ではない。

ウェス・コルトンと少女達を脱出させるため、ボルグは一人で神官達を足止めさせ時間を稼いでいた。脱出まであと少しというところで、ボルグは神官長の術にかかり、その場から動けなくなってしまった。動けないのであれば、剣を突き立てるのは簡単だ。

結局、自分に構わず行けと言うボルグを残し、クオート達は邸に戻るしかなかったという。

「ボルグが……捕まった？」

「申し訳ありません、王妃様。ウェス・コルトン達の退避は完遂できましたので、これからボルグの救出に向かいたいと存じます。王妃様、どうか私にボルグ救出の命をお与えください」

クオートは拳を握り締め、悔しさを滲ませた声で言った。彼に続いて、他の騎士達も声を上げる。

「我々にもご命令を、王妃様っ」

「必ずボルグ隊長を救出してみせます。ご命令を！」

「王妃様っ」

ボルグは救出したい。けれど、あの屈強で手練れのボルグを動けなくしてしまう術をもつ神官長が相手なのだ。ボルグでも捕まってしまったのに、彼等の望むままに救出に向かわせていいものか。神官長に見つかれば、他の騎士達も同じように術にかかってしまう可能性が高い。何か対策を講じなければ、被害が拡大するだけだ。

「神官長はどうやってボルグに術をかけたの？　救出に行って同じように術をかけられたら逆に捕まってしまうわ。術にかかった時、ボルグはどんな様子だったの？」

私はクオートに尋ねた。

「神官長が『ボルグよ、止まれ』と命じた途端に、隊長は動きを止めてしまい」

「たぶん、名前です。命令する時、必ず名前を呼んでいました」

クオートが喋り終わるのを待たず、ウェス・コルトンの声が被さる。

「名前を？」

私が彼女の方を見ると、ウェスは騎士達に囲まれるようにしゃがみ込んでいた少女から手を離し、ゆっくりと立ち上がった。おどおどと緊張した様子で私に香袋を押し付けた時とは違って、目を見開き呆然としているのに、奇妙なほど落ち着いた様子だった。

「神官長が持っていた手燭《てしょく》に粉を振りかけると煙になって拡散します。その煙を吸った状態で名前を呼ばれると、言葉に縛られてしまうみたいです」

「私が『ボルグ隊長』と、引くタイミングに呼びました。そのせいで、名前を知られたのでしょう」

ウェスの説明に、クオートががっくりと肩を落とす。

煙と名前で術にかかってしまう。少女達が朦朧としているのも術のせい、だとしたら、ウェス・コルトンはなぜ何ともないのだろう。

「しかし、それなら我々は誰の名前も口にしなければいいのですから、術にかからず隊長を救出できます！」

「ボルグが何も命じられていなければ、ね」

私の言葉に騎士達はハッとなり、黙り込んだ。ボルグが敵に回ったら、どうすればいいのか。救出どころではない。

「たぶん、大丈夫だと思います」

ウェスが自信なさげに口を開いた。

「確証はないのですが、たぶん神官長が一度術を使うと、同じ人に再び術をかけるまでに一定の時間を置かなければならないのだと思います」

「それは、どれくらいの時間？」

「たぶん、三日ほど」

「どうしてそう思うの？」

「神官長が私に術をかけるのが、三日置きだったからです」

ウェスは術にかかりにくかったため、他の少女達と同じには扱われなかったという。神官長はウェスがなぜ術にかからない時があるのかを調べようとして、定期的にウェスに術をかけていたらしい。

しかし、ウェスは友人の神官見習いを助けるために、神官長の術にかかったふりをしていただけだったそうだ。

「どうしてウェスは術にかからないの？」

「私は、ウェスとこの国風の呼び方で名乗っていますが、母国語ではベスですので、そのせいではないかと……」

彼女はウェスという名は自分の本名ではないと思っているのだ。だから、名前が鍵かもしれないと考えたらしい。

「ありがとう、ウェス。ボルグを少しでも早く救出するのが重要のようね。クオート、もう一度神殿に行ってくれる？　神官長を見つけたら手燭の火を消して、ボルグを救出してちょうだい」

「はっ」

互いの名前を口にしないように確認して、クオートを先頭に騎士達が再び神殿に向かった。

ヤンジーは騎士二人と手分けして、ウェスと少女達を邸の奥の部屋へと連れて行く。ウルガンは邸の警備態勢を整え、クオート達の後援や不測の事態に備えた。

ヤンジーもウルガンもボルグが捕まったのは相当ショックだったようだけど、特にヤンジーは表情が変わった。ここに残され、動けないのを不満に思うヤンジーはもういない。

ボルグがいないからこそ、ヤンジーもウルガンも、いつも以上に神経を研ぎ澄ましているようだった。

私は一人書斎に戻った。私にできることは何もない。

ウェスを救出したことで、陛下が私を忘れるのが、おそらく神官長の術のせいだとわかった。それは、いい。でも、ボルグ達を危険に晒してしまった。さらには、クオート達も神官長の術の犠牲になるかもしれない。

私がどんどん犠牲者を増やしてしまっているのではない？　私の判断は正しいの？　もっと他にやりようがあるのでは？　本当にこれでいいの？　何か忘れてない？　取り返しのつかないことになるんじゃないの？　そんな不安がどっと押し寄せてくる。

その時、コンっとドアがノックされた。

「ウルガンです」

「入って」

「殿下はお休みになられました」

「もう寝ちゃったのね。いつもより騒がしいのに、我が子ながら図太いわ」

「今夜はいつもより警備人数を増やしました。その我々の動きを不思議に思ったのか、カウンゼルが動いたようです」

「あぁ、カウンゼルが……。それは、仕方ないわね」

カウンゼルは記憶が中途半端だけど、任務に支障はない。王の寵愛が多かろうが少なかろうが、王に命じられた任務を忠実に全うする。そういう騎士なのだ。

「カウンゼルだし、まあ、大丈夫じゃないかしらね。ところで、助け出した神官見習いの子達の様子はどう？　ウェスは術を解く方法を知っているの？」

ちょうど戻ってきたヤンジーが部屋に入ってきたので尋ねた。

「ウェス・コルトンは術の解き方を知らないそうです。少女達を正気に戻させようとしていますが、皆、朦朧としたままで眠ろうともしません」

私はヤンジーにゆっくり頷き、息を吐いた。

術の解き方がわからなければ、どうにもならない。陛下が神官長に術をかけられる機会は、神殿を訪れた一度だけ。それでもずっと忘れ続けているのだから、自然に術が解けることはないのだろう。そもそもそれを解く方法はあるのだろうか。燃えたものが元に戻らないように、術をかける前には戻せないのでは？

ドアが軽くノックされ、リリアがお茶を運んできた。

ふんわりと甘酸っぱい匂いが漂い、重く淀《よど》んでいた空気が薄くなる。そこで、自分が思いつめていたことに気づいた。

私が何も言わないものだから、ヤンジーとウルガンが部屋に佇んでいて、リリアに邪険にされている。美人なのに、騎士達には冷たいんだから。

私はヤンジーとウルガンに合図して、二人に退出を促した。

リリアはお茶を入れたカップを机に置いた。

「こちらのお茶は緊張が和らぎます」

「ありがとう。んー、いい香り」

リリアの言う通り、気分が落ち着く気がする。効果がないお茶でも、リリアが言えば効く気がするって、最近、似たようなことを誰かと話したなと、ふと思い出した。プラセボ効果について、話したのは陛下で。

私はカップを傾けながら、陛下と話した時のことを思い返す。

神官長が陛下に術をかけたとして、どんな命令だったんだろう。王に寵愛されていない王妃など忘れてしまえ、とか？　陛下は記憶を消されたっていうのとは違う。何度も忘れるのは、そうするよう命令されたからと考えるべきだろう。でも、何度も記憶を消しているのは、命令した人物ではなく、たぶん本人。催眠術とか暗示とかとは、同じようで違うような。

ボルグは神官長に名前を呼ばれて、止まれという言葉で動けなくなった。陛下のように何度も繰り返すとすれば、ボルグは動くたびに命令を思い出して、止まるのを繰り返す？　止まれと言われて、息を止めたわけじゃない。動けなくなっても、クオート達に向かって喋ることはできた。命令は、受け取り手によって解釈が変わる？　だとしても、術の解き方を突きとめるのに役に立つとは思えない。

私はカップを見つめ、香りを鼻で味わう。

まずはボルグを救出して、これ以上、神官長の好きにはさせないようにしなければならない。でも、神官長が粉で他人を操ろうとしているなんて言っても、普通は信じないだろう。当人が操られていると思っていなければ、自ら望んでそうしているようにしか見えないし、証明もできない。あの神官長の悪事を暴くのは、かなり難しそうだ。

あの粉を奪えば止められるかもしれないけど、確か、原料は聖王妃の骨だと言っていた。骨も回収しなければ、粉だけ奪っても意味がない。ちょっと待って。聖王妃の骨？　救出された神官見習いの少女達は、何のために煙を吸わされていたんだった？　ウェスがボルグに救出を頼んだのは、彼女達が聖王妃の骨の代わりにされるからじゃなかった？　そのために殺される、と。

神官長は少女達を聖王妃の骨の代替品にしようとしていた。神官長がその代替品を作ろうとしたのは、今回が初めてだろうか。すでに神殿のどこかに犠牲者がいて、だからウェスは、彼女達がどうなるかを知っていたのでは？

「リリア、ウェスを呼んできてくれない？　話がしたいの」

「承知いたしました」

少しして、リリアがウェスを書斎に連れて戻った。

ウェスは部屋に入るや膝をつき、私に向かって頭を床につけそうなほどに下げ、震える声で言った。

「お助けくださり、誠にありがとうございました」

「頭を上げて、ウェス。あなたに尋ねたいことがあるの」

私はウェスに話しかけた。部屋に戻った時のリリアの表情から、少女達の様子が芳《かんば》しくないのがわかる。

私が聞きたいことはウェスが話したいことではないだろうし、友人のそばについていたいだろう。でも、術を解く方法を知りたい。このまま神官長を放置することはできないから。

「はい、王妃様」

ウェスは顔を上げた。彼女は悲しみ、嘆いているわけじゃなかった。友人を助けたくて悔しくて涙が出ているだけ。諦めてはいないのだ。

「あなたは、神官見習いの彼女達が聖王妃の代わりにされそうだと、ボルグに言ったそうね。どうして、聖王妃の代わりにされると思ったの？　彼女達が殺されると思ったのは、なぜ？」

綺麗な緑色の目が、私をじっと見つめる。そして、ゆっくりと口を開いた。

「神官長が使っている粉は、聖王妃様のご遺骨だけでなく、他の男性の骨を混ぜて作ったものだからです」

「男性の骨？　骨で性別がわかるの？」

「神殿には亡くなった方の遺体を埋める場所がありますので、定期的にその場所を整えるのも、私達見習いの仕事です。骨を見れば、成人か子供か、男か女かはだいたい判別できます」

そうだった。ここの世界の人達は、遺体には思い入れがないんだった。場所を整えるって、骨を見慣れてるって……これ以上深く考えるのはやめよう。

「そ、そう。でも、それだけでは、彼女達がその粉にされるとか思わないわよね？」

「男性の骨からは、神官長が持っている粉と同じ匂いがして、いつからか、友人の身体からも同じ匂いがするようになったんです。友人が『もうすぐ聖王妃様になれる』と呟いたので意味を尋ねたら、彼女は虚ろな目をして何も答えてくれませんでした。そのうち、匂うのは彼女だけじゃなくなってて、皆、おかしくなっ……」

私は言葉を途切らせるウェスの顔を見下ろした。粉、聖王妃の骨と同じ匂いの、男性の骨、友人。もうすぐ聖王妃様になれる、という言葉の意味。変わっていく仲間達。ウェスは何度も何度も、そうじゃなければいいと考えたに違いない。友人を神殿から引き離したくても、本人がそれを望まないならどうしようもない。ウェスは友人がいつ殺されてしまうかと怯えながら、香袋を持って助けてくれる人を探していた。他の神官に見つかれば、自分が殺される恐怖に震えながら。

「彼女達と同じ匂いがするものを全て奪ってしまえば、神官長を止められるというわけね」

もしかしたら、その骨の男性が自然死でないなら、神官長の悪事が暴けるかもしれない。しかし、肝心なのは術を解く方法だ。

「ウェスは術を解く方法は知らないの？」

「はい。神官長は誰の術も解くことがありませんでしたので」

ウェスの知らないところで術を解いてた可能性もあるけど、その必要がなかったとして、もしも前の術と相反する内容の術をかけたらどうなるのだろう。例えば、止まれと命じたボルグに、仲間が来たら殺せと命じたら、どうなる？　止まるのと殺すのは、同時には成り立たない。前の命令は無効になる？　機械じゃないんだから、新しい命令しか有効にならないなんてことにはならないだろう。けど、仲間が来たら殺せ、その時は動いてもいいと命じられたら？　殺すために動きそうな気がする。

そういえば催眠術って、どうやってかけていたっけ。暗い部屋で振り子を見つめながら、今から三つ数えるとあなたは眠くなります、って言って術をかける。そして解く時は、今から三つ数えるとあなたは眠りから覚めます、と言う。私のイメージでは、そんな感じ。前の言葉を打ち消す言葉で解放する。術をかける時と解く時で方法は違わない。

神官長の術も、同じだったりしないだろうか。止まれと命じられたボルグに、あなたは自由に動けると命じたら、それは術を解くということになりはしない？

試してみる価値はある。術への導入は、粉を焚いて煙を吸わせて名前を呼ぶことだから、同じようにして、それから、命令には従わなくていいと命じる。でも、術をかけた人じゃないと解除できない可能性もなきにしもあらず。

だとしても、やってみる価値はある。

「術をかけるのと同じ方法で、解くことができるかもしれないわ」

「えっ、そんなことが？」

「やってみないとわからないけど。粉の煙を吸い込ませるっていうのが、相手を命令に従わせるポイントだと思うのよ。でも、粉がないことには、どうしようもないのよね」

神官長の術で最重要なのは、あの粉だ。粉の煙を嗅がせることで術に引き込める。怪しいと十分に警戒していたボルグですら、神官長の術にかかってしまうくらいだから、誰でもかけられる強力な力があるのだろう。

粉がなくては話にならない。クオート達、ボルグ救出と同時に、粉も盗んできてくれないかな。

そう思っているうちに、玄関の方が騒がしくなった。

私がリリアに視線を投げると、彼女は書斎のドアを開けて外の様子を窺う。

「騎士達が帰ってきたようです」

「わかったわ。ウェス、ありがとう。もう戻っていいわ」

私はウェスに声をかけてから、玄関に向かって走った。さすがに今は、リリアも私を咎めなかった。

「ボルグは無事なのっ？」

玄関にはクオートに肩を抱えられたボルグがいた。殴られたのか顔も身体もボロボロだ。でも、生きている。生きて戻ってきた。赤く腫れた顔で、ボルグが口を開いた。

「このたびの失態、申し訳ございません」

「無事でよかったわ。ボルグ、クオート、皆、よくやってくれたわ。ありがとう。誰かボルグに治療を」

騎士達の表情で、ひとまずボルグの救出が上手くいったことを理解した。ボルグのやや後ろに黙って立っているカウンゼルが気になるものの、私はボルグに肩を貸しているクオートに居間へ連れて行くよう促す。

ところが、クオートがなかなか動かない。ボルグが動こうとしないのだ。

「肩を貸そう」

カウンゼルがクオートの反対側にまわり、ボルグの腕を肩に担ぐ。そうして、引きずるようにしてボルグは居間に運ばれ、床に下ろされた。

項垂れ、唇を噛み締めるボルグ。怪我のせいじゃない。神官長の止まれという命令のせいで、自ら歩くことすらできないのだ。

「ボルグ、神官長の命令のせいで動けないの?」

「はい。申し訳ございません」

満足に動けず、足手まといとなったこの状況は、ボルグにとってどれほど屈辱的だろうか。

「いいえ、よくやってくれたわ、ボルグ。あなたのおかげで、神官長の術が解明できるかもしれない」

私がそう声をかけると、ボルグはハッと顔を上げた。悔しいかもしれないけど、術にかかったあなたにしかできないことがあるのよ、ボルグ。

「神官長に術をかけられた時どんな感じだったか、今、どんな状態なのか、詳しく聞かせてくれる？」

「はっ」

ボルグはまず術にかかった時のことを話した。

神官長が近づいてきてボルグに向かってふっと息を吹くと、少女達の部屋で嗅いだ香りよりも強い刺激のある匂いが鼻をつき、口へと流れ込んだ。その直後、グラリと頭がしびれるように感じたという。ぼんやりとした頭に、神官長の声が響いて、身体が言うことを聞かなくなってしまった。

クオート達が去った後、神官達はボルグを地下室に運んだ。そして、殴る蹴るなど暴行しながら、ボルグに何のために侵入したのか、誰の差し金かを吐かせようとしたらしい。神官は拷問には詳しくないのか、後で聞き出せばいいと考えたからなのか、追及はそれほど長くはなく、そのまま部屋に放置された。

一人になり、しばらくすると、身体が思い通りに動かせるようになった。部屋から脱出しようと試みるも、時々身体が強張り動けなくなる。入り口には鍵がかけられており扉を壊そうとするが、途中で動きが止まってしまい思うように壊せない。たとえ脱出しても、こう度々動けなくなるのでは逃げきれない。無理して邸に戻ろうとすれば、神官達に王妃の居場所が知られてしまう。しかし、このままでは神官長に再び術をかけられ、吐かされれば同じことである。そうこうしているうちに、動かない時間が長くなっているのに気づき、ボルグはひどくショックを覚えたという。

その後は、動きが止まっても、抵抗して動けと自分に言い聞かせ続けている。それで動ける時もあるが動けない時の方が多く、じわじわと内側から壊れていくように感じているらしい。

「ウェスが術にかけられるのは三日置きだったと言っていたし、ボルグがずっと止まった状態じゃなく動ける時があるのを考えると、術が完全にかかるまでに三日かかるのかもしれないわ」

「三日後には、私は止まれという命令に縛られ、動けなくなるということですね」

「そうかもしれないわ。このまま術が解けなければ……」

自分で思うように動けないとなれば、騎士としては務まらない。それどころか普通の生活でさえ難しくなる。それでも、ボルグは取り乱すことなく、静かな表情をしていた。この部屋に来た時の落胆した様子とは違う。いつかは騎士の職を終える時が来ると覚悟していたのだろうか。

私はちらりとカウンゼルを見た。彼の中では、私は王に愛想をつかされた王妃か、ティアという愛妾だ。王妃付き騎士のボルグ、クオート達の話を聞いてどう思っただろうか。座り込んだボルグを見下ろすカウンゼルに、その内心はわからない。

「神官長の術を解く方法を思いついたの。ボルグ、試してみない？」

「やります。やらせてください」

「神官長のあの粉がないとできないから、今すぐってわけじゃないのよ。まず、神殿から粉を盗まないと」

「粉は、あります。私が……持っています。王家の秘宝は、王妃様にお渡しした香袋にございます」

私は勢いよく振り返った。

ウェスが居間の入口で深々と頭を下げている。リリアの顔を見ると困ったような顔をしたので、あの後、部屋に戻らずにこちらに来ていたらしい。

「神官長の粉を、持っているの、ウェス？」

「……はい」

私が粉があれば術を解くことができると言ったのを聞いて、ウェスは友人に使おうと思ったに違いない。だから、さっきは持っていると言わなかったのだ。

でも、今、なぜ？　試すのが怖いから？　少しくらい分けてもいいと思って？　それに、王家の秘宝って、確か、偽の使者が私が盗んだとか言っていたもの。ウェスはなぜそんなことを知っているのだろう。

「ウェスは王家の秘宝が何だか、知っているの？」

「聖王妃様が人々を癒す時にお使いになった石を、王家の秘宝と呼んでおります。どの文献にも記されていないため、王家の秘宝をどのように使って癒しておられたのかは、わかってはおりません」

ウェスは聖王妃の遺体を安置しているエテル・オト神殿の神官見習いだ。聖王妃のことに詳しいのも当たり前。それにしても、聖王妃に王家の秘宝が関係してくるとは思わなかった。王都に隠れ住むきっかけとなった陛下の命令書で、私が盗んだことになっていた王家の秘宝は、聖王妃が人々を癒すために使っていた石だった。命令書を持っていた偽の使者と、エテル・オト神殿がつながる。

私を暗殺しようとしている人物と陛下の物忘れは、神官長と無関係じゃない。

「神官長は粉を焚くだけじゃなく、王家の秘宝を術の時に使っていた？」

「いいえ。神官長は王家の秘宝には関心がなく、ここ二年ほどは確認すらなさっていません」

私はポケットから香袋を取り出し、中を覗き込む。石というから、縄文時代の矢じりに使われてそうな尖った黒い小さなものが、王家の秘宝なのだろう。全然、秘宝には見えないけど。

取り出して匂いを嗅いでみたけど、無臭。これを粉にして焚いたら……なんて方法は、神官長も試しているだろう。放置しているってことは、使い方がわからないからだろうし。

王家の秘宝は置いておくとして、粉を焚いて試してみよう。

「じゃあ、ウェス、粉を分けてもらえるかしら」

私はウェスのそばに歩み寄り、お願いした。

「……はい」

彼女は布の塊を私に差し出した。そして、

「どうか、どうか、私の友人達の術も解いてください。お願いいたします、王妃様。どうか、友人達も」

床に頭を擦《こす》りつけて懇願を繰り返した。

布をそっと開いて見ると、中に入っている粉はほんの少ししかなく、うっかりすると吹き飛ばしてしまいそうなくらいだった。量が少ないせいか、私の話を聞いただけでは具体的にどうすれば友人達を解放できるかわからなくて、自分では友人達全員を助けることはできないと判断したのだろう。迷って、そして、私に託した。

彼女も騎士達も私に期待しているけど、試してみようというだけで、術を解く自信なんて全然ない。期待が重い。彼等の人生がかかっている。誰か代わってほしい。もっと他の方法があるかもしれないし、事務官吏ユーロウスに連絡して調べてもらうべきかもしれない。今じゃなくて、もっと慎重に行動した方がいいんじゃないの？　私はこの状況から逃げたくて、たまらなかった。

でも、この粉でボルグは解放されるかもしれない。時間が経てば経つほど、ボルグの状況は悪くなる。私への期待の重さに躊躇している場合じゃない。

私はウェスに告げた。

「ありがとう、ウェス。私のそばで見ていてちょうだい。神官長が術をかけるところを何度も見たことがあるあなたなら、何か気づくことがあるかもしれないから」

「はい」

私は皆が見守る中、ボルグの術解きに挑むことにした。


私は手燭を用意してもらい、ボルグの前に立つ。ボルグは片膝立ちで、静かに私を見上げている。カウンゼルとクオートがその後ろに立ち、神殿に同行した騎士達も部屋に集まっていた。

ウェスが私の横で布を掌に開いて、私が粉をつまむのを待っている。ものすごく責任重大感がひしひしと押し寄せ、プレッシャーが半端ない。こういうの、苦手なのに。

でも、これは、私がやらなくてはならないのだ。

私はウェスが渡してくれた香袋をギュッと握り締め、深呼吸をした。この香袋は王家の秘宝が入っているけど、術の解放に役立つわけじゃない。ただ、秘宝を使って人を癒したという聖王妃にあやかりたいだけだ。私がボルグを癒せますようにと。

香袋をポケットにしまい、ウェスの手から粉をつまむと、手燭の炎の上から落とした。ジジッと

小さな焼ける音がして、煙とともに独特の匂いが鼻につく。煙に、私はふっと息を吹きかけた。そして、ボルグに告げる。

「騎士ボルグ、あなたは何者にも縛られない。自由になりなさい」

ボルグは動かない。息をするのも躊躇われるくらいに、室内の空気は張り詰めていた。

ボルグが何かを言おうとして、立ち上がり数歩後ろに下がった。そして、キレのいい動きで深々と膝を折り、腰を落とした。

「王妃様、ありがとうございました」

ボルグは噛み締めるように言った。

確かに身体の動きがさっきまでとは全然違うようには見えるけど、私は信じられなくて尋ねてしまった。

「本当に？　本当に動けるの？」

「はい。王妃様のお言葉で、解放されたのは間違いありません。先ほどまでは頭の中が非常に混乱していたのですが、今は驚くほどすっきりしています」

「よかったわ。本当によかった。これで、術の解き方がわかったわ。ありがとう、ボルグ」

「王妃様、御自ら、私に解放の術を施術してくださり、恐悦至極にございます」

ボルグの表情に自信が戻っていて、私は本当にほっとした。

術を解除するためにどう命令するか、言葉にはかなり悩んだ。止まらなくていいとか、自由に動けとか、神官長の命令には従うなとか、あの命令は無視しろとか。さっきの言葉が正解ではないかもしれないけど、ボルグのおかげで、解放の呪文として役割を果たせることはわかった。

同じ方法で、陛下の物忘れも解除できるだろうか。陛下の場合は術をかけられてから何日も経っているから、命令が定着しているに違いない。術をかけられて数時間のボルグとは条件が違う。同じ効果が期待できるとは限らない。でも、可能性はある。

私はカウンゼルを見た。

神官長の術にかかっているカウンゼルは、解放されたボルグを見てどう思っただろう。でも、あなたも陛下を助けたいと思うわよね、カウンゼル？　それに、あなた自身も。

カウンゼルは私が見ていることを知っているだろうに、目を合わせようとはしなかった。

それはそれとして、私はウェスに向き直る。

「ありがとう、ウェス。術の解き方がわかったわ。これで、あなたの友人達も助けられると思うから。よく一人で頑張ったわね。疲れたでしょう、今日はもう休んで」

「はい……はい……ありがとうございます。ありがとうございます」

「お礼はまだ早いわ。彼女達を助けてからでなくては。リリア、ウェスを部屋に連れて行って。ゆっくり休めるようにね」

「承知いたしました」

リリアがウェスを連れて部屋を出て行く間に、カウンゼルも出て行った。王付き騎士達のもとに戻ったのだろう。でも、粉がなければ、陛下は解放されない。

ウェス達がいなくなり、ボルグも逃げたのだから、神官長は相当に警戒を強めているに違いない。

王都の警護騎士に被害を訴えて夜警を頼んだり、術を使って誰かに身体を盾にしてでも侵入者を捕らえろと命じたりするかもしれない。

神官長の罪を証明することができない以上、私達が粉を奪おうとすれば罪に問われる。少女達が朦朧としているとしても、望んで神官見習いとして神殿に入った身では、殺されでもしない限り罪にはならないのだ。

カウンゼルが報告しているだろうし、王付き騎士に今わかっていることを伝えて、全てを陛下に委ねる？　いや、陛下も、カウンゼル達も、絶対に神官長に近づけてはいけない。ラシュエルも名は知られているだろうし、これ以上、陛下のそばに犠牲者を増やしてはダメだ。

粉があれば、神官長の罪を証明できる。早く粉を奪わないと、犠牲者が増えてしまう。神官長が何か感づいて粉をどこかへ隠してしまう前に、取り上げなければ。

「あの粉が欲しいけど、神官長はお金を積んでも分けてはくれないでしょうね」

私は部屋に残った騎士達を見回した。

「では、奪いますか」

ボルグが静かに言った。少女達の救出とは違って、ただの盗人行為だけれど、それが陛下を救うためなら実行することに迷いはない。ボルグには、いや、彼等にはゆるぎない覚悟があるのだ。

「そうね。明日、王妃として神殿を訪れて、聖王妃の遺体を見たいと言いましょう。神殿の中に入り込んで、神官長には私に術をかけて追い出したいと思わせるから、その時に粉を奪えばいいわ」

「王妃様が神殿へお出《い》でに？　神官長に近づくのは危険です！」

「危険すぎます、王妃様。我々にお任せください」

「神官長が陛下に王妃様を遠ざけさせ、イスルを操り、王妃様のお命を狙っているのではありませんか。そんな神殿にっ」

誰かの声に、室内が一瞬にして静まりかえった。

陛下の様子がおかしいのは明らかだったし、カウンゼルの態度や、ボルグが術にかけられ、解放されたところを見れば、そんな推測は難しくはない。ただ、陛下が神官長の術にかかっているなんて、考えたとしても誰も口には出せなかったのだ。まさか陛下がとは、心情的にも信じたくなかったに違いない。でも、皆、わかっていた。

「私なら、ウェスと同じように異国人だから、術にはかからないわ」

「ですがっ」

「王妃の私なら、神官達が止めても、神殿の地下に入り込むことができる。もしそこで王妃をどうこうしようなんて人がいたら、捕らえられても当然でしょう?」

神殿に乗り込んで、奥に無理やり入ることも、普通の人なら無断侵入で窃盗未遂にされかねないけど、王妃なら我儘で通る。黒髪を晒せば、誰の目にも私が王妃だと一目瞭然で注目を浴びるだろう。王妃を神官達が止めることはできない。理不尽だけれど、それが身分というものだ。

王妃という地位は、王家に次ぐ地位で貴族位よりも高い。王妃を止められるのは王だけだ。それが、こんな風に役立つとは思ってもみなかった。

「きっと、陛下が動くわ」

「王妃様……」

陛下は術のせいで王妃を忘れているとしても、一応失踪中の王妃がエテル・オト神殿に現れて騒ぎを起こしていると知れば、何らかの手を打つはずだ。偽使者の件を調べているから、神殿にも疑いを持っているに違いない。カウンゼルも、さっき見たことを陛下に伝えるだろう。

「神官長に粉を隠滅されたら、面倒なことになる。だから、明日、何としても粉を手に入れましょう。誰か、外で警護してる王付き騎士に事情を話して、協力してくれるように伝えてきてくれない？」

「はっ」

「ボルグは、明日の朝、ヴィルを連れて王宮に戻って」

「…………はっ。殿下を必ず無事に王宮までお連れいたします」

ボルグは隊を指揮したいだろうけど、神官長に名前を知られているから、明日の神殿行きには参加させられない。それは、本人もよくわかっている。

「必ず粉を陛下のもとに届けさせるから」

そうして、私達は慌ただしく翌日のための計画を練り、夜が更けていった。

◇　◇　◇　◇　◇　◇

一方、王宮の王付き騎士の部屋では、アルフレドが偽使者の事件の調査報告を受けていた。

「陛下、偽の使者を企んだ者らの証拠を押さえました。偽使者イスルがドーリンガー卿と関係があるかのように工作した家と、使者の偽造印を最終的に手に入れた家です。どちらが首謀者かはわかりませんが、二家ともに関与は確実です。また、エテル・オト神殿の神官長が、イスルを使者に仕立て上げたことも判明しました。この二家と神殿の神官長とは、一時期、ホルザーロス卿を介して接触があったこともわかっています」

「王族家のホルザーロスか……」

アルフレドの呟きに、ラシュエルが口を開いた。

「二年前、王妃様がまだナファフィステア妃であった頃に、ホルザーロス卿が妃様の暗殺を企て、卿は処刑されました。家は取り潰しとなり、ホルザーロス家が担っていたエテル・オト神殿が王家の守護に務めているかの監視役が不在となったため、先日、陛下が神殿をご訪問なさいました」

ラシュエルは王妃を忘れてしまう王に、王妃に関する情報を聞かせるため、わざわざ補足を述べた。アルフレドが執務室ではなく、王付き騎士の部屋で報告を受けているのは、そのためなのだ。

「その者らの狙いは、王妃の命か？」

「王妃暗殺の罪をドーリンガー家に着せ、没落させるのが狙いかと」

後宮騒動以降、旧家は減る一方であり、新興家に押されて残った家も多くが弱体化している。しかし、ドーリンガー家は逆に勢力を拡大しているため、非常に嫉まれていた。現王の母である前王妃の実家なのだから、おかしくはないのだが。ドーリンガー家が年若い当主となった途端に、旧家とのつながりを重視しなくなり、いくつもの旧家達が援助をうち切られているという。旧家ならば、享受した利を他の旧家にも分け与えろ、独り占めするなというのが、他旧家の言い分だった。

「王妃とドーリンガーともに廃そうとはな。ドーリンガーが王妃付き事務官吏に協力して邸を提供したのは、それを知っていたか、予想したためか。まあよい。引き続き、二家を監視せよ」

「はっ」

報告を終えた騎士が部屋を出る。

静かになった部屋でアルフレドはゆっくりと席を立ち、頭を軽く振った。王妃の話になると、いつも以上に集中し続けなければならないため、後でどっと疲労感が押し寄せる。

アルフレドはふらりと戸口に足を向けた。

「陛下、どちらに？」

ラシュエルの問いかけには答えず、アルフレドは静まりかえった夜の王宮を気の向くままに歩いた。

王宮では廊下にも多くの灯りが灯されているが、昼間の明るさには程遠い。しかし、廊下の隅々まで見ることができる程度には明るい。そんな廊下を進み、本宮のバルコニーに出た。

薄雲と細い月が、低すぎて座りにくいソファが置かれたバルコニーを照らしている。アルフレドは迷うことなくソファの右側に腰を下ろした。

空を見上げるアルフレドのそばに、ラシュエルが静かに歩み寄る。

「余は王妃の姿や声を全て忘れているのだと思っていた」

「……」

「だが、覚えていることがある」

「そうなのですか？」

「以前、王妃が王宮にいた時、余が彼女とともにこのバルコニーと奥宮の庭によく出向いていたことや、この椅子では必ず右側に座ることだ。王妃は左側に座っていた。違うか？」

「はい。……確かに、王妃様は奥宮の庭園がお好きで、毎日散歩なさっておりましたし、王太子殿下と執務室を訪ねていらっしゃる時には、このバルコニーでのんびり寛いでおられ、陛下がそこにお出でになることもしばしばございました」

「そうか」

アルフレドはラシュエルの言葉に満足して頷いた。

無意識のうちに足が向く先や、変な椅子だと思いながら、なぜか右側に座り、左側を意識してしまうこと。夜の廊下で灯りが減れば、これでは見えないだろうと誰かの姿が頭をよぎる。

執務中に予期せずドアの軋む音がすれば、視線をドアに向け、何かが現れるのを期待した。どこかの貴族娘と会った時には、左腕に乗せられた手に違和感を覚え、女性と並んで歩く時には速度に迷う。横の女性へ目を向けようとして、目線がずいぶんと下を向きすぎていることに戸惑った。

吹けば飛びそうな小さなものが、己のそばにはあった。それは、少し奇妙な発音で何かを喋り、アルフレドを笑わせ、苛立たせ、和ませていた。片腕に抱えられるそれは、アルフレドの首に細い腕を回し、耳元で何かしらを囁く。その存在が、幻のようにしか思い出せないが、確かにあったはずだと感触が覚えている。

アルフレドの左手の金の指輪が目に入るたびに起こる、ややくすぐったい奇妙な感情。苛立った時には奥宮の庭に向かい、何かを探し、何を探しているのかわからないことに落胆する。日常のいたるところで、アルフレドに微かな幻覚のように摑みどころのない感覚を蘇《よみがえ》らせた。声であったり、温もりであったり、柔らかな感触であったり、感情であったり、様々に。記憶として明確な形にはならなくとも、覚えているのだ。

「余は王妃を、気に入っておるのだな」

「……はい、陛下」

ふとした時に思い起こすその感覚は、手繰《たぐ》り寄せようとしてもどれも現実にはならず、歯痒さばかり感じる。子供の頃の母との思い出のように、過去は薄れていくもの。そう認めつつも、切り捨てられないことが、精神的な不安定さを生じさせる。何もどこもおかしくはないと頑《かたく》なな己に対して、そうではない、足りない、これでは満足しないのだと否定し続ける矛盾と混乱。わかっていても、足掻《あが》いてしまう。諦められないのだ。

アルフレドは、空いた左側をしばらく眺めた。

そこへ、荒々しく靴音を響かせ近づく者がいた。急いで来たらしく息が落ち着かないまま、バルコニーの静寂を破る。

「陛下っ」

「カウンゼル」

「王妃付き騎士達が何を調べていたのかが判明しましたっ」

カウンゼルは興奮した様子で言った。はやる気持ちを抑えられないといった様子で、近頃は難しい顔ばかりだったので珍しく感じる。しかし、カウンゼルは、以前にはよくこうした興奮を抑えないことがあった。

アルフレドと同じく王妃を忘れたことで苦悩を続けていたようだったが、彼なりの出口を見つけたのだ。

「部屋に戻る。報告を聞こう」

「はっ」

アルフレドは腰を上げ、王付き騎士の部屋に戻るために歩き出した。カウンゼル、ラシュエルがその後に続く。

王宮は寝静まろうとしていたが、アルフレド達はまだしばらく眠りに就けそうになかった。

部屋に戻り、カウンゼルはボルグ達がエテル・オト神殿に侵入し、少女達を助け出したことから、怪しげな術にかかって騎士ボルグが捕らえられたこと、それを再び潜入して救出し、ティアがボルグにかけられた術を解いたことを語った。

カウンゼルの話を聞き終え、ラシュエルが呟く。

「王妃付き騎士達は、エテル・オト神殿を調べていたのか……。あの神殿は偽使者を企てた貴族家とつながっているというのに、王妃様も危ない真似をなさる。我々にお任せくだされればよいものを」

その言葉に、カウンゼルは口を引き結んだ。

ラシュエルには簡単かもしれないが、カウンゼルは、自分にそれができたとは思えなかったのだ。王妃という言葉を聞いただけで、考えることを放棄してしまいそうになる。それは、カウンゼルだけの感覚ではなく、ダリウス、ナイロフト、そして、王も同じはず。王妃を忘れている者なら、王妃付き騎士からの報告というだけで、聞き流した可能性は高い。

そうではないラシュエルにしても、彼の隊は出自にプライドを持つ者が多く、王妃付き騎士達に対し嫌悪こそ示さないが、彼等を格下とみなしている。王妃や彼等の声に、真摯に耳を傾けたかどうかは疑問だ。

カウンゼルは同僚ながらやや不満な顔をラシュエルに向けたが、言葉にはしなかった。

「命じるだけで他人を操ることができる術が、本当にあるとはな」

王は静かに呟いた。口調は静かだが、眉間の皺に王の苦悩を少しだけ垣間《かいま》見ることができる。

その様子を見ても、カウンゼルは王が自分と同じように王妃を忘れているとは、どうしても思えなかった。自分達とは違うと思いたいのだ。王はすでに克服しているのではないか。自分も、忘れているといってもたいしたことはなく、ラシュエルが大げさに言っているだけではないのか。ラシュエルにこそ疑念を抱いた。

カウンゼルは、王に報告しなければと急ぎ戻った時の興奮が、すでに自分の内から消えていることに気づかない。

「はい、陛下。私もこの目で見なければ、信じられませんでした。王宮の騎士が神官に刃先を喉元に突きつけられて動かないのは、さすがにありえませんので」

「非常にやっかいな術ですね」

「カウンゼル、ボルグは確かに術にかかり、ティアによって解放されたのだな？」

「はい、陛下」

王はしばらく考え込んだ後、口を開いた。

「明日、余はティアのもとに向かうこととする。解放の術が、自由になれと命じるだけではあるまい。明日の予定を朝までに調整させておけ」

「はっ」

この夜、カウンゼルが神官長と粉のことを語ることはなかった。王宮に到着するまでの間は何とか覚えていられたのだが、王に語る時にはすでに、彼の頭の中で事実は忘れられ歪められていたのである。

王妃編　六．突入

邸は朝から慌ただしい状態だった。

私が王妃としての姿を晒して神殿を訪れるため、この後、ここに戻ってはこられない。王妃がここにいるはずがないと思われていたからこの規模の邸でよかったが、王妃とバレてしまっては危険すぎるのだ。

だから、今日で王都暮らしは終了し、王宮に戻ることにした。陛下がそれを認めるかはどうかはわからないけど、王宮に戻れなかったとしてももうここでは暮らせない。

王宮から王妃付き女官もやってきて、私の王妃の装いを作り上げてくれている。もちろん、王宮にいる時みたいなたっぷり時間をかけた仕度は無理だから、ある程度は簡易的にならざるを得なくて、女官達は不満だろうけど。

「いかがでしょうか、王妃様」

「ありがとう、ラミー、ナーナ。このドレスを持ってきてくれて嬉しいわ。神殿に行くのにぴったり」

明るい緑青色のドレスと、それに合わせた髪飾りが、私をスッキリした気分にしてくれる。水の女神を祀る神殿エテル・オトを訪ねるのにふさわしい装いだ。もちろん、女官達はそれを考えて選んでくれているのだから当然ではある。

「殿下の出発のお仕度が整いました」

リリアが部屋の入り口で言った。

「そう」

私はそばで遊んでいたヴィルに帽子を被せると、腕に抱えて立ち上がる。そして、乳母の腕へと預けた。ヴィルは乳母と一緒に先に王宮へ戻るのだ。

「ヴィル、先にお父様のところへ行ってて。お母様も、用事を済ませたらすぐに戻るから、馬車ではいい子にしてるのよ」

「ぅうー」

ヴィルがむうっと不機嫌な顔をしている。王宮に戻るため、いつもより窮屈な服を着ているせいだろう。この世界はというよりも、たぶん、身分の高い人達は着心地よりデザインを重視する傾向にあるのだ。

けれど、それだけではなく、邸内の緊張した空気を感じているのかもしれない。

「お帽子は脱いじゃダメよ。オレンジ色の髪は目立つから」

「王妃様、そろそろ……」

リリアが控えめに告げた。時間だというのに、私がなかなかヴィルを出発させないから。

ヴィルには乳母と女官二人がついているし、馬車はボルグと数人の騎士達が警護するので、何の心配もない。この邸は王都にあるのだから、馬車に乗ればそれほど時間がかかることなく王宮に到着する。ヴィルが一人旅をするわけではないし、私が神殿で用を済ませてヴィルのそばに戻るのに長くはかからない。この決断は間違っていない。そのはずなのに、不安でたまらなかった。今日でなくてもいいのでは、そんな迷いが頭をよぎる。

しかし、すでに私は黒髪を晒しているので、ぐずぐずしているとヴィルも危険だ。

私はヴィルの頬を撫でてから、腕を摑んでいたヴィルの手を離した。

「ヴィル、また後でね。ボルグ、ヴィルを頼むわね」

「はっ」

昨夜、術が解けてからも、ボルグは悩んでいるようだったけれど、今はすっかりいつもの彼だった。昨晩の術の影響も全くないという。術が解けたとはいえ、再び術にかかる可能性を考えると、ヴィルの護衛をして神殿から離れる方がいい。

ボルグもそれがわかっていた。神官長を捕らえることより、粉を手に入れることが何より重要であり、絶対に失敗できない。証拠隠滅に粉を破棄されてしまうのが、一番恐ろしいのだ。粉がなくては、陛下にかけられた術を解くことができないから。

「ご武運を」

ボルグは礼の姿勢をとり、短く告げると、ヴィルを腕に抱えた乳母を馬車へと促した。そして、彼等を乗せた馬車は、王宮へと出発した。

ウェスは友人達とともに一足早くここを発ち、王都の療養所に向かった。私が粉を手に入れれば、彼女にも届けさせる手筈になっている。友人達を解放する練習をして、粉の到着を待ちますと言っていた。彼女にならできるだろう。

雇っていた女中達にもすでに暇《いとま》を出しているので、人が減った邸はとても静かだった。過ごした期間は短いけど、名残《なごり》惜しく感じる。

小さい邸なので、何人もが働いていれば音も聞こえるし、通りを走る馬車や人の声も生活臭に溢れていた。全然違うのに、騒がしい音に溢れた日本の生活をほんの少し思い出したり、変装してもなお偉そうな陛下とヴィルと私で、こういう生活もありかもなんて思ったり。

私はぐるりと見回し、宙に向かって軽く頭を下げた。私達を護ってくれたこの邸への感謝と別れを込めて。

振り向くと、リリアが笑みを浮かべて立っていた。

「私達も出発しましょう」

「はい、王妃様」

私達は馬車でエテル・オト神殿の正面に乗り付けた。

今日も大勢の来訪者が神殿の建物に入っていこうとする中、私はゆっくりと馬車を降りた。

鬘を被らないのは久々だし、心を折りにくるフリフリの子供用ドレスと違って、王妃用のドレスはやっぱり着心地がいい。人々の視線を集めるのも、気持ちがいいくらいだ。

私は綺麗に結った黒髪を見せつけるように、周囲をぐるりと見回した。人々は驚いた表情で私を見て、足を止める。王妃が民衆の前に姿を見せる機会なんて、全くないのだ。黒髪黒目と噂では知っていても、実際に見れば驚いてしまう。王妃が黒い髪、黒い目であること、そして、ここにいるのが本物の王妃であるという現実に。

私は神殿入り口に向かうため、騎士達に囲まれ階段を上る。まわりの人々は私を避けるように端へと避け、腰を落とした。その空けられた空間を、私達は進んだ。

途中で「王妃様がいらしているぞ」「王妃様だ」という声が聞こえてきたので、にっこりと微笑んでみた。すると、驚きと興味と喜びの反応が返ってきて、私は予想外にテンションが上がる。パーティーでの反応に比べて、非常に素直というか明るい。奇異な目を向ける人もいるだろうと思ったのに、これは意外だった。私が思う以上に人々は善良で、健康的なのだろう。

これから我儘な行動に出ようとすることに、ちょっとばかり後ろめたさを感じた。だからといって、止《や》めはしないけど。私はどう思われようとも、粉を手に入れることが第一なのだから。

上半身だけの女神像が鎮座する神殿内で、私は神官に向かって言った。

「この神殿のどこかに、聖王妃様の御遺体が収められているのでしょう？　私はそれを見たいの。案内しなさい」

神殿内は静かで、私の声がよく通った。おかげで神官だけでなく、ここにいる他の参拝者にも、私の目的が聞こえたに違いない。

「それは……ご案内できかねます。聖王妃様の御遺体は、どなたも見ることはできません」

「そんなことはないはずよ。この前、陛下と陛下の騎士が、聖王妃の御遺体を見に来たでしょう？

違うとは言わせないわ」

「しかし……」

「私は王妃よ。私に故王妃のお姿を見ることを許さないとでも?」

「……」

「案内できないというなら、構いません。私が自分で探しましょう」

私は隣にいたヤンジーに目配せし、向きを変える。最初から、神官が案内してくれないのは想定内だ。神官長は遺体を暴いて、骨を粉にして術に使っているのだから、聖王妃の遺体を見せられるはずがない。

ウェスに神殿地下の様子を聞いて、いくらかは把握している。神官見習いだったウェスは、さすがに聖王妃の遺体が安置された部屋には近づけなかったようで、場所まではわからない。しかし、神官が骨を使って粉を作っていた部屋はわかっている。その部屋とウェスが知らないエリアを探せば、聖王妃の遺体と粉が見つけられるはず。

私は騎士の名を呼ばないように注意しながら、地下への階段入り口へと歩いた。

「お待ちくださいっ」

神官が私を止めようとする。けれど、私に近づく前に、騎士達に軽くいなされた。昨晩とは違って、しっかりと王妃付き騎士服に身を包み、腰に剣を携える彼等を相手に、神官達では太刀打ちできるはずがない。だから、神官長はきっと私に術をかけに来る。王妃である私を操りさえすれば、難なく追い返すことができるのだ。

後は、私が術にかからなければいいだけだ。ウェスが考えた、術がかからない理由が正しければ、大丈夫だと思う。それに、たとえかかったとしても、騎士達が私を術から解放してくれれば問題ない。粉さえ手に入れば、どうとでもなる。陛下の術を解きさえすれば、エテル・オト神殿の悪行も全て明らかにされるに違いないのだ。

騎士が地下への入り口扉を開く。窓がないため暗くて狭そうなそこは不気味で、私に入ることを躊躇わせる。でも、この先に進まなければ、こんな人目の多い場所では神官長が術を使う可能性は低い。参拝者の注目を浴びながら、私は階段に足を踏み入れた。

「王妃様、足元にお気を付けください」

リリアが私の先を降りながら私に言った。でも、暗くて気を付けるどころではない。

「わかってるんだけど……」

らせん状の階段を数段降りてしまうと、入り口からの灯りが届かなくなり、階段の所々に置かれた灯りだけになってしまった。リリアの姿も、うっすらと頭がわかるけど、ドレスは闇に溶けてしまっている。この世界の人々には、これが最低限必要な明るさなのだろうけど、私にしてみれば真っ暗だ。右手は壁に触れながら、足で階段を探って確かめて、やっと一段を降りるという亀並みの遅さにならざるを得ない。

「遅くてごめんっ」

「ゆっくりお降りください。誰か、灯りを用意してくださいませんか？」

「わかりました」

リリアの声に騎士の誰かが応じた。もう少し待てば、灯りがつく。が、それまで待ってはいられないので、私はじわりじわりと足を降ろしては階段を少しずつ降りる。

まさか、こんなことが障害になるとは。

しばらくして、私の前と後ろで灯りが灯されてようやく、私はスピードを取り戻した。神官長と対峙するのに階段は適しているとは言い難く、さっさと通過しておくべきだろう。

階段を降り、そこからまっすぐ延びた廊下を進んだところで、私達は円形の空間に出た。

円形のフロアでは、七方向に廊下が延びている。私が通ってきたのも、そのうちの一つだけど、通路への入り口がそっくりすぎて、どこから来たのか方向がわからなくなってしまいそうだ。

「誰もいないのかしら。なんだか気味が悪いわ」

私が周囲を見回しながら漏らすと、そばにいたヤンジーが答えた。

「この神殿の地下は迷路になっているのです。七つの通路のうち、部屋につながるのはいくつかだけで、他はまたここと同じ七つの通路のある円形の空間に出ます。その通路の先も、という具合に、何度も円形空間に出るのを繰り返していると戻る道がわからなくなってしまいます」

「うわ、怖っ」

私の声がやけに大きく響いた。早くも引き返したい気が爆増だけど、気合で踏ん張る。

聖王妃の遺体を収めているのだから、盗難防止にそれなりの工夫がなされているのは当然だ。しかし、それを探そうとしているのであり……。

「ヤッ……、この迷路を攻略しないと、聖王妃の遺体には辿り着けないのよね？」

危うくヤンジーの名前を呼びそうになった。私達以外に誰もいないから、気が緩んでしまってたらしい。危ない、危ない。

「ご安心ください。事務官吏の資料を見ましたので、全て頭に入っております」

ヤンジーは爽やかに答えてくれた。ユーロウス達から、地下の情報も入手済みなのだ。本当に彼等は優秀で助かる。

しかし、大丈夫とわかっていても、同じ様子の空間に何度も出くわすのは、精神的なダメージが大きかった。まだ昼なのに暗さで時間もわからないし、耳も変な気がするし、吐きそう。さすがは本気の迷路、これは病む。

何とか正気を保って歩き続け、しばらくして目的の部屋に辿り着いた。

部屋の中央に、細長い棺と思われる石の箱が置かれている。騎士が手にしている灯りが揺れ、空気が流れているのを感じた。どこかに通風孔があるのだろう。地下の割に、埃とかカビ臭くもなく、ハーブのような香りが漂っていた。

「灯りを増やしましょう」

「そうね」

リリアの提案に私は頷いた。すごく嫌だけど、この石の箱の中を確認しなければならない。そのため、しっかり明るい方がいい。灯りをかざして聖王妃のミイラとご対面……ゾワゾワする。

私の気分とは全く関係なく、騎士が二人がかりで重そうな石の箱蓋を持ち上げた。

ゴトリという音を立て、騎士達が蓋を横に置く。私は箱の中を覗き込んだ。が、箱の中に遺体はなく、装飾品や布が残っているだけだった。ミイラじゃなくてほっとしたけど、これはこれで残念な事実だ。

「遺体がない……わね。ここじゃないのかしら」

「髪飾りや飾り帯などを見る限り、細工が非常に緻密ですし、聖王妃様のもののように見えます。……こちらの布は、裂かれていますが、おそらく聖王妃様のご衣装の一部ではないでしょうか」

リリアが箱の中を検分しながら言った。残された装飾品は高価なもので、布が衣装だとしたら、遺体だけ他のところに移動させられてしまったか。神官長が欲しいのは骨だけだから。

「誰も中を検《あらた》めなかったのかしら？」

「……検めた結果、かもしれません」

ヤンジーの呟きに、私は顔を上げた。何をとは問い返さない。

陛下達がエテル・オト神殿を訪ねた時、中を検めたなら、この惨状を目にしたに違いない。当然、神官長は咎められただろう。

でも、陛下は神官長に何の処罰も与えていない。それは、神官長が陛下達に術をかけたせいに違いない。私のことだけじゃなく、ここで見たことを忘れさせたから……。

陛下とプラセボの話をした時、陛下は聖王妃のことを口にできなかった。神官長は、自分が咎められないようにするために、ここで見たことではなく、聖王妃のことを忘れさせたのでは？　今後も陛下が聖王妃の遺体を検めることのないように。

でも、陛下は私のことも忘れている。聖王妃と現王妃、神官長はわざわざ二人の王妃を忘れさせようとしたことになる。一体、なぜそんなことをしたのだろう。

それは、陛下が聖王妃を忘れていることに、気づかせないためではないの？　陛下が私にフォル・オト神殿に行くよう連絡をくれたのは、陛下がエテル・オト神殿を訪ねた翌日だった。神殿を訪ねた陛下達が、急に聖王妃を口にできなくなったことをおかしいと思わないように、私の暗殺を目論んだのかもしれない。自分が疑われないよう、王妃が王に愛想をつかされたことにして、ついでに私が死ねば、神殿の大口寄付者であるパトロン貴族家からたんまりお礼がもらえる、とか。

全部推測だけど、神官長が陛下達に聖王妃を忘れさせたかった理由は間違いないだろう。聖王妃の遺体を欠損させたことによる極刑から逃れるためだ。

「王妃様ともあろうお方が、このようなところまで入り込むとは、まるで盗人のようですな。ここは聖王妃様がお休みになる部屋でございますぞ」

部屋の奥から、立派な帽子を被った神官が現れた。神経質そうに手燭を持ち、その指には大粒の宝石がついた指輪をいくつも嵌ている。ギトギトした欲深そうな笑みを浮かべていた。その両脇に槍《やり》を持った神官を従えていることから、立派な帽子の男が神官長に違いない。

「名乗りもせずに、無礼でしょう。聖王妃様のお部屋というなら、聖王妃様はどちらにおいでなのです？　まさか、散歩に出かけてらっしゃるのではないでしょう」

私は神官長に遺体のありかを問いただした。

「これは異なことを申されます。聖王妃様がおいでにならないですと？　陛下がご覧になった時には、そちらでお眠りでございましたのに。王妃様がお隠しになったのでは？」

神官長はニヤリと口端を引き上げ、ゆっくりと私の方へと足を進める。

遺体がないのを、私のせいにするつもりらしい。神官長が名乗らないのは、術を使う気だからだろうか。でも、ここにいる誰も名前を知られていない。私に術をかけて、私が盗んだと言わせる気？

ヤンジーとクオートが私の前方に、私のすぐ後ろにリリアが、そして、その後ろにウルガンとロンダが立ち、緊迫した空気を発していた。誰もが、神官長の術に備える。

私達が見ている前で、神官長は胸元から何かを取り出し、手燭の上に落とした。

来たっ。私はゆっくりと口を開く神官長に目を凝らす。

「騎士達よ」

へ？　名前じゃなくて職業指定？　そんな大雑把な指定でＯＫなの？

焦る、私。目の前で、ヤンジーとクオートが身体を強張らせた。

「そこにいる王妃は、聖王妃の遺体を食べた恐ろしい王妃だ」

神官長は手燭を掲げ、朗々と声を響かせながら私に近づいてくる。その声は空気がぶつかってくるようで、私は何かに圧迫される感覚を身体に受けていた。術の対象じゃないはずなのに、息苦しくてもどかしい。これが神官長の術なのか。

「王妃を殺せっ」

ザッと音を立てて、一斉に騎士達が向きを変えた。神官長から、私の方へと。

彼等は顔を歪め苦しそうな表情をしていた。腰の剣を握ろうと手が動いているけど、ひどくゆっくりで、必死に抵抗しているのがわかる。でも、向けられる威圧感に、足が竦《すく》む。

何とかしなければ。このままでは、騎士達に殺されてしまう。彼等に私を殺させるわけにはいかない。そんなことになったら、彼等がどんなに苦しむか……。

ヤンジーとリリアがすっと音もなく私の脇に動いて、騎士達に対峙した。リリアが術にかからなかったのはわかるけど、ヤンジーも？　疑問は浮かんだけど、今、そんなことを考えている場合じゃない。

ヤンジーはまだしも、リリアは何の武器も持っていない。ただその身だけで、私の盾になるつもりなのだ。そんなことをせずに早く逃げて、なんて言葉は、彼女にとって無意味でしかない。

彼等のために、私自身が生き残らなくてはならないのだ。彼等は王妃に仕える者なのだから。

何か、何か考えなくては。早く、この窮地を脱する方法をっ。

カコン、カコンと、突然、木で叩いたような音が響いた。

神官長も足を止め、出入り口に目を向けた。何かの合図だろうけど、少しの間はできた。

音がやんだ後、神官長は再び懐に手を入れた。騎士達がじりじりと苦悩しながら剣の柄《つか》に手をかけようとしているものの、なかなか私を殺すに至らないので、もう一度、術をかけようとしているのかもしれない。同じ命令なら連続でできるのかも。それなら！

私はヤンジーの背中に向かって小声で呟いた。

「左前に走るわ」

反応はないし、その言葉だけでは、私が何をするつもりかわからないだろう。でも、ヤンジーに私が動くことは伝わった。それだけでも、ないよりマシだ。クドクド説明している暇はない。

私は神官長の動きに神経を集中し、口を緩めた。もう一度、神官長が騎士達に術をかける時、私にチャンスが巡ってくる。それを逃さないよう、じっと待った。

神官長の両脇の神官の持つ槍が、私へと向けられ、刃先がキラッと輝く。そうして、やっと神官長が胸元から粉を取り出した。

私は神官長の手元に目を凝らす。恐ろしいほど時間がゆっくりと流れ、心臓の音がうるさい。騎士達の視線は、私に向けられたまま。ちょっとの刺激でも爆発しそうな、そんな異様に空気が張り詰める中。

粉が手燭の上に落とされ、バチバチと小さな音を立てて炎が爆《は》ぜる。その瞬間、私は左前にダッシュした。

「王妃付き騎士達よ、」

神官長が朗々と声を発し始めた時、私は神官長の少し横で振り返り、

「私の騎士は、何者の命令にも従わないっ」

騎士達の方に向かって叫んだ。

「王妃を殺せっ、殺せぇ――――っ」

神官長の喚く言葉が、私の声と被る。

「己の信念にのみ従えっ」

粉が燃えて煙とともに空気に混じり、その空気を声が通ることで術を可能とするのに違いない。

さっき神官長が術をかけた時に身体に受けた感覚から、そう考えた私は、神官長の方に立ち、命じる者に成り代わろうとした。

命じられた者はどちらの言葉を有効とするのか、どちらの命令を聞くのか。特別な発声が必要なのか。そんなのは、やってみなければわからない。

間違っているかもしれなくても、迷って動かないより、精いっぱい私にできることを、今。

ヤンジーが私に突き出された槍を剣で叩き折る。

「王妃様っ」

クオートが身をひるがえし一瞬で神官長に迫り、右腕を切り落とした。他の騎士達も、私を護ろうと動く。

騎士達は解放された。私の言葉が、神官長の声に勝ったのだ。

「う腕があぁぁぁ――――っ、ぅおのれぇ、土に埋もれて死ねぃ」

神官長がもがくように腕を振り回し手燭を壁に投げつけると、ガシャンという金属音とガガッという鈍い音がした。私の目の前の石がせり上がっている。それと同時に、私の足が宙に浮く。床が抜けたと気づいた時には、もう身体が後ろに向かって傾きながら沈んでいて。

「王妃様っ」

「ナファフィステアっ」

陛下が来てる？　確かめたくても、すでに私の視界は、床下の暗い空間に吸い込まれて、穴を覗き込み私に手を伸ばすリリアしか見えなかった。

「王妃様ぁぁぁぁっ」

「王妃様っ」

ドンッと大きな衝撃を身体に受けた。息が詰まる。身体が動かない。自分に何が起こっているのか理解できない。

「ナファフィステア！」

私が何もできないでいる間に、ゴゴッという重そうな石の擦れる音がして、リリアや騎士達、陛下の声が途切れ、光が消えた。そこでようやく、私は自分が床の穴に落ち、その穴が閉じられたのを理解した。

暗闇の中、私は呆然としたまま動くことができなかった。

いくらかの時間が過ぎ、私は体を起こそうとして激痛に見舞われる。左腕と腰と、頭とか足、胸も、体中が痛い。音がなくて、目も見えなくて、恐い。

「誰か、いる？」

気配もないのに、私はそう声に出していた。誰かがいてほしかった。

どこからも返事はない。誰もいない、けど。

ここに落ちる直前に、私を呼ぶ陛下の声が耳に蘇る。あれは、間違いなく陛下だった。

——ナファフィステアっ
あんな風に怒鳴るように私の名を呼ぶのは、陛下しかいない。陛下の声を、すごく久しぶりに聞いた気がする。

王都の邸にいた時に会った陛下は、一度も呼ばなかった。変装してたせいもあるけど、陛下は私を忘れていたから、ナファフィステアの名も口にできなかったのだろう。

私の名前が呼べるのなら、陛下は術が解けたということ？　私はまだ神官長の粉を届けていないのに。他に術を解く方法が見つかったのかもしれない。陛下は偽使者のことを調べていたので、そこから解決したのだろうか。

それなら、私が神殿に乗り込んだのは、本当にただの無駄足だったことになる。騒がせただけ。それでも、後悔はない。王妃付き騎士達やリリアには、付き合わせて悪かったと思うけど、私にはこうしかできなかった。

こんなところで死にたくはないけど、もしもそうなったとしても、まあまあ頑張った人生だったんじゃないかなと思ったりもして。これはちょっとヤバいかもしれないと考え始めた。自己満足しちゃだめだし、死んだらダメだから。ここで死んだら、騎士達もリリアもいい笑い者だ。こんなところでは死ねない。

すごく身体が痛いけど、もう少し頑張れば、陛下や皆が助けに来てくれる。口から血が出てきてるくらいで、弱気になってはダメだ。これは血ではなく……ここに来る前に飲んだ水だから。私は生きて、ヴィルがジェイナスのようにカッコいい王子様になる姿を見なくてはならない。だから、正気を保て。すぐに助けは来る。

あぁ痛い、意識が遠のく。陛下、早く私を助けに来てよ。どうしてこのような危ない真似をしたのだと、大声で怒鳴っていいから。

◇　◇　◇　◇　◇　◇

ティアに話を聞こうと邸を訪ねればもぬけの殻で、彼女を追ってエテル・オト神殿に来たアルフレドは、王妃が来て地下に降りたと聞かされた。急ぎ王妃を見つけるべく足を進めていたのだが。

――私の騎士は何者の命令にも従わない。己の信念にのみ従えっ。

通路の奥から聞こえた声が、アルフレドの耳に届いた。同時に、王妃を殺せという言葉も。

アルフレドは、声のした方へと駆け出した。走りながら、頭の中は雲が晴れるように、今まで忘れていたことが駆け巡る。溢れる情報で、頭は混乱していた。聖王妃の遺体は失われ、王妃を忘れ、おかしな決断を下したことや、今、何がどうなっているのか状況を把握できていないことなど。

しかし、考えなくても身体は正確に理解していた。彼女の言葉で、己が解放されたのだということと、そして、この先に、ナファフィステアがいて殺されようとしているのだということを。

「王妃様ぁぁぁっ」

「王妃様っ！」

アルフレドが聖王妃の遺体が眠る棺が納められた部屋に飛び込んだ時、黒い髪の彼女が、床に吸い込まれるところだった。

「ナファフィステアっ」

一瞬で彼女の姿は消え、鈍い振動とともに床下に開いた穴が閉じた。床はまるで何事もなかったかのように戻っていたが、そこに彼女が消えたのは間違いない。

「王妃様をどこへ落としたっ、今すぐに入り口を開け、神官長っ」

片腕をなくし血を流す神官長に、騎士が詰め寄った。

辺りに飛び散った血が、アルフレドの怒りを増幅させる。その血は神官長のものであり、彼女のものではないとわかっていても冷静にはなれない。

「陛下、これは……」

「この下への入り口はどこだっ」

アルフレドの声に、一瞬、ダリウスが戸惑った顔をした。彼はまだ王妃を忘れる呪縛にかかったままなのだ。

「ダリウス、王妃付き騎士から現況を聞き出せっ」

「はっ」

ダリウスはアルフレドの命に従い、王妃付き騎士のもとに走った。そして、ラシュエルはそのやり取りを見て、驚きを隠せないようだった。同僚であるダリウスが、王妃が穴に落ちるのを目の当たりにしながら平然としている姿に、まさかと衝撃を受けたのだ。王妃を忘れているといっても容姿やごく一部で、生活にはさほど支障がないため、ここまで深刻だとは思っていなかったのだろう。

「ラシュエル、王妃付き騎士達と協力して、この部屋の仕掛けを探せ。その男以外にも知っている者はいるはずだ」

「はっ」

解放されていなければ、己もダリウスのようであったかもしれない。そう考え、アルフレドはゾッとした。今、どこかで苦しみ怯《おび》えているに違いない彼女を残し、この場から立ち去ったかもしれないのだ。記憶だけでなく、彼女を永遠に失う……。

「陛下っ」

「何かわかったのか？」

アルフレドは床石からラシュエルへと視線を上げて尋ねた。

「床の仕掛けが判明しました。床石ごと落下するようになっているため、もう一度動作させると、王妃様が床石の下敷きになってしまう可能性があります。下階層に降りて、横から壁を崩す方が安全かと思われます。幸い、石を溶かす薬剤は調合できそうですので。ただ、その方法では、王妃様の救出に時間がかかりますが……」

「他に方法がないのであろう？　ならば、下階層の壁を壊す作業にかかれ」

「はっ。王宮医をこちらに向かわせております。……あの者は、如何いたしましょうか？」

ラシュエルは床に転がり呻いている神官長を指さして言った。アルフレドを呪縛し、ナファフィステアを殺そうとした男だ。すぐにでも剣で斬り殺してやりたいが。

「殺さぬように生かしておけ。簡単に殺してはやらぬ」

一瞬で楽になるような死など許さない。苦しんで苦しんで、苦しみ抜いてから死ねばよい。

「はっ」

アルフレドは他の騎士達とともに下階層に向かった。ナファフィステアが落ちただろう空間はすぐわかったものの、壁は簡単には壊せない。時間が刻々と過ぎていく中、アルフレドは王妃付き騎士達がなぜエテル・オト神殿に来たのか、何をしようとしていたのか話を聞いた。

神官長の術は、聖王妃の骨を砕いた粉を燃やし、その煙に向かって声を出すことで、他者を操ることができるというものらしい。名を告げられると身体が拘束され、嫌でも命令が耳に入り、従ってしまうのだという。

そのため、ナファフィステアと騎士達は、それぞれが互いの名を口にしないよう注意し、神殿の地下に侵入した。その目的は、術の材料である粉と聖王妃の骨を手に入れること。それさえ手に入れれば、神官長にかけられた術を解くことができ、術を実証できるからと。

その話を聞くラシュエルとダリウスの表情は、それぞれに異なっていた。ラシュエルは半信半疑であり、ダリウスは神官長の術に心当たりがあるものの、それを認めたくない葛藤ゆえだ。

アルフレドは記憶を取り戻したため、聖王妃の石棺の間で何があったのかを思い出していた。薄暗い空間で、神官長の声に囚われたのだ。

――王妃は王の寵愛を失った。このまま王宮に置いていては国に災いを呼ぶことになる。だから王妃を消すのだ。この聖王妃と同じに。

神官長の言葉に怒りを覚えたが、神殿を出る頃には忘れて従っていた。神官長が古めかしい『消す』の語を使ったため、記憶を消すにとどまったが。そうでなければ、彼女をフォル・オト神殿に向かわせるのではなく、本当に死に追いやっていたかもしれない。

そんな操られた王に、ナファフィステアや他の者達が神官長の術について報告したところで、解決に動いたかどうか。

神官長の術を知ってナファフィステアが自ら動いたのは、術を実証できなければ説得が難しいと考えたために違いない。

「術を解く方法はわかっているのか?」

「王妃様はわかっておいでした。騎士ボルグを解放した時、そして先ほどの私達を解放した王妃様のお言葉から、神官長の命令に従わなくてもよい、自由であるという意味の言葉を命じることで解放されると推測いたします」

王妃付き騎士のクオートが、アルフレドに答えた。

「解放の言葉が、己の信念にのみ従え、か。王妃付き騎士達は、王妃から格別に信頼されておるようだ」

アルフレドの言葉に、クオートは唇を噛み締めていた。信頼を得ていながら、王妃を守れなかったことに憤っているのだ。

「王妃の信頼に応え、何としてもその壁を崩せっ。ナファフィステアを救い出すのだっ」

「ははっ」

王妃編　七．終幕

王都でも有数の豪邸である旧家の屋敷にて、老貴族男が二人、和やかに談笑していた。

「ドーリンガーが王宮の取り調べを受けて、領地に戻れずにいるそうだ」

「王都から出られないのか。では、領地で奴の罪状をもっと増やしてやるべきかな」

「いや、我々に遊んでいる暇はない。王宮の夜会への招待状が届いた。ベイラーのところにも届いているのだろう？」

「うむ、いかにも」

「今回の夜会は、陛下が妃を選ぶためであるのは間違いない。王妃が王宮にいない現在、少しでも早く妃を迎え入れたいはずだ」

「しかし、陛下は王都の身分の低い娘にご執心というではないか」

「いくら執心であっても庶民の娘では、せいぜい王宮の女官にしかできない。問題にもならん。そんな娘より、我々以外に夜会に招待された家をどう排除するかだ。新興貴族家の者どもは、我々を軽んじて邪魔になる。今のうちに彼等に立場を思い知らせてやらねば」

「そうだな。それには見せしめが」

バタンと大きな音を立てて、彼等の部屋の扉が開け放たれた。そして、武装した騎士達が当主の許可も待たず、部屋に足を踏み入れる。

「ベイラー、ギュクスト、しばらく顔を見なかったが、楽しそうで何よりだ」

騎士達とともに部屋に現れたのは、彼等が憎々しく思っているドーリンガーだった。

「貴様、一体……」

「この邸のどこかに、使者の印の模造品が隠されていると思われるので、念入りに調べてほしい」

「ドーリンガー卿、情報提供に感謝いたします。ギュクスト卿、これより邸を検めさせていただきます」

ドーリンガーに答えた後、騎士達は一斉に部屋のあちこちを探り始めた。

「なっ……ま、待てっ、一体何事だ！　なぜ私が疑われなければならないのだっ」

「ではギュクスト、私はこれで」

勢いよく立ち上がり激昂する老貴族男と、そそくさとこの場を去ろうとする老貴族男。しかし、去ろうとする男の前に騎士が立ち塞がった。

「ベイラー卿、貴方の屋敷も現在別隊が捜索しております。ベイラー卿、ギュクスト卿、お二方ともに王妃暗殺未遂の容疑で拘束させていただきますので、無駄な抵抗をなさいませんように」

「何だと!?」

「なぜ我々を疑うのだ。そこにいるドーリンガーの仕業だろうっ」

老貴族男はドーリンガーを指さし、喚いた。騎士達の態度から、彼等二人の話に全く耳を傾けようとしないことに苛立っていた。ドーリンガーに全ての罪を着せたはずなのに、なぜ奴ではなく自分達が疑われるのかと憎しみの目を向ける。だが、彼が浮かべる見下した笑みに、怒りが増す。

「ドーリンガー、貴様っ」

「陛下は大層お怒りです。王妃様のお命を狙うとは、王に刃《やいば》を向けるに等しい行為。一度や二度殺したくらいでは気が収まらぬと仰せでございました。抵抗するなら、手足を切り落としてもよいとも」

騎士は淡々と老貴族二人に告げた。

「わ、我々ではないっ。その男が、我々に罪を被せようとしているのだっ」

「私は違うっ、私は何もしてはいないっ。ドーリンガーとギュクストが計画したのだ」

「ベイラー、何を言う！」

「ギュクストが計画したのだ！　私は何もしていないっ」

取り乱し喚く二人に、ドーリンガーが微笑んだ。

「王妃様ご出産の際にはラミストンが、そして今また君達が、懲りもせず王妃の命を狙って家を断絶させるのだから、君達には本当に呆れるよ。せいぜい国を憂いて死ね」

「ドーリンガー――――っ」

騎士達は屋敷からギュクスト卿とベイラー卿の二人を連れ去った。二人が喚き散らし、騎士を相手に無様に抵抗する様は人々の失笑を買い、二家が王妃暗殺に関わったという話は瞬く間に王都に広まったのだった。

◇　◇　◇　◇　◇　◇

「陛下、少しお休みになってはいかがでしょう？」

古株の女官がアルフレドに声をかけた。普段なら、王の行動に口を挟むことなどない。しかし、王宮にナファフィステアを連れ帰ってからというものアルフレドは彼女のそばにつきっきりで、ろくに休もうとしないのを見るに見かねてのことだった。王付き女官には王子であった頃から仕えている者もおり、表情に出ていなくとも王が苦しんでいることを察してしまうのだ。

「これくらいで倒れはせぬ」

「陛下……」

アルフレドは衣服を整え食事を取った後、女官達の心配そうな顔に見送られ、王妃の居室へと向かった。彼女はまだ眠っているが必ず目を覚ます、そう言い聞かせるように向かう足は速くなっていた。

神殿の地下で発見した時、ナファフィステアは血を流して倒れていた。呼びかけても反応はなく、動かない彼女を見た時は足元が崩れ落ちていくかのようだった。狼狽えたまま彼女に触れれば、息があるとわかり、すぐに王宮へと連れ帰った。

力なくベッドに眠る彼女の姿は人形のようで、聖王妃の遺体はまるで眠っているようだったとの話が重なり、彼女はもう瞼《まぶた》を開けないのではないかとアルフレドは恐怖した。唇に触れて息があるのを何度も確かめ、柔らかな頬が温かいことを感じて己に言い聞かせた。彼女は必ず目を覚ます。必ず瞼を開き、あの黒い瞳でアルフレドを見つめ返すのだと。

王宮医が診たところ、外傷は思ったより少なく、意識さえ戻れば身体は回復するはずだというが、一向に彼女は目を覚まさない。アルフレドには、それが己が呪縛から解放された代償であるかのように思えてならなかった。愚か者の術に嵌り、ナファフィステアを忘れただけでなく、彼女を暗殺者の前に差し出したのはアルフレドなのだ。

彼女は暗殺者から上手く逃れ、王都に隠れ住むことで第二、第三の暗殺者からも逃れ続けた。彼女が王宮に戻らなかったのは正しい判断だった。もし戻っていれば、彼女に対してどのような態度をとっていたかわからない。そうした王の態度はすぐに王宮中に波及したに違いなく、頭に植え付けられた王妃への悪感情から、アルフレドは彼女の声に耳を傾けず、王妃暗殺を歓迎したかもしれないのだ。神官長の仕業とはいえ、己の醜態《しゅうたい》に、はらわたが煮えくり返るようだった。

王宮は彼女にとって必ずしも安全な場所ではないと、ナファフィステアにはわかっていた。だからこそ王都で暮らし、王の異変を探るために動いたのだ。アルフレドが王妃は王に忘れられて嘆きもしないと呆《ほう》けていた頃、彼女は一人で闘っていた。

ナファフィステアのそばには王妃付きの事務官吏や女官、騎士達がいたが、彼等は指示される者であり、彼女が意思を示さなければ動かない。王妃に王以外の庇護者は必要ないと、孤立させていたのはアルフレドである。王が王妃を遠ざけた時、彼女を護ろうとする者はいない。彼女がどこにも帰る場所がなく、頼れるのは王だけだと知っていて、それに満足していた。彼女を護るのは己だけでよいとの判断が、彼女の身を犠牲にしたのだ。

彼女に味方がいれば、彼女自身が動かずとも解決できたに違いない。彼女に、この国で力も頭脳もある味方があれば。そう考えながらも、ナファフィステアが誰かに護られる姿を想像するだけで、その男に対して怒りが込み上げる。存在しない架空の男であるというのに、それすら許せない己に、そんなことができたはずがない。

王妃に力を持たせるべきではなく、彼女が王妃付きの者以外に誰も頼る者がいなかったのは、間違いではない。王として望ましい状態なのだ。王が術にかかりさえしなければ。

結局、彼女が傷ついたのは、己がナファフィステアを忘れ、護れなかったためだ。

だが、彼女は王を護った。王の呪縛を解く方法を見つけ出し、解放した。

彼女の『私の騎士は何者の命令にも従わない。己の信念にのみ従え』という解放の言葉は、神官長に王妃を殺せと命じられた騎士達に向けられたものだった。だがそれは、騎士達だけでなく、王をも解放した。そばにいたダリウスには効かなかったことから、その言葉が誰に向けられていると受け取るかの違いによるのだろう。ダリウスはナファフィステアの『私の騎士』の言葉から王妃付き騎士に向けられた命令であり、自身に向けたものではないと判断した。

しかし、アルフレドには『私の騎士』が『私を護る者』という意味に聞こえた。彼女にとって、王ではない存在としてあると信じていたのである。その彼女の言葉で解放を得たというのに、己は彼女を救えなかった。目の前で落ちていくのを、ただ見ていただけである。

近くにいながら彼女を護ることができなかったという事実が、アルフレドに休むことを頑なに拒ませていた。

「……ん……」

ナファフィステアの口が動き、声が漏れたように聞こえた。

「ナファフィステアっ」

アルフレドがその顔を覗き込むと、瞼が動きゆっくりと開いていく。黒い瞳がアルフレドを見つめ返した。半目の眠そうな顔に、はっきりとした意識が浮かび上がっていく。

「陛下……戻った……よかった」

彼女の口が動き、ぽつりぽつりと言葉を漏らした。その顔は笑っており、アルフレドの記憶が戻ったことを喜んでいる。アルフレドは言葉を詰まらせた。

「ナファフィステアの意識が戻ったと担当医に伝えよ」

「はい、陛下」

アルフレドが命じた王妃付き女官は、喜びに表情を緩めながら返事を返した。ナファフィステアの意識が戻ったことで、王妃付きの者達の顔が変わり、室内の空気もガラリと変わる。

「うぅ」

アルフレドは彼女に視線を戻し、頬に手を触れた。

「動くな、ナファフィステア。そなたは頭や肩に傷を負っているのだ」

「そう……痛ぁい」

彼女は間延びした口調で言い、拗ねたように口を尖らせる。彼女らしい様子が、アルフレドに気

力を取り戻させた。彼女が目覚めなかった間の葛藤で、こうすべきであったと様々に悔い嘆いた。それは間違いではないが、正しくもない。彼女が目覚めた今、己の中で考え導き出す結果すら、以前とは変わってしまっていたのだ。

アルフレドが彼女を忘れたこと、護れなかったことは、非常に悔しい事実である。だが、彼女が護ってほしいと思っているのではないというのも、また事実なのだ。誰に命じられたのでもなく、彼女自身が望んで王都に潜み、王にかけられた術を解くためにエテル・オト神殿へ乗り込んだ。おそらくは、己の信念に従って。

「医師が来れば、痛みが和らぐ薬を飲める。それまで待て」

「んー……」

不満そうな返事だが、丸二日意識がなかった割にしっかりしている。王宮医が、意識が戻ればと言っていたのは、正しかったのだ。

彼女のことを忘れていた時、意識の奥で彼女を探していた感覚を思い返す。虚空に取り残されたような、寂しいという感情。喪失から生じる不安や、心もとなさ。

ナファフィステアのそばにいれば、立派な王ではいられない。情けなかったり、愚かであったり、それを彼女に知られて呆れられたくないと醜態に及び、まるで普通の男のようである。そうしたみっともない姿を晒すべきではないが、彼女がそばにあるのならば、それもやむを得ない。彼女と話せるようになっただけで、これほどに気が浮き立つのだ。ナファフィステアが目を覚ますまで、あれほど絶望感に苛《さいな》まれていたのが、馬鹿馬鹿しく思えるほどの変わりようだった。

アルフレドは本当に呪縛から解放され、彼女を取り戻したことに安堵した。

◇　◇　◇　◇　◇　◇

「王妃様、お目覚めでございますか？」

私が目を開けてキョロキョロしていると、リリアがすぐに気づいてくれる。

「ん……、喉、渇いた……」

「すぐにお持ちします」

私の視界に映る全てが上質な美に溢れ隙がなく、ベッドはふかふか。庶民の生活では見ることのない圧倒的レベルの差に、王宮奥の王妃の部屋に戻ってきたんだなとしみじみ思う。

エテル・オト神殿での騒ぎから数日が過ぎた。

私はふかふかベッドで動けないでいる。神官長のせいで床下に落ちた私は、しばらく意識を保とうと頑張っていたけど力及ばず。気を失っていたところを、陛下や騎士達が発見したらしい。あの空間には遺体もあったというから、気を失っていて幸いともいえる。

王宮に戻って二日ほどはずっと眠っていて記憶にない。だから、私としては気がついたらベッドの上だった、という感じ。状況はまるでこの世界に来た時のようだけど、陛下が覗き込んでいたので、何も疑問に思わなかった。けど後になって、本当にそんな風に別世界に移動していたら怖いと思った。たとえそれが日本であったとしても……。

目が覚めてからは、落ちた時の怪我のせいで身体中が痛くて、ずっと痛み止めの薬を飲んでいる。おかげで、一日の大半が眠っているような頭が朦朧とした状態だった。だから、じっくり考えることができなかったんだけど、やっと薬が軽くなってきたのか今日は何だか頭がすっきりしている。

リリアがカップを持ってくるのが見えたので、私がよいしょと身体を起こそうとすると、

「動くでない」

陛下の少し焦った声が私を遮った。

私には見えてなかっただけで、陛下は私のベッドのすぐそばにいたらしい。陛下はシーツごと私の身体を抱え、ベッドに腰を下ろした。陛下はずっと私のそばにつきっきりで、私が動こうとするのに気づくと、こうして膝に乗せて胸に寄りかからせてくれるのだ。これは本当に助かる。

私は身体の左から落ちたようで、左後ろ側のあちこちが打撲してたり、骨にヒビが入っていたりして、うっかり寝返りを打とうとすると激痛に見舞われてしまう。痛いから気を付けて右向きに寝続けているけれども、同じ姿勢でいるのは辛い。つい姿勢を変えたくなって、動こうとしては呻くはめになった。

患部に貼った湿布や薬湯には痛み止めの効果があるはずだけど、痛みが少し抑えられるだけでなくなるわけじゃない。

そんな私を、陛下がさすってくれたり、身体を支えて向きを変えてくれたり、抱き抱えてくれたりするのが、どれほど助けになることか。それに、こうして身体に人の温もりを感じるのは、とても安心する。痛みも減る気がするから、手当てするって言葉はこういう意味かなんて思ったり。

陛下がそばにいてくれて、私的にはとてもとても頼もしく有難いのだけれども。冷静に考えられるようになった今は、陛下の方が気がかりだった。優秀な臣下が大勢いるとはいえ、王様というのは非常に忙しい職業なのに、ずーっと私に付いてて大丈夫なのだろうか。

リリアが差し出すカップを、私ではなく陛下が受け取る。

陛下はむっつりした顔でカップの匂いを嗅ぎ、少しだけ口に含んだ後、カップを私の口元に近づけた。もわっと鼻に入る香りで、薬が入っていることがわかる。喉が渇いているのに、なぜ水じゃなく不味《まず》そうな薬を……。

「リリア、先に水が飲みたいわ」

「まずはこれを飲め。全て飲めたら、水を飲んでよい」

リリアに頼んだのに、陛下に全否定されてしまった。当然、リリアは陛下の言うことを優先するので、にっこりと微笑みを返され、動かない。

「これ、薬が入ってて不味いじゃない？　私は美味しい水を、勢いよく飲みたいのっ」

「これを勢いよく飲めばよかろう」

苦い水をがぶ飲みしたい？　私はしたくない。いくら喉が渇いていても、薬をガブ飲みしたいとは全然、全く、少しも思わない。

寝込んでいる間、薬湯を何度も飲んでいるけど、毎回ものすっごく不味い。かび臭いというか変な匂いするし、草とか木（?）とか入ったドロじゃりっとした液体なのだ。喉が渇いている時でも、これしかないなら飲みたくない。

もちろん王宮医が私の身体のために調合した薬だということは、重々承知している。けれども、この薬湯は恐ろしく不味いのだ。良薬口に苦し？　いや、ただ苦いだけじゃないから。不味くて、吐きそうになる。本当に拒否感が半端ない。

私が飲もうとしないので、陛下はカップを遠ざけた。諦めてくれたかと思ったら、陛下はそれを飲み、私の口を塞いだ。

「んんんん――――っ！！！！」

私に口移しで飲ませるという暴挙に出たのだ。ちゃんと嚥下《えんか》するまで口を塞がれ、ついでにキスで機嫌を直させようとしてくる。陛下のキスは上手いけど、確かに違う方向な気分になっちゃって誤魔化されそうになるけれども。

「それほど不味くはないではないか」

陛下は私の鼻先でそう呟いた。無表情だし、声も淡々としているのに、ものすごく甘やかされている感があって狼狽える。陛下って、こんなだった？　フォル・オト神殿に出かけてから、いろいろあって陛下とは距離があったせいで、そう感じるのだろうか。

「不味いわよっ。リリア、水を」

「ナファフィステア、この薬を先に飲め。飲まぬなら、残りも余が飲ませてやるが」

「わ、わかったわよ。自分で飲みますっ」

陛下は私の口元にカップを押し当ててきた。これを飲みきらなければ、美味しい水にはありつけないらしい。私は仕方なく、カップを持つ陛下の手に右手を添え、液体を口へと流し込んだ。

不味い不味い不味い。チビチビ飲むより、さっさと飲み干した方が早く楽になれそう。私は目をギュッとつぶり顔を顰《しか》めて、一気に飲み干した。くーっ、不味いっ。

「飲んだわよぅ」

私は涙目になりながら、顔を背けてカップを手で押しやった。底の方に液体が残っているのは、わざとである。そのくらいなら、カップの傾け具合で飲めなかったと判断できそうだから。飲む量を少しでも減らしたい姑息《こそく》な私。

陛下はカップの中をじっと見た後、リリアに手渡した。よし！

口の中はジャリジャリしてるし、味が残って最低最悪だから、早く口を漱《すす》ぎたい。リリアが新しいカップに水を注《そそ》ぐのを熱心に見つめていると、私の口元を陛下の大きな手がぬぐった。

ヴィルのように扱われているのかもしれないと、私はなにげなく目線を上げて陛下を見た。陛下は真剣に無表情だった。私にはそうとしか表現のしようのない顔に見えたのだ。

「水をお持ちしました」

陛下はリリアの差し出したカップを受け取り、私の前に持ってくる。もちろん、私はそれをゴクゴクと飲んだ。美味しい水のおかげで、口も喉もすっきりしたけど、そのうち、さっきの薬のせいで眠気がやってくるだろう。

その前にと、私は口を開いた。

「陛下、疲れてるんじゃないの？　ずっと私につきっきりで、あんまり眠ってないんでしょ？」

陛下は私が起きている間はこうして私の世話を焼いて、眠っている間に執務の指示をしているのだと思う。傷を癒すために眠っている時間は多いものの、薬が切れると痛むので、四、五時間ごとに目が覚めてしまう。そのたびにそばにいるのだから、陛下がゆっくり眠っているとは思えない。

陛下は体力があるので、私を数日間看病したくらいで倒れるような柔な身体ではないだろう。だけど、もう解放されたとはいえ、陛下は二か月もの間、神官長の術にかかっていたのである。精神的なダメージが残っているかもしれないし、絶対に休養が必要なはずなのに。

「十分に眠っている。この部屋にいる間は、何もせぬのだ。疲れるはずがあるまい」

「病の人に付き添うのは疲れるのよ、陛下。気が沈んじゃうでしょ？」

陛下は何も答えず、私の髪に指を絡めた。何がいいのか全然わからないけど、本当に私の黒髪がお気に入りだなと思う。

神殿で落ちた後なかなか目を覚まさなかったし、陛下は私を忘れていたから、私が心配なのだ。陛下は私とヴィルをとても大事に思っているから。でも、私が言わなくても、眠りたくなれば眠るだろう。私はもう元気になっているし、陛下は立派な王様だから政務を疎《おろそ》かにすることはない。

「ねぇ、陛下。私のこと、思い出したんでしょう？」

「……」

「王都で話しかけられた時は、すっごく驚いたわ。覚えてる？　陛下って、ほんと、ロリコンよね」

「あれは……小さな子供が一人で街を歩くのは危険だからだ。落ち着きなく、キョロキョロしていたではないか。余はロリコンなどではない」

きっぱりと否定するけど、陛下はロリコンだから。間違いなくそうだから、否定しても無駄。陛下の否定の仕方からすると、ちょっとは自覚があっての全否定なのかもしれない。王様の威厳に関わるし、私も外ではロリコン発言を控えよう。

「そなたは……」

陛下は何かを言いかけて、言葉を途切らせた。その先を言わないことも多いけど、尋ねてみる。陛下が真の無表情になっている理由を知りたい。

「何よ？」

「…………王都の邸で、暮らしたかったか？」

王都の邸で？　リリアと同じように、陛下も私が王宮に戻りたくないと考えた？

私はそんなに邸の生活を満喫しているように見えたのだろうか。見えたかも……しれない。でも、それは仕方がない。実際にとても充実していたし、王都の普通の人の暮らしを楽しんでもいた。王宮の暮らししか知らない私には、とても新鮮だったのだ。

「普通の暮らしがわかって、楽しかったわ。陛下はいつも街は危険だって言うけど、治安はいい方よね？　場所によって違うでしょうけど。お店もたくさんあって、お客もたくさんいて賑わってるし、騎士は尊敬される職業みたいで安心したし」

「……」

「でも、私が生活するには、リリアみたいなしっかりした使用人や下働きの人達、執事、警備人とか大勢の家人を雇わなくてはいけなくて、ちょっとくらいの財産ではやっていけないのが、よくわかったわ。ヴィルのことを考えれば、王都の邸で暮らすのは、私には無理ね」

「…………そのようなことを、考えておったのか……」

陛下の表情が崩れた。別に陛下を呆れさせる発言はしてないと思うけど、やっといつもの陛下っぽい顔になったので、まあいいかと聞き流す。

「ヴィルはどうしてるの？」

「落ち着いている。ここ数日、ジェイナスが王宮へ来てヴィルフレドの相手をしているが、子守りに向いているようだ」

「そう。よかった。ジェイナスがヴィルのお兄さんになってくれたらいいわね」

「そうだな」

「で、私はいつヴィルに会いに行けるの？」

「毎日会っているではないか」

「乳母がヴィルを抱いて会いに来てくれるほんのちょっとの間、顔を見るだけじゃない。そんなのじゃなくて、よ。杖《つえ》をつけば歩けると思うし、ヒビが入ってる左側をガードしておけば、こんな風にジッとしてなくてもいいと思わない？」

「思わぬ」

私の提案は即刻否定された。もうちょっと考えてくれればいいのに、陛下の頭には否定しかないらしい。これは手強《てごわ》い。

「痛み止めの薬湯でわかりにくいのであろうが、そなたの怪我は深いのだ。しばらく安静にせよと医師が言っておったであろう」

「そうだけどぉ……」

「王都で自由に過ごしていたのであろう？　怪我をしている間くらい、大人しく休んでおれ」

「自由にって……遊んでたわけじゃないのよ？　命狙われて陛下から逃げたから、リリアやボルグ達を巻き込んで大丈夫かなって悩んだり、陛下が私を忘れてたから、ヴィルと私、どうなるのかなって思ったりね」

「……」

「いろいろ考えて、これからどうしたらいいかとか、私なりに悩んでたのよ？」

「そうか……」

「でも、陛下の指に結婚指輪があったから、まだ戻れるのかなって思ってて」

私は酔っている時みたいに、口が勝手にするすると言葉を吐き出していた。もしかしたら、薬湯のせいかもしれない。もう少ししたら眠ってしまう。その前に。

「リリアもボルグも、皆、私とヴィルのそばにいてくれてたけど、不安だったし、寂しかったのよ。結構ね」

「…………ならば、そう言えばよかったであろう。機会はあったのだ」

「言葉にしたら、現実にそうなっちゃうじゃない。そういう時は、言葉にしないでやり過ごす方がいいのよ。自分の気分を下げても、いいことないもの」

陛下は私の頬をゆっくりと撫でた。ためらいなく私に触れる。相変わらず何を考えてるかはわからないけど、陛下は以前の陛下に戻った。

陛下の記憶が戻らなかったら、今とは違っていただろう。ヴィルのこともあって王都にずっと暮らすつもりはなく、陛下の考えとは別に、私はいずれ王宮に戻ったに違いない。ティアとしての私を気に入っているようだったし、ヴィルは陛下の息子だから、王宮に戻ることはできただろう。でも、陛下は他人を警戒していて、簡単に私の存在を認めはしなくて。いつかは甘えられる関係になれたかもしれないけど。

そう考えて、私は自分が甘えていることに気がついた。そうか、私はこうして黙って腕の中に抱えられたかったのか。

「陛下」

「何だ？」

「私のこと、思い出してくれてありがとう」

「……」

「私、陛下が迎えに来てくれるのを待ってたみたい。だから、神殿で陛下が私の名前を怒鳴ってるのを聞いて、安心したわ」

「………どういう意味だ……」

陛下はよくわからなさそうな顔をしていた。

「陛下が私を呼ぶのは、いつも大声だってことよ」

私が言うと余計に理解できなかったみたいで、陛下は眉間に皺を寄せた。不機嫌そうな顔が、いつもの陛下でほっとする。絶対にイライラしてるのに、それでも私の身体を押しのけたりはせず、怪我の箇所に触れないように気を配りながら私を抱え、頬や腕を撫でている。

「そなたが大声を出させるようなことをするからであろう」

そう、陛下は私を心配して大声で呼ぶ。だから安心するのだと、なぜわからないかな。私は少し笑ってしまう。それを見て、陛下は一層機嫌を悪くしたけど。

陛下が今、大きな声を出さないのは、私が弱っているせいだ。私がいつもみたいに元気じゃないから。陛下のためにも、ヴィルのためにも、それに、私を心配してくれているリリアや女官達、騎士達みんなのためにも、早く元気にならなくては。

「陛下、もうしばらく抱えてて。……早く、元気になるから」

「急がずともよい。傷が癒えるまで休んでおれ」

私は瞼を閉じて、陛下の胸に身体を預ける。陛下は急がなくてもと言うけど、陛下の部下達は早く早くと待っているに違いない。王都の人々、この国の人達の生活に響く前に、陛下が執務に戻るのを待っている。陛下は王様だから。私はこの国の王妃で……。王妃なんて面倒な肩書だけど、陛下が王様なら、それなりに楽しいのかもと思いながら、私は眠りに就いたのだった。


頭がすっきりしてから四日が過ぎ、私の身体はすばらしく回復した。痛みはあるけど自分で起き上がれるようになり、杖があれば歩くこともできる。治るのはもうすぐだと思ったら、担当医から完治までは二か月以上かかると言われてしまった。それだけ重症だったということだ。階段の利用はもちろん、本宮への散歩も禁止されている。なので、王宮奥の二階から全く出られない。

居住スペースから出られないのは不満だけど、今回の怪我は酷かったので陛下の言いつけを大人しく守ることにする。とはいえ日中はものすごく暇なので、事務官吏のユーロウスを呼んで話を聞くのが日課になった。

エテル・オト神殿の件がその後どうなったのかというと。

あの神官長（名をハレウという）は投獄され、いろいろと尋問を受けているらしい。

エテル・オト神殿の神官長は、代々、他者を言葉に従わせる秘技を口伝により受け継いできた。神殿内でも秘密にされていたため、秘技の存在を知っていたのはごく数人、術の方法を知ることができたのは神官長のみだったらしい。二十数年ほど前、神官達によりハレウが次の神官長に選ばれた際、神官を退いた長老達は彼の虚栄心の高さを案じ、秘技を伝えるのを待った方がよいと当時の神官長に進言した。そのため、新たに神官長となったハレウには、秘技の存在と聖王妃より賜《たまわ》った術であるとの説明のみがなされ、秘技の使い方などは時が満ちればといっさい伝えられなかった。

この国でエテル・オト神殿の神官長といえば、王家を護る国内唯一の神殿における最高位の人物で、王と同じく国民に敬われる存在である。それなのに、古神殿に籠る年寄りどもが秘技を伝えてほしくば、我々に従えと頭を押さえてくるのだから、ハレウが不満に思わないはずがなかった。

ハレウは前神官長を含む長老達に不信感を抱いた。他者を従わせる秘技を、ハレウに対して使おうとしているのではないか。長老達はハレウが神官長に選ばれたことを不満に思っている。だから、難癖をつけて秘技を教えようとしないのだ。いずれそれを使って、ハレウを神官長の座から降ろそうと考えているに違いない、と。

ハレウは大人しく従うふりをして三年ほど過ごし、その後、行動を起こした。

まず前神官長を攫い、神殿地下に監禁した。もちろん、秘技の方法を聞き出すためである。しかし、前神官長はなかなか口を割ろうとしなかった。秘術は聖王妃の遺体とともに納められていた黒石を用いたとだけ漏らしたが、詳しい使用方法は不明のまま。ハレウは、前神官長を責め問い詰めながら、自らも秘術の方法を探った。

そんなある日、ハレウは聖王妃の骨が黒ずんでいることに気づき、術に使ったため黒石が身体に染み込んでいるのではと思いつく。彼は骨から黒石を抽出しようと試行錯誤を繰り返した。ある日のこと、うっかり骨の粉末を熱しすぎ燃えかけてしまい、近くにいた神官に水を持ってくるよう伝えたところ、彼はその日以降、頼んでもいないのに毎日同じ時間にハレウのもとに水を運ぶようになった。この件をきっかけに、ハレウは術をかける独自の方法を編み出すに至る。手に入れた秘術を使って前神官長から本物の秘技を聞き出そうとしたが、すでに監禁して五年が過ぎ、衰弱しきった前神官長は秘技を語ることなく息絶えた。秘技の口伝は、途絶えてしまったのである。

独自の術を手に入れたハレウは、長老達を黙らせ、まさに怖いものなしの状態となった。上位貴族家や金持ちなどを相手に術を使い、私腹を肥やした。

しかし、それから十年ほどが過ぎ、神官長交代が囁かれ始めると、それを黙らせるために秘術を多用するようになった。使えば術に必要な粉の材料となる聖王妃の骨は減っていくばかり。ハレウは焦り、材料を増やす方法を探り始める。聖王妃と同様に術を使っていた前神官長の骨も使えるのではないかと考え、黒ずんでいる個所を使ってみるも、聖王妃の粉を混ぜてようやく使える程度でしかなかった。もっと濃く骨に染み込ませるには聖王妃のような若い娘がよいだろうと、神官見習いの少女達に煙を吸わせて粉の材料に仕立てることを思いつく。すでにハレウは人を殺めることに何の躊躇もなかった。

そこに、王宮から王が聖王妃に会うために神殿を訪れるとの報せが届いた。王が聖王妃の棺を開ければ、遺体はバラバラで秘宝も欠片になっていることがバレてしまう。死罪は免れない。そうならないためには、王に術をかけねばならない。

ハレウがそう考えているところに、貴族家から依頼が舞い込んだ。近々神殿を訪れる王に王妃が寵愛を失い遠ざけるよう仕向けてくれれば、礼は弾むというものだった。

かくして神官長ハレウは貴族家と結託し、神殿を訪れた王達に術をかけ、王妃暗殺に加担した。ハレウは貴族達に脅されて従うしかなかったと言い訳しているらしい。

「神殿を訪れた王付き騎士達は術にかかったものの、陛下だけは術にかからなかったために、今回のエテル・オト神殿と貴族家による王妃様暗殺を暴くことができたのですから、さすがは国王陛下と皆、讃えております」

ユーロウスは顔を引きつらせながら言った。

私はにこやかに答えた。

「そう、それはよかったわ」

陛下は術にはかかってなかったけど、そういうふりをして泳がせ犯人を突き止めたということになっている。ふりじゃなかったのは陛下に近い人ならわかっていただろうけど、陛下が術にかかってなかったと信じたい人は多い。それに、術にかかっていた王付き騎士三人は解放の術を受けたけど、陛下はそれを必要としなかったので、信じた人もいるらしい。国王は神にも等しい存在だから、悪人の罠《わな》に嵌ったなんて誰も思いたくないのだ。王に対する人々の特別視はすさまじく、私もうっかり陛下は私を忘れてたよねなんて軽口でも言えない雰囲気。

「ウェスの友人達は、どう？」

「かなり回復しているようですが、元の生活に戻るには時間がかかりそうです。あの煙は少量であれば問題ないそうですが、彼女達はかなり吸い込んでいたので毒が溜まっているとのこと。療養所で引き続き治療中です」

「早く治るといいわね。他の神官達も術にかけられていたのよね？」

「はい。彼等の術はすでに解かれましたが、その他に神官長が術をかけた者がどれほどいるのか……全てを調べるには時間がかかるでしょう」

「そうねぇ」

「ナファフィステア、薬の時間ではないのか？」

私とユーロウスの話に、陛下の声が邪魔するように割って入る。

声がした方に顔を向けると、陛下はすでに部屋に入り、私の方へ歩いてくるところだった。本当なら女官が入室を宣言してから入るものなのに、今ではそれも待たずに、陛下はまるで自分の部屋のように振る舞う。看病で何日も私のそばに付いていたからだと思うけど、マナーがと煩かったのはどうしたのやら。

陛下は私を抱き上げ、膝に乗せるようにしてソファに腰を下ろす。私はそんな陛下の肩をぽんと軽く叩いて答えた。

「少しくらい薬を飲むのが遅れても大丈夫よ。もうほとんど治ってるんだから」

「まだ飲んでおらぬのか！　子供のような言い訳をせず、担当医の指示通りに飲めっ」

「……飲むところだったのよ……リリア、薬を持ってきて」

大声で怒鳴られて、私は思わず首をすくめた。陛下が来なければ、飲まずに済ませたかったのがバレてる。何といっても薬が激マズなのだ。痛みもなくなったし、そろそろ薬を飲まなくてもいいだろうに、陛下が睨むから、私の担当医も薬を出さざるを得ないんだと思う。

私は大人しくリリアに薬を促した。すると、すぐに薬湯が出てきたので、薬の時間に合わせて準備していたと思われる。申し訳なく思いつつ、カップを手に匂いの不味さに、顔が歪む。本気で不味い。早急に担当医を説得しなければ。

「そういえば、ユーロウス、神殿の地下でヤンジーが術にかからなかったのは、何故だったの？」

「それは推測の段階ですが、ヤンジーは祖母が遠方の出身であるため、ツェとツェを別音として認識します。王妃付き騎士という神官長の言葉が自分であると認識する前に違和感を感じてしまい、支配を半分逃れられたのではないかと考えられています」

「ツエと、ツエー？」

「いえ……王妃様、ツェと、ツェです。私も発音が難しいのですが」

全く同じにしか聞こえない。ユーロウスでも難しいのなら、私には発音も聞き分けもたぶん無理だ。耳の能力は子供の頃に培われるというから、ヤンジーは耳がいいってことで。

「とにかく、ヤンジーは聞き取れる耳があったせいで、神官長の術にかからなかったってこと？」

「術にかからなかったわけではなく、影響が低く抑えられただけです。王妃様の解放のお言葉がなければ、徐々に神官長の言葉が支配したかもしれません」

「でも、私の発音を考えたら、私の言葉の方が違和感があるわよね？　神殿の地下では、みんな、神官長の言葉より私の言葉を聞いてくれたけど、その理由だとおかしくない？」

「従いたくない相手ではなく、従いたい相手の声に耳を傾けるのは当然です。騎士達は王妃様の命令に従うことを望んでいたのですから、多少おかしな発音でも、王妃様のお言葉に従ったに違いありません」

多少おかしな発音……って、いつもおかしいと思ってるのね。ユーロウスの言葉にちょっと引っかかったけども追及はせず、発音は直らないのよと心の中では愚痴っておく。

「ウェス・コルトンは、神官長は三日ごとに術をかけていたって言っていたけど、私達が神殿に行った時には連続でかけられて焦ったわ。神官長はどうして三日ごとに術をかけてたか、わかった？」

薬を一口飲んで、ユーロウスに尋ねる。これを一気に飲むのは厳しい。

「命令が定着するのに三日かかるのだそうです。例えば、前に進めという命令と、行き止まりならば右へ進めという命令を連続でかけると、混ざって、右斜め前に進んで行き止まりがあると右に向くとなったり、前に進んで行き止まりなら戻るになったりと、命令が変化してしまうとか」

「そうか、あの時は、私を殺せって同じ命令だったから、神官長は連続してかけられたのね」

「……そういうことに、なります」

声が小さくなったユーロウスに、私は背後をちらりと見た。

陛下は私の後ろからユーロウスを見ているようで、背中側に何やら圧を感じる。私の腰に置いた手も、ちょっと力入っているし。何か気に障るようなことがあった？

私に睨まれても全然動じないユーロウスも、陛下の高圧的な視線には身体が強張ってしまうようで、場の空気が緊張しているようだ。王様が無表情でジッと見つめていては、息が詰まるのも無理はない。言いたいことがあれば、黙ってないで言えばいいのに。

「陛下、何？」

「……構わぬ。続けよ」

陛下は私の頭に軽くキスをして、そっぽを向いた。その態度は、どう見ても気に入らなさそう。だから何だっていうのよと思うけど、ユーロウスもいるので、今ここで陛下をつつくのはやめておく。陛下が私を忘れていた間、事務官吏など王妃付きの者達は冷遇されていたというから、双方にいろいろと思うところはあるはず。今はまだ、わだかまりを回復しているところなのだ。

私は居心地の悪そうなユーロウスに尋ねた。

「エテル・オト神殿の神官長に伝わる秘術って、結局、わからなくなってしまったの？」

「はい。文書としては何も残っておりませんので。施術を見たことのある長老らの話から推測するしかない状態です。長老達によれば、口伝による伝承は、途切れれば失われるべき時が来た証とのこと。彼等は口伝の復活は望んでいない模様ですので、解明は難しいでしょう」

「神官長でもわからなかったくらいですものね」

「はい。秘術の材料となるのは王家の秘宝ですから。それに、王妃様が持っていらした、ひとかけらしか残っておりませんので、試しにはもう使えません」

「あぁ、ウェス・コルトンに渡された香袋の……。あれしかないの？」

「はい、残念ながら。神官長が秘術を調べるために使ってしまったのでしょう」

聖王妃の秘術がどんなものかはわからないけど、他人を操る方法は消えてしまえばいいと思う。善意であっても、勝手に自分の頭の中を変えられたくはない。

「そう。じゃあ、今日はこのくらいでいいわ。ありがとう、ユーロウス」

「はい、王妃様」

「じゃあ、また、明日ね」

「はい。それでは失礼いたします、陛下。王妃様」

ユーロウスは清々《すがすが》しい顔で部屋を出て行った。よほど私から解放されたのが嬉しかったらしい。

私の暇に付き合わされるのだから、彼的には面白くないだろうけど、当分付き合ってもらう予定だ。それも王妃付き事務官吏のれっきとした仕事だから。

「ずいぶんと気に入っておるようだな」

「そりゃね。ユーロウスはいろいろ知ってて優秀だから……」

私はそう言いかけて、口を止める。陛下は不機嫌そうだし、私が特定の誰かを褒めるのはよくないって、以前リリアが言ってた気がする。

「陛下、時間があるなら、ヴィルに会いに行きましょうよ」

私は話題を逸らすため、陛下に提案してみた。

「では、先に宝物庫に寄ってみるか」

「えっ、本当！　行く」

陛下が私を宝物庫に誘ってくれるなんて、一体どうしたんだろう。ユーロウスとの話が気に入らないみたいだったから、気分転換したくなった？　何にしても、王宮奥しかウロウロできない私にはとても魅力的なお誘いだった。

宝物庫はもちろん王家のお宝が納められている場所で、許可なく立ち入ることはできない。妙な仕掛けがあって、下手に侵入しようとすると死ぬ。そんな死に方は、御免被《こうむ》る。なので、陛下が誘ってくれた時だけ入れる非常にレアな場所だ。ワクワクせずにはいられない。

私はいそいそと立ち上がり、陛下に尋ねた。

「この格好のままで行ける？　本宮なら着替えた方がいいわよね？」

「着替えるがよい。朝から同じ服ではないか」

陛下は呆れたように言った。

別に一日中同じ服でも、私は全然構わない。いちいち昼食や夕食、面会時など、何かするたびに服を替えるという面倒くさい文化は、時間の無駄にしか思えず理解しがたい。郷に入っては郷に従えというから、着替えるけれども。

「じゃあ、ちょっと待ってて。リリア、宝物庫と、あと、ヴィルに会いにも行くから着替えるわ」

着替えて少しだけ着飾った私を連れて、陛下は部屋を出た。

陛下が王宮奥の廊下端にある地下への階段を降りる。私は陛下に抱えられたままで、歩かせてはもらえない。地下なのでよくわからないけど、宝物庫は王宮奥と本宮の中間くらいにあるようだった。通路は暗くて、せっかく新しいドレスに着変えたのに、これでは全然見えない。

私が着ているドレスは、陛下が私をティアと呼んでいた時に作らせていたもの。普段着っぽくウエストあたりはゆったりしているけど、夜用ドレス並みに胸元が大きく開いていて露出が多い。陛下はあの王都の邸で私にこれを着せたかったというのが、何ともむず痒い。子供用のフリル爆弾ドレスは、首までフリルで隠れていて肌の露出は非常に少なく、それが陛下には不満だったのだ。でも、まさか、こんなに色っぽいドレスを着せたがってたとは。

陛下はセンスがないのだと思っていたけど、違ったみたい。以前の陛下は、有名なドレスメーカーに高価なドレスを作らせ、与えるだけで満足していた。でもこれは、ドレスを着た私の姿を見たいと思いながら作らせたのだ。たぶん、ドレスメーカー選びもデザインも陛下が口を出して、以前のドレスとは真剣みが違う。

そんなドレスだから、陛下に着て見せたいと思ったし、反応を知りたいんだけど。今のところ、無反応スルーされていて、面白くない。

残念に思っていると、

「そのドレスは……初めて見る」

ぼそっと陛下が呟いた。ドレスに気づいてはいたらしい。

「陛下がティアにって作らせたドレスよ。王都の邸に届いたんですって。覚えてない？」

「…………覚えている」

覚えているという割に、陛下の顔は無表情だし、声もそっけない。せっかく着たのに反応がこれって、まさかの似合っていない説？　私は思わぬダメージをくらって、言葉が続かない。

「あの屋敷でのそなたは、あまりにも色気がない格好をしていた」

「仕方ないでしょ。子供のふりをしてたんだから、胸元が見えるような服は着られないわ」

「余がそなたを愛妾としたことは知っていたであろう？　着飾って出迎えようとは思わなかったのか？」

ぼそぼそと呟く言葉に、私は陛下の顔を覗き込んだ。陛下が愚痴ってる？　私が陛下をぞんざいに扱ったって？　怒って怒鳴るとか、イライラした態度になるとかじゃなく。もしかして、拗ねてるの？

「あの時は、子供用以外のドレスがなかったのよ。それに、私が着飾っても、あんまり変わらないと思わない？」

「大方、着飾るのが面倒であったのであろう」

私の質問を陛下はばっさり切り捨てる。

否定できずに、私は口籠った。陛下には、いろいろと見抜かれているらしい。でも、宝物庫への通路には、もう私と陛下だけになったせいか、陛下の声には感情が漏れているようで。

「あそこでは庶民だったし………。陛下は、私とヴィルがいなくて、寂しかった？」

私の看病をしてた時、陛下は、王都の邸で暮らしたかったかと、私に尋ねた。あの時も、今みたいに元気がなかったのは、王宮に取り残されて寂しかったからじゃないかと思った。私に、王宮に戻りたかったと言ってほしかったんじゃないだろうか。

私を忘れて、きっと不安定になっていただろう時、それまで私やヴィルに会っていた時間を、陛下はどうやって過ごしていたのか。後宮がない今、他に妃はいなくて、陛下の話し相手は王宮にいない。信頼できる女官達や臣下達は大勢いるけど、それでは埋められないものがある。

「私は寂しかったわ。だから、次に外泊する時は、あまり長くないようにするわね。それに、」

「どこにも行くなっ」

陛下は私の言葉を遮り、私を抱く腕に力を込めた。それは私を抱きしめているようで、縋りついているようにも思えた。陛下が私を失うことを恐れていると思うのは、きっと間違いじゃない。私は王宮に戻らず、陛下にかけられた術を調べることを選んだけど、その選択は間違っていたのかもしれない。王宮に戻っていれば、陛下は一人孤独に得体の知れない術と闘わなくても済んだし、こんな風に自信を喪失することもなかったかもしれない……。でも、それを考えても意味はない。

「私はどこにも行かないわ、アルフレド」

「……今、外泊すると言ったばかりではないか」

陛下は不満そうに零したけれど、腕の緊張を緩め、声は笑っていた。

私は王都にも出かけたくなるだろうし、そのうち旅行もしたくなるから、どこにも行かないという言葉は違うのかもしれない。でも、私がいる場所は、陛下のそばだと伝えたくて出た言葉。

「外泊するとしたらの話よ。この前、陛下がフォル・オト神殿への旅行をプレゼントしてくれたんだから、そのうち、また陛下が私に旅行をプレゼントしてくれるんじゃない？」

私は陛下の肩を拳で叩いた。

「フォル・オト神殿への旅行か……そういえば、そなたは大層喜んでおったな」

「陛下が初めて旅行をプレゼントしてくれたんだもの。喜んで当然でしょう？」

「あれは……旅行を贈ったのではない。そなたを遠ざけるためだ」

陛下の声は静かだった。怒ったり悔しそうだったりもなく。陛下が私にフォル・オト神殿に行けと命じたのはエテル・オト神殿を訪れた翌日で、神官長に術をかけられていた。

「フォル・オト神殿の近くには三角に見える山がある。そなたの祖国にはそういう山があると聞いたことがあった。フォル・オトなら、そなたもしばらく大人しく過ごせるだろうと考えた」

「三角に見える、山？」

私は陛下に富士山のことを喋ったことがあるのかも。でも、陛下は何を言おうとしているの？

「エテル・オトで王妃を消せと頭に刷り込まれたが、しばらくは神殿で何があったかを覚えていたのだ。頭に残る声に、余は抵抗できると思っていた。解決すれば、そなたを迎えにいこうと考えていた。その時、すでに、そなたの名を記すこともできなくなっていたというのに」

私が陛下のプレゼントだと浮かれていた頃、陛下はまだ術にかかりきってなくて苦しんでいたのだ。あの日、やっぱり手紙じゃなく、ちゃんと陛下に会いに行けばよかった。後悔してもどうにもならないけど、何もできなかったかもしれないけど、それでも会っておけばよかった。

「やっぱり私へのプレゼントだったんじゃない。お礼を言いに行かなくて、ごめんなさい」

「礼は手紙に記していたではないか。かなり字を間違えていたが」

「え？　そうだった？」

「落ち着きがないのは手紙からも読み取れた」

「それは……旅行できるのが嬉しかったから……。次は、陛下も一緒に行きましょうよ。あの神殿は感じのいいところだったから家族揃って」

「家族で、か。それもよい」

「絶対、行きましょ！」

陛下が同意してくれたのが嬉しい。そう簡単に家族旅行ができるとは思わないけど、陛下が頷いてくれれば可能性はある。

今回はいろいろ失敗したけど、まだ結婚して一年。夫婦として、家族として私達は始まったばかり。信頼を積み重ねるのはこれからだ。

私はよしっと気を取り直していると、陛下が足を止めた。

「これが、王家の秘宝だ」

そう言って陛下が指し示したのは黒く艶光る石だった。丸い石をきれいに半分に切ったような半球形をしている。ソフトボールより少し大きいくらいだろうか。

「もしかして、これの半分が聖王妃の遺体と一緒に納められていたの？」

「聖王妃が多くを使ったため、残っていたのは僅かであった。だからこそ、棺に残したのだ」

こんなに残っているなら、秘術も解き明かせるのではとチラっと頭をよぎった。けれど、

「聖王妃は特別な力を持っていたため、この黒石を使うことができたが、そのために黒石に身体を冒されてしまった。エテル・オトの秘術は、神官長が見つけた方法と大差ない」

陛下はさらりと告げた。聖王妃は黒石を使えるが、普通の人に黒石は使えない。神官長と大差ない方法ということは、つまり、秘術も聖王妃の身体を使っていた……ということ？

「エテル・オト神殿の秘術が黒石を使ったものじゃないってこと？　どうしてそうだってわかるの？　長老がそう言ったの？」

「聖王妃の棺に残した秘宝は僅かだった。その残された石の大きさは、王宮の文書に記されている。神殿の長老達が秘術に口をつぐむのは、彼等も聖王妃の遺体を使ったことを知られたくないからだ」

そういう、ことか。神官長だけの罪ではなく、エテル・オト神殿が代々行ってきたこと。神官長ほどではないにしても、長老達も聖王妃の遺体損失や他者を勝手に操った罪に無関係ではないのだ。

「エテル・オト神殿は、どうするの？　王家の守護神殿の資格はないわよね？」

「守護神殿の名は剝奪する。聖王妃の棺も、アログィ王墓へ移管させる。王妃は王墓へ入れることはできない決まりだが、形を保っておらぬのでは問題なかろう」

形が残ってなければいいという判断は理解できないけど、王墓に移されるのは大賛成。死んだ後とはいえ、こんなところに一人で残されるのは御免だ。王墓なら結婚していた夫が眠っているのだろうし。

「聖王妃って、王様と結婚していたのよね？」

「そうだ」

「王様の妻は何人いたの？」

「………何人でも構うまい」

「やっぱり気になるじゃない？　自分が死んだ後に、夫が仲のいい奥さんを娶っているかどうかって。寂しい老後じゃなかったなら、それはそれでいいことだけど、自分の死後にも夫に大事な人がいたとしたら、会いにくいなって思わない？」

「何の話だ？」

「あー、死んだ後も、頭とか考えが生きてるっていうか……」

魂とか霊を上手く言葉で表現できない。私がもたもたしている間に、陛下は呆れたように息を吐いた。まあ、王墓に王妃が入れないってことは、たぶん妃も入れないだろうから、聖王妃が王墓で自分の夫の王様に会いに行っても、他の妃に遭遇はしないだろう。

「死んだ後にまで、他の妃には会いたくないって話よ」

「そなたの他に妃はおらぬ。そなたが他の妃に会うことはない」

なぜか私の話になっていた。聖王妃が王墓に移された時の話は、陛下には意味不明だったみたい。わかるように説明できる気がしないから、聖王妃の話は終わっておく。

「でも、未来はわからないじゃない？」

「未来は何が起こるかわからぬ。だが、過去も今も、そして未来も、余であることに変わりはない。

ならば、王宮に連れてこられたそなたを初めて見た時、王都で見知らぬはずのそなたの腕を摑んだ時のように、余は何度でも、加奈、そなたを選ぶのだ」

「…………何度、でも？」

「そうだ」

「じゃあ、もし私がアルフレドを忘れても、私をそばに置くの？　すっごく可愛くない態度だと思うわよ？　それでも？」

「そなたが覚えていようと忘れていようと、余のそばに置く」

「絶対に、絶対よ！」

「絶対にだ」

私はアルフレドの首に腕を回してぎゅっとしがみついた。それなら……と口から出かかった言葉に少し迷う。でも、結局、口にした。

「…………次は、もっと早く迎えに来て」

「加奈？」

「ジェイナスの家に行った時は、すぐに迎えに来たじゃない。だから」

「屋敷から連れ戻した時、そなたは不満そうだったではないか」

「そりゃそうよ。ジェイナスの家に泊まるつもりだったんだもの。でも、いいの。私が嫌がっても、文句を言っても、アルフレドは私を連れ戻して」

「…………面倒な。自分で戻ればよかろう」

「自分でも戻るわよ。でも、……迎えに来て。危ないことするなって怒って」

「余が連れ戻せばよいのだな？　いつであっても」

「うん」

アルフレドは笑っているようだった。でも、私は恥ずかしくて顔を上げられない。

王宮に戻れなくなっても、別に死んだりしない。いざという時のためにお金も確保してるし、何とかして生きていくだろう。それは、それ。だけど、陛下に迎えに来てほしい、陛下には必要だと思われたいのだ。

「加奈、迎えに行くのが遅くなった」

「…………うん。一人にしてごめんなさい、アルフレド」

◇　◇　◇　◇　◇　◇

王宮では王妃の怪我の快復を待って、夜会が開かれた。今回の夜会は、妃候補を選ぶために企画されたものである。そのため、王アルフレドには、何人もの美しい娘が引き合わされた。

「ナファフィステアはまだか？」

「……はい。まだしばらくかかるかと」

アルフレドは官吏の答えに不満げな溜息を吐いた。どの娘も美しく教養もあるが、王の前で緊張し強張る十六歳の娘に、王を楽しませる会話などできるはずがない。初々しさはあれど、アルフレドは彼女らに疲労しか感じなかった。

機嫌のよくない王に、側近の一人が控えめに声をかける。

「陛下、先ほど挨拶した娘達は、いかがでございましょうか？　お話が弾まれていたセロドア嬢やエンダナ嬢と庭園で少しお話しになられては？」

「気が乗らぬ」

「しかし、貴族家から妃候補を募ったというのに、結局、身分の低い愛妾が一人選ばれただけというのでは、彼等から不満が上がりましょう」

側近の言葉をアルフレドは黙って聞いた。

「せめてお一人、妃候補として王宮に上がらせてみてはいかがでございますか？　妃候補が王宮に入ることを王妃様もご理解くださるに違いありません」

「妃候補を募ったのは、王妃によからぬことを謀《たばか》る者達を洗い出すためであったが、むろん、余が気に入る娘であれば、すぐにも王宮に迎える気であった。そこに王妃の意思は関係ない」

「陛下」

「だが、今日会った娘達は、そばに置く気にはなれぬ。余が気に入るのは一人だけのようだ」

「王都の愛妾は、身分が」

「余の騎士達は口が堅いゆえ、そちは知らなんだか」

「何を……」

「さすがに宰相は知っておろうな」

「何のことでございましょうか」

王の問いかけに、宰相はとぼけるような返事を返した。側近は意味のわからない顔をしている。

そこに王妃の登場が告げられ、黒髪の小さな王妃が広間に入ってきた。怪我が治ったばかりのため、階段を使用しない登場である。それをみっともないと一部の貴族達は思っただろうが、王は王妃がそばに来るのをただただ見つめていた。

「ナファフィステア」

王が手を伸ばし、王妃はにっこり笑って手を乗せる。それだけのことが、近くで見ている者の胸を詰まらせた。以前から王は彼女を寵愛していたが、今は更に強まっている。歩けるまでに快復したことを、これほど喜ぶ王を見ることになるとは、誰も思っていなかった。笑みを浮かべるわけでなく、態度に示すわけでもない。それでも、王の眼差しと王妃を呼ぶ声に、その想《おも》いが溢れていた。

王妃が術を解かなければ、王は元に戻れなかったかもしれない。王妃が亡くなっていれば、今の王はなかったかもしれない。王に近い者達は、王妃への感謝を込めて、礼の姿勢で彼女を迎えた。まるで王を迎える時のように。

側近は、最愛の王妃が戻ってきたため、王都の愛妾は寵愛を失ったのだろうと推測した。王がこれほど王妃を大事にしているのを目の当たりにすれば、当然の結論である。しかし。

「ティア」

「何よ?」

王が口にした名が愛妾の名であるのは、側近であれば承知している。その呼び名に、何のためらいもなく王妃が答えた。

王は側近の方を振り返り、口端に小さく笑みを浮かべた。

「宰相殿はご存じだったのですか？　王の愛妾が、王妃様であると」

「ティアというお名なので、調べれば……」

「左様でしたか……」

王妃にダンスをねだられ満更でもない様子の王は、一曲踊っただけですぐに広間から退出してしまった。

しかし、その後も広間では、集められた若く美しい娘達や新たに貴族位を賜った者、家格が上がった者達などそれぞれにダンスや会話を楽しんだ。妃候補に名乗りを上げた娘達は、何も王の妃だけに固執していたわけではない。王の執着が王妃にあると、わかっているのだ。彼女達は妃となるだけでなく、どの家に嫁ぐかという選択肢も考え、この場に臨んでいた。したたかな娘達が、近い未来に次の世代を育んでいく。

国王夫妻がいなくても若い男女による華やかな賑わいが夜中まで続いたのだった。

王妃ナファフィステアは王子と王女を一人ずつ儲《もう》け、その孫は十二人にもなったことから、繁栄の象徴として、その名は長く語り継がれた。ただ、王妃と同じ黒髪をもつ人々の国は世界中のどこにもなく、出生地は謎のままである。

王妃編　後日談～相変わらずの日々～

よく晴れた昼下がり、一番寒い時期を越えはしたが、まだまだ気温は低い。それでも王都の通りには多くの人や馬車が行き交い、賑わっている。

そんな王都のとある通りを、王弟ジェイナスは歩いていた。貴族など身分の高い人向けの店が立ち並んだこの一帯は、近くに王都警備団の基地があり、騎士の見回り頻度も高く治安は良い。そのため、ジェイナスも何度か足を運んでいるのだが、

「義姉上《あね》……よろしいのですか？」

さすがに王妃が歩くのは問題があるのではと、横にいるナファフィステアに問いかけた。

「ん？　何が？」

王妃は不思議そうな顔でジェイナスを仰ぎ見た。自分よりもはるかに小さく華奢《きゃしゃ》な、しかし、はるかに年上の王妃を見下ろすのは、ジェイナスにとってまだ慣れない感覚だった。

彼は近頃ぐんと身長が伸びており、自分が王妃の身長を超えたのはわかっていた。十三歳の男子としては至って普通の成長だが、だからこそ、以前と変わらない王妃の体格がいかに奇妙な存在であるかを実感として理解するようになっていた。

以前、王妃に伴われて王都を歩いた時は、自分と近い存在に思えていたのに、いつの間にか彼女の時を超えてしまったかのような錯覚を覚える。小さいからといって子供ではなく、大人の女性ともいえない。この姿でありながら、世継ぎを産んだ女性なのだ。黒髪黒目というだけでなく存在の特異さに、王妃の容姿を頑なに醜いと拒否する人々の気持ちも少しだけわかるようになっていた。

もちろん、それに賛同しようとは全く思わなかったが。

「ヴィルならお昼寝時間だから、大丈夫よ」

ナファフィステアは金髪鬘の前髪を引っ張りながら、機嫌よくジェイナスに答えた。

「ティアお嬢様、あまり髪を触られては眉がはずれてしまいます」

「あら、そう？　気を付けるわ」

ティアという貴族家の娘に偽装している王妃ナファフィステアは、その付き人に扮《ふん》している王妃付き筆頭女官リリアの注意を受けて、髪から手を離した。

二人はのんびりとした様子で、ジェイナスの心配をまるで理解していないかのようだ。

戸惑うジェイナスに、王付き騎士カウンゼルがジェイナスに小声で伝える。

「今回の外出は陛下の許可を得ておりますので、殿下にご迷惑がかかることはないかと存じます」

ボルグ達王妃付き騎士が王妃を警護するのは当然だが、王は王妃がジェイナスと出かけるのを許すにあたり、王弟であるジェイナスのために王付き騎士数名を同行させていた。ジェイナスにももともと警護は付いているのだが、王都警備団に所属の騎士であるため、独自に動ける王妃付き騎士達とは権限が大きく異なる。ジェイナスを護る騎士達が、王妃付き騎士達に従わねばならない状況を避けるためだ。

「兄上もご存じなら……」

そうジェイナスが答えた途端、カウンゼルがハッと顔を上げた。その顔に緊張が走る。ナファフィステアが予定とは違う道へと逸れようとしていたからだ。

「王……ティアお嬢様、どちらに？」

カウンゼルは足を止めないナファフィステアに呼びかけた。

「こっちに新しくオープンしたスイーツの店があるのよ。ちょっと寄ろうと思って」

「そのような店に寄るとは聞いておりません」

「そうでしょうね。陛下には伝えてないし。でも、ボルグ達には前もって言ってあるから、大丈夫よ」

「王妃……お嬢様っ」

カウンゼルが慌てて遮ろうとするが、ナファフィステアは喋り続ける。

「ジェイナス、ついでに投資場にも寄ってみない？　今日は風を使って空を飛ぶ研究への支援を募る案件があるらしいの」

「投資場は良家の子女が足を向ける場所ではないでしょう。空を飛ぶ研究などと、馬鹿げた話にジェイナス様を巻き込んではなりません」

カウンゼルはナファフィステアに伝えながら、そばに付いているリリアに目を向けた。本来なら、彼女が率先して止めるべきなのだ。しかし、王妃は彼女を説得済みのようで、リリアは静かな笑みを浮かべるのみ。

ナファフィステアはふうっと軽い溜息を吐いて言った。

「カウンゼルは頭が固いわねぇ。ジェイナスはたくさん勉強してるから、いろんな研究の話を聞くのも面白いと思うわよ？　発想とか構想とかいろいろね。それに、空を飛ぶ研究を馬鹿にしては駄目よ。いずれ人は空を飛ぶわ。鳥が飛んでいる空を見て、飛んでみたいと思う人は必ずいるんだから」

カウンゼルはナファフィステアの意見に反対しようというのではない。王妃が王弟ジェイナスを連れて行く必要はなく、今である必要もない。陛下の許可を得て、改めて赴けばよいと考えているだけである。王妃が今行こうとするのは、自分では陛下の許可を得られないと王妃にもわかっているからだ。

今回の外出は、王妃ナファフィステアが外出願いをしつこく何度も提出し続けたため、王がしぶしぶ認めて実現した。外出にはジェイナスも同行し、王付き騎士を随行させることで、王は許可したが、投資場のような人が集まる場に立ち寄ると事前に申告していれば、王妃の外出を許さなかったに違いない。

王は以前にも増して王妃を寵愛しており、彼女の願いなら叶えてやりたいとの思いはありつつ、外出願いには依然渋い顔で却下し続けていた。しかし、度重なる願い出に、宰相や側近達が王妃の外出を許可してはと、王に進言するようになった。エテル・オト神殿の事件以降、側近達の王妃への態度が変わったのである。

あの事件以降変わったのは側近達だけでなく、カウンゼルや王付き騎士達もであった。いや、騎士達こそ大きく意識が変化した。エリートである王付き騎士達は、王のそばに仕えることを誇りに思っている。彼等にとって王妃は王がそばにあることを許す存在であったが、あくまで王が認める限りにおいてであった。王が王妃を寵愛しなくなれば、対応は変わる。実際、術をかけられたカウンゼルはそうした。ダリウス、ナイロフトも、そうして部下達もそれに倣った。あっさり王妃を見限ったのだ。

しかし、王を救ったのは王妃であり、カウンゼル達をも解放した。その身を犠牲にして、王位を継ぐ者を産み、王を救い、それは国を救うに等しい行為である。そんな王妃に対し、なんと愚かなことをしたのか。王妃は尊重されるべき人物であり、そのような方を王妃として選んだ我らが王はさすがであると、自身の考えを悔い改めた。

カウンゼルは自分がこうして今も王のそばで騎士としていられるのは、王妃のおかげだとよくわかっている。王妃には大いに感謝しており、我が身を振り返り猛省した。王妃を非常に素晴らしい方だと思ってもいる。

だがしかし、だからといって、王弟を投資場に誘う王妃の言葉に頷けるわけではない。むしろ、なぜ素晴らしいと無条件に崇《あが》められる女性でいてくださらないのかと、嘆きすら生じてしまっていた。諸々と王妃に従う王妃付き騎士達が羨ましいほどである。

カウンゼルがジェイナスの顔を見れば、王妃の言葉に興味を惹かれており、ボルグ達はすでに王妃の指示を実現すること以外の選択肢はないようだった。いつもならば王妃に意見する女官リリアも、今日は何も言わない。とすれば、他に王妃を止める方法はなく、カウンゼルは苦い表情で溜息を吐いた。

　苦悩するカウンゼルをよそに、ナファフィステアは能天気な口調で呟く。

「上昇する風を捕まえられれば飛べると思うんだけど。まずはどういう研究なのか話を聞いてみないとわからないわねぇ」

「人が空を飛ぶ研究ですか。興味深いですね」

「でしょう!?」

　カウンゼルが諦めたのを察して、ジェイナスは王妃の話に乗った。それに王妃が勢いよく反応する。

「ほら、ジェイナスは賛成してくれるって言ったでしょ？」

　ナファフィステアは背後のリリアを振り返り、ニヤリと笑って言った。

「危ないですので前を向いてお歩きください。ティアお嬢様が投資場に行くのは、お金儲けのためばかりではなかったのですね」

「そうなのよ、リリア。研究への支援もこの国の発展につながる、とっても大事なことなの！」

「いつもは利益の大きい投資話でお金を貯《た》めることが目的のようでしたが」

「あー、それは、ほら……お金は、増やしたいじゃない？」

　リリアの言葉に、しどろもどろに答えて誤魔化す。

「あ、あそこよ、ジェイナス！　あの店のパイがすっごく美味しいのよ。人気があってすぐに売り切れてしまうってユーロウスが言ってたから、早く行きましょっ」

ナファフィステアはそう言うと、店へと足を速めた。王妃は本当に楽しそうで、リリアやボルグ達は困ったものだと思いながらも、元気な王妃の様子につい表情を緩めてしまう。

カウンゼルもそんな王妃の様子を見ては、いつまでも苦い顔をしてはいられない。王宮に戻った王妃が王を喜ばせることを願いながら、辺りに注意を払い、警護に意識を集中した。


「ん――――っ、美味しいぃ」

ナファフィステアは菓子を頬張りながら感嘆の声を上げる。

「お嬢様、そのように食べながら歩くのは、小さな子供のようですのでお控えください」

「今は小さな子供のふりをしてるからいいでしょ？　この焼き立て、すっごく美味しいんだもの。ほら、リリアも食べてみてよ」

「ティアお嬢様っ！」

リリアの言葉にも動じず、無邪気に菓子を食べ続ける王妃の姿は、店先で彼等を見送る店主達にとってはこの上なく嬉しいものだった。

店主は、お忍びで身分の高い方が立ち寄ると聞かされ、朝から騎士に店内を検められていた。パイは全て自信作であり、王都で非常に評判となっていたが、貴族が店に自ら足を運ぶことはない。どんな方が来るのかと半分期待し、半分はどのような無理を言われるかと警戒もしていた。ところが訪れたのは小さな王妃。まさか、エテル・オト神殿で大立ち回りをして悪事を暴いたと話題の王妃自らが足を運ぶとは、想像もしていなかった。

金髪の鬘を被り、貴族娘のような格好をしているが、黒い瞳は間違いようがない。そして、そばには王弟殿下がいる。驚きと緊張で店主は非常に見苦しい対応であったはずだが、王妃も、そこに居合わせた誰も、それを咎めることはしなかった。

焼き上がったパイをいくつか買い求め、王妃の小さな手が自ら金を支払う。まるで他の客と同じように。王妃のもとにまで自身の作ったパイの評判が届き、店に足を運ぶまでになったことを店主は心から喜び極まった。店主達は大きな衝撃と感動のまま、王妃達の姿を店の外に出て見送る。

そんな彼等の目の前で、身なりのよい男性が王妃達に遠慮なく近づいた。

「ティアっ」

大きな声で怒鳴ったかと思うと、躊躇なく小さな王妃を腕に抱え上げてしまう。荒々しい足取りで遠ざかっていくが、王妃と男性は言い争っているようだった。

王妃を腕に抱えることできる男性は王に違いなく、傍目《はため》には子供に手を焼く父親のようにも見えるが、王と王妃と知っていれば仲睦まじい様子以外の何物でもない。店主達は驚きのあまり、王妃達の姿が見えなくなってもなおその場から動かず、幸せな残像を眺め続けた。


「ちょっとっ、どうして抱えちゃうのよっ」

「そなたの足が短いからだ」

王妃を抱え上げたのは、パイ店の店主が思った通り国王陛下その人だった。

「歩くのが遅いからで、私の足が短いわけじゃないわ。私の身長ならこれで十分なのっ。とにかく降ろしてってば」

「そんなことより、どこへ行こうとしていたのだっ」

「えー……評判のパイを食べに寄っただけよ」

ナファフィステアは王から顔を背け、ちらっとジェイナスに向かって唇の前で指を一本立てて見せた。ジェスチャーの意味はわからなくても、王妃がこの後、投資場に向かおうとしていたことを秘密にしたいという意味であるとは理解できる。ジェイナスは笑顔で黙って頷いた。兄王はこの小さな王妃に甘く非常に溺愛しているが、王妃でも王にはかなわないのだ。

「この後、投資場へ向かおうとなさっておりました」

カウンゼルの声が王に答える。

「そうなのか？」

「う……、だって、今日は風を使って空を飛ぶ研究の支援募集の話があるのよっ。いい話だったら支援者になりたいじゃない？」

「それならば王宮に呼べばよかろう」

「話を聞いてみないことには、支援したいかわからないし、王妃から声がかかったことで研究に支障をきたしてほしくないし……だから、王妃じゃなくて、一個人として判断してこっそり支援したいのよっ」

「そなたが支援すれば、すぐに知れる」

「そこはユーロウス達が上手くやるわよ」

「……ジェイナス、そなたは戻れ。いずれ別の機会を与えよう」

「はい、兄上」

「カウンゼルはジェイナスに付いておれ」

「はっ」

カウンゼルはほっとしたが、王の向かう方向が気になった。その先には王妃が行きたがっていた投資場がある。王がここに来る時に乗っていたであろう馬か馬車へ戻るなら、王が現れた方角から考えて投資場とは逆に向かうべきなのだ。

訝しむカウンゼルの肩を、同僚のナイロフトが軽く叩いた。

「たまには、こういうこともあるさ」

ナイロフトは王の後を追い、カウンゼルは複雑な心境ながらもジェイナスを警護して邸まで送り届けた。


「ねぇ、降ろしてったら」

「……」

「せっかく街にいるんだから、並んで歩きましょうよ？　これじゃあ、私が子供みたいじゃない」

「子供の格好をしておるのだ。問題なかろう。何が気に入らぬのだ」

「ドレスは子供だけど……。だって、男女が出かけるっていうのを、私もやってみたいんだもの」

王アルフレドにだけ聞こえるように、ナファフィステアが呟いた。その言葉で、彼女が何度も降ろせと言う意味を理解する。しかし、アルフレドは彼女を手放したくはなかった。

「王宮ではいつもこうしているではないか」

彼女を忘れていた時、王都で見つけたというのに、手を離したことを思い出す。彼女はどこででも生きていけるという事実が、彼女を護れなかったという過去が、アルフレドを不安にさせるのだ。彼女は迎えに来てと言い、アルフレドのそばにあることを望んでいると知っていても、なお。

「王宮とここじゃ全然違うでしょ？　ここは外だし、今の私はただの女性で、陛下もその辺の男の人なの」

「だから、何だというのだ」

「だからぁ……、ほら、見て、あそこを歩いてる二人。楽しそうじゃない？　あんな風に、私達も夫婦なんだし、並んでお出かけしましょうよ？」

彼女が指さす方を見てみれば、若い男女が寄り添い、楽しそうに話しながら歩いていた。身分は低い者達のようだが、仲睦まじい様子で二人は恋人同士なのだろう。ナファフィステアは彼等のようにしたいらしい。

「それでは、そなたの頭頂部しか見えぬ」

「わかってないわね。それがいいんじゃない」

アルフレドにはそれの何がいいのかは理解できなかったが、彼女を地面に降ろしてやった。すると、彼女はアルフレドの腕をしがみつくように胸に引き寄せた。

「さ、行きましょうか」

ナファフィステアが腕を引っ張って先を促す。彼女の機嫌は良さそうだが、金髪髪しか見えない。

アルフレドは溜息を吐いて、仕方ないと歩き出した。

「今日は、風を使って空を飛ぶ研究の話が目当てだけど、他にも支援したい話があるかしらね」

「投資場には入らぬぞ」

「えっ！　どうして？　入りましょうよっ」

「気になるなら王宮に呼びよせよ」

「それだと話の熱意とか、聞いてる人達とか場の空気がわからないのよっ。ほら、すぐそこだからっ。行きましょ？」

「行かぬ」

「アルフレドぉぉぉぉ、行きましょうよぅ」

「諦めよ」

「お願い。すぐだからっ。ね？　ね？」

「……」

「すぐそこなのよぉ」

王の腕を引っ張り愚図る王妃、黙々と歩く王。夫婦にも恋人同士にも見えないが、王が王妃の歩調に合わせて非常にゆっくりと歩いていることからも、二人の仲が良いことは一目瞭然である。王の穏やかな眼差しを見れば、王妃をどれほど大事に思っているのか伝わってくる。国王夫妻を見る周囲の人々の顔はやや笑いを含んだものもあるが、穏やかで温かい。

リリアやボルグ達は仲睦まじい二人の姿を嬉しく、そして王妃のそばに仕えられることを幸せに思った。自らの務めが、この国王夫妻や人々の穏やかな様子につながっているのだ。しばらく街を歩いた後、リリア達は王の命令により王宮へ戻ることになる。

「すぐそこだったじゃない！　どうして寄ってくれないのよ、陛下の意地悪っ」

最後まで諦めきれずに大声で喚く王妃を抱え上げ、王は馬車に乗り込んだ。そこでようやく周囲の人々も、そこにいるのが国王夫妻だと気づき始めた。

驚く人々の中、馬車が去って行く。

この後、国王夫妻の痴話喧嘩の目撃談が流布することとなる。みっともないと嘲笑《あざわら》う者もいたが、多くの者は我らが国王夫妻と自慢げに熱を込めて語ったのであった。

引きこもり魔法使いはお世話係を娶りたい
hikikomori mahoutsukai ha osewagakari wo metoritai
Kei Kozakura 小桜けい
Illustration SHABON
最強魔法使いの
残念すぎるプロポーズ!?
フェアリーキス
NOW ON SALE
「君以上のお世話係は見つからないから」そんな身も蓋もない理由で、史上最強と言われる魔法使いヴェンツェルと結婚することになってしまった、リーリエ。淡い想いを抱きつつそばにいられるだけでも、と承諾したのだ。ところが結婚の準備を進めてデートをするうちに、彼はとても甘くて独占欲をあらわにして……「他の誰にも可愛いリーリエを渡さないよ」。そんな中、街を騒がす事件に巻き込まれ、彼の隠された出生の秘密を知ってしまい!?
フェアリーキス ピンク
fairy kiss
Jパブリッシング　https://www.j-publishing.co.jp/fairykiss/　定価：本体 1200円＋税

フェアリーキス
NOW ON SALE
藤咲慈雨
Illustration 山下ナナオ
二度目の求婚は受けつけません!
nidome no kyuukon ha uketsukemasen!
記憶喪失になったら
一目惚れはなかったことになりますか？
《王家の人間は、一目惚れをした相手を絶対に諦めず、一生かけて愛し続ける》そんな粘着質な血筋を引く王太子アーサーに一目惚れ即求婚され、婚約者になったルチア。以来、彼の猪突猛進・傍若無人な愛情表現に手を焼く毎日を送っていたが、ある日アーサーが事故で記憶喪失に！　ルチアのことをすっかり忘れた彼は、命の恩人である美少女を城に連れてきて!?　二人の仲睦まじい姿を見たルチアは衝撃を受け、婚約破棄される覚悟を決めるが……？
フェアリーキス ピュア
fairy kiss
Jパブリッシング　https://www.j-publishing.co.jp/fairykiss/　定価：本体 1200 円＋税

悲恋に憧れる悪役令嬢は、
婚約破棄を待っている
風見くのえ
Kunoe Kazami
Illustration
ぽぽるちゃ
愛しのフィアンセ様
早く私を振ってください！
フェアリーキス
NOW ON SALE
三度の飯より悲恋好きのOLが、ゲーム世界の悪役令嬢・ユリアンナに転生!?　もうすぐ我がフィアンセ・アルスマール王子に疎まれて振られる、そんな悲しい結末を想像するだけで胸がキュウッと締めつけられてたまらない！　なのに、いつまで経っても溺愛され続けるのはなぜ!?　胸にグッときて涙が止まらない悲恋を目指す異世界転生悪役令嬢と、彼女を王妃にしたいイケメンハイスペック王子が織り成す、愛の攻防戦。
フェアリーキス
ピュア
fairy kiss

Saki Tsukigami
月神サキ
Illustration
八美☆わん
執着幼馴染みのせいで
人生を何十周もする
羽目になった私の結末
フェアリーキス
NOW ON SALE
彼の執着愛のせいで人生ループ、
私の幸せエンドはどっち!?
目が覚めるといつも同じ年齢で、バッドエンドの人生を繰り返している王女マグノリア。しかもすべての死因に熱烈な愛を捧げてくるシャムロックが関係しているのだ。しかし、何十回めの人生で予想外の行動を取りはじめた彼に、状況は二転三転！　予測不可能な事態にマグノリアはある決断をするが!?　繰り返しから逃れるための奮闘が、思わぬ事態を巻き起こす！
Jパブリッシング
https://www.j-publishing.co.jp/fairykiss/
定価：本体 1200 円＋税

いつか陛下に愛を3

著者　Aryou

2021年4月5日　初版発行

発行人　神永泰宏

発行所　株式会社Ｊパブリッシング
〒102-0073　東京都千代田区九段北3-2-5 5F
TEL 03-3288-7907　FAX 03-3288-7880

製版　サンシン企画

印刷所　中央精版印刷株式会社

ISBN：978-4-86669-382-8
Printed in JAPAN